吸金妙神醫 4

風文創 343

微漫 著

目錄

第八十八章　我的希望

素年的主要重心在皇上這裡，玄毅和太子間關於馬騰一事究竟發展到了什麼地步，她沒空去想，因為皇上的病情開始反覆，她將所有的精力都放在了皇上的身上。

若是自己會外科手術該多好？素年看著又一次脫離危險的皇上，在心裡遺憾地想。這樣子下去，不知道還能撐得過幾次。

皇上需要極度安靜的休養，素年帶著巧兒慢慢地退了出去。在回偏殿的路上，有一個小宮女偷偷地過來，說是有人想要見她。

素年的第一個反應就是——蕭大人膽子也太大了，連宮裡都敢找人傳話？

心裡糾結了幾秒，素年還是決定帶著巧兒過去看看。蕭戈的性子她是知道的，不達目的誓不甘休，要是見不到自己，指不定又會整別的主意。

但素年卻沒想到，想見她的，竟然不是蕭戈。

面前的女子頭上戴著豔麗的頭飾，一看她這麼囂張，品級就不可能低。臉上應該是宮裡時興的妝容，只是在素年脂粉未施卻依然清麗水嫩的小臉面前，顯得那麼不值一提。

此人是榮妃，在後宮中，除了皇后娘娘，就沒有人能壓制得住她。

榮妃在皇上面前有時候就算有些失禮，皇上都會包容她，這讓她從心底萌生出了她是皇上最重要的人的想法。然而，自己這個最重要的人，竟然已經有長達一個月沒有見到皇上一面了！雖然除了皇后，其餘的妃嬪也都沒有再得到皇上的召見，但自己也同樣絲毫沒有被皇上提及過！這怎麼可能？皇后已經年老色衰，不過占著一個比自己高的位置罷了，皇上之前見自己的次數可是更多一些啊！榮妃覺出了不對勁，她在宮中的眼線也不少，很快便查出來，皇上寢宮的偏殿內，住了人。

每日都有人會往裡面送東西，新鮮的食材、換洗的衣服、各種需要的物件，在在都顯示著偏殿裡有人住著，這並不奇怪，可奇怪的是，皇上的皇子、公主們，都好好地待在他們的宮裡！那麼，偏殿裡到底住著誰？

榮妃越等越焦躁，她的直覺告訴她，偏殿裡住的一定是個女人，且一定是個很漂亮的女人！這怎麼得了？皇上如何能將一個女子不明不白地放在身邊？這不合規矩！

以這個為理由，榮妃使人將素年主僕帶了過來，果然，是一個非常漂亮的小姑娘。

「看看妳這狐媚的樣子！見到本宮為何不下跪？」

素年煩死了動不動就下跪的規矩，可如今身在皇宮中，不得不低頭。「民女給娘娘請安。」

榮妃並沒有讓她起來，而是盯著素年放在地上的那雙瑩潤如玉的手，漂亮得好似用玉捏出來的一樣，散發著潤澤的光。這是一雙充滿了朝氣的鮮嫩的手，這是一個年輕漂亮的小姑娘。先不說她絕色的容顏，光是年歲，就已經完全占了上風。

榮妃越看越生氣，邪火上來，抬起腳就往素年的手上踩！

素年的反應極快，她早就看出這位娘娘不是個善茬，那眼神，都恨不得將自己給吃了，所以在榮妃抬腳的同時，她已經迅速將手縮回來，並且拉著巧兒起身。
榮妃一腳踩空，驚得眼珠子都要掉出來了。她敢躲？她竟然敢躲開？
「妳這個賤人！竟敢在本宮面前放肆？」
素年拉著有些發傻的巧兒，順手將她手上的針灸包接過來。她這雙手可是要留著給皇上治病的，給她狠踩一腳還得了？
「娘娘息怒，民女知罪，民女這就離開。」
巧兒已經稍微回神了，她也知道現在最好的方法就是趕緊走，於是很自覺地在素年開口之後，快速地跟在小姐的身後想要離開。
「給我站住！將她們攔下來！賤人，本宮允許妳走了嗎？把她抓起來，本宮要好好撕爛她那張藐視本宮的臉！」
榮妃身邊的兩名宮女立即動了起來，榮妃這回只帶了兩個人來。
而這時，巧兒已經完全恢復了神志，她跟著小姐進宮可不是為了小姐讓人欺負的時候站在旁邊看的！巧兒和小翠之前跟著玄毅和魏西學了些拳腳，兩個小丫頭生生將小胳膊小腿練得頗結實，就是為了這個時候發揮作用的。
上前一把將一名宮女推開，巧兒屈起膝蓋上踢，將身材比她要強壯的宮女踹到往後退了幾步，捂著肚子，半天直不起腰。隨後巧兒低身躥到另一名宮女的後方，她已經伸手去拉小姐的胳膊了，這還得了？巧兒往上一撲，一隻手從後面繞過宮女的脖子，掐住一處，右腿從宮女的腿間穿過去，往後一絆，直接將人撂到地上！掐住的那處，是素年告訴她的，叫什麼頸動脈竇，壓迫這裡的話，反正是很有效的，現在這麼一試，果然不錯。

榮妃算是開了眼了，那丫鬟長相十分清秀可人，這樣一個小姑娘竟能將自己的兩名宮女都打倒……不對不對，是她竟然敢對自己的宮女出手?!翻了天了！

「妳們……妳們大膽！賤人，看我不殺了妳們！」榮妃在一旁氣急敗壞，恨不得親自上前教訓她們二人，可她終究不敢，兩個身形相對健碩的宮女在那小丫鬟手裡都討不到好，她這點自知之明還是有的。

巧兒護著素年往後退，一副小母雞護崽的架勢，眼睛死死地盯著榮妃和地上兩個痛到打滾的宮女，絲毫沒有任何鬆懈。

「行了，巧兒，沒事了。」素年忽然拍拍巧兒緊繃的肩膀，示意她往榮妃身後看，那裡，有幾個人似乎站了挺長的時間。是太子殿下……還有蕭大人，素年鬆了口氣。

「榮妃娘娘，這是怎麼了？」

太子慢悠悠地走過來，眼睛眯著，讓素年聯想到笑面虎。

「太、太子殿下！臣妾給太子殿下請安。」榮妃吞嚥了一下口水，立刻屈膝行禮。

「榮妃娘娘免禮。本宮剛巧從這裡路過，聽見有聲響，便過來瞧瞧。這是發生了什麼事嗎？怎麼她們……」太子指著仍在地上爬不起來的宮女。

「是她們！這兩個賤人衝撞了臣妾，還將臣妾的宮女打傷！太子殿下，還請您為臣妾作主啊！」榮妃瞬間計上心來，自己平日裡對太子很不錯，他跟自己的關係雖不是很親近，但也算尊重。太子應該還不知道這兩個賤人的身分，那麼他應該會為自己出氣，畢竟只是舉手之勞，這麼一來，若太子將她們兩人除去，那真是再好不過了！

「是這樣嗎？」太子轉頭看向素年主僕，卻是驀地一愣，這兩人……怎麼這個姿勢？剛剛還殺氣十足的巧兒和淡定鎮靜的素年，就這麼兩句話的時間裡，已經雙雙癱倒在地上，表情要多驚恐有多驚恐，要多柔弱有多柔弱！

「娘娘恕罪，娘娘恕罪！」素年楚楚可憐地靠在巧兒的身上。「榮妃娘娘，是奴婢的錯，都是奴婢的錯，還請娘娘開恩！兩位姊姊已經教訓過奴婢了，奴婢真的知錯了……」素年秀氣好看的眉微微皺著，眼裡哀求的神色都要溢出來了，這一眼看上去，活脫脫就是一個被欺負摧殘的弱女子！

太子匪夷所思地看了蕭戈一眼，蕭戈卻不動聲色地將頭撇到一邊去。

奴婢？榮妃氣得直抖。剛剛還「民女」呢，這會兒就成「奴婢」了？這是什麼作態？看上去反倒是自己欺負了她們一樣，自己那兩個宮女還在地上躺著呢！

所以素年和巧兒也迅速躺了下去，搶占有利姿勢啊！她們兩人的身材算正常，可跟那兩個宮女一比，當即玲瓏嬌小起來，要說她們欺負了宮女，還真沒有什麼說服力啊！

太子嘆了口氣。「娘娘，如今父皇正病著，這裡離父皇的寢宮又近，隨便教訓教訓就算了吧，就當是為了父皇積攢功德了。」

太子一副悲憫的神色，榮妃完全挑不出任何不妥，可要她嚥下這口氣，她也做不到！簡直欺人太甚，自己還沒怎麼樣呢，下人就被這兩個賤人給打了，現在還在太子面前一副可憐的樣子，真真可氣！

「如此，臣妾就將人帶走，以免驚擾到聖上。」榮妃咬著牙，看著仍舊在地上坐著的素年和巧兒，眼皮抖了抖，揮手示意宮女將兩人帶走。

太子本還想看看素年會用什麼方法脫身呢，豈料她就坐在那裡一動也不動，宮女來抓，她還很主動地將手送過去！

巧兒本不理解，想要反抗來著，被素年給制止了。

蕭戈嘆出一口氣，這小丫頭實在太懶了，這是瞧見他們在這裡，知道他們不會眼睜睜地看著她們被帶走，所以就想什麼事兒都不做？

「咳咳！」蕭戈輕聲咳了兩聲。「殿下，皇上的身子……可還要靠沈娘子呢！」太子都無奈了。你想幫就幫啊！為什麼還要讓自己來出力呢？但看榮妃的樣子，沈娘子若是被她帶走，指不定會怎麼樣呢。

「榮妃娘娘，這兩名女子形跡可疑，若是傷到娘娘便不好了，還是交予本宮來處理吧。來人！」

「小的在。」蕭戈正兒八經地應聲，立刻化身為太子身前的小嘍囉，朝著素年上前幾步，自身的氣勢讓那兩個宮女自覺地鬆開了手。

榮妃一看，今天似乎是別想將人帶走了。不過交給太子也好，省得到時候人不見了還要懷疑到自己頭上。

「既如此，臣妾告退……」榮妃的眼刀一刀一刀地戳在素年主僕的身上，帶著她的兩個宮女消失在眾人的視線中。

蕭戈站在原地沒動，看著還坐在那兒沒起身的素年。從他的角度，只能看到素年一小截雪白的小下巴尖兒。這個女子，似乎對誰都沒有打從心底的畏懼，這實在讓他很好奇。

巧兒趕忙將素年扶起來，素年輕輕拍了拍衣裙，然後好像什麼事都沒有一樣，臉上掛著習慣性的笑容。「民女給太子殿下請安，給蕭大人請安。」

「沈娘子是如何遇上榮妃的？」太子對這個比較好奇，榮妃的膽子就算再大，也不可能進去偏殿抓人，那必然是沈素年自己走出來的。

素年「呵呵」地傻笑。「就是這麼巧，民女也不知道呢！」

「是有人傳信讓妳出來的吧。」蕭戈用的是肯定的語氣。

素年的笑容微微一滯，就當作沒聽到。

「而妳並不知道是誰要見妳，妳覺得……是我來找妳的？」

「大人想多了。」素年的眼睛瞇得都快看不見了，心裡卻在唸叨：這人可真夠討厭的，誰請你猜了嗎？

蕭戈也不追問，他不需要素年來證實，單看她現在不自然的表情，就知道自己猜得八九不離十。

可素年的表情並沒有放鬆多少，因為蕭戈臉上笑得讓她心底蹭蹭地直冒火。

「民女告退。」素年笑不下去了，板著個臉就要離開。

「等會兒！」太子急忙開口。「沈娘子留步，其實，本宮只是稍微遲了一步而已，本宮也是來找沈娘子的。」

素年奇怪地轉過頭，真找她？

「呃……就讓蕭戈跟沈娘子說吧！」太子說完，便往一旁蹓躂。

素年在他身上完全看不出任何在皇上面前穩重高貴的太子氣質！什麼意思？有這麼體恤屬下的嗎？

巧兒左看看、右看看，蕭大人的眼光實在太嚇人了，她朝著素年無奈地笑了笑後，一步一步慢慢地挪開，嗚嗚……小姐，她也不想的……

素年反倒是淡定下來，恢復成原來的模樣。「不知蕭大人有何吩咐？」

「太子答應我，就算皇上……他也會極力保證妳的安全，所以妳不用擔心。」

素年一怔。「大人，民女並未擔心，生死有命，這事強求不來。」

「可我不希望妳死。」蕭戈的語氣特別的平淡，他只是在陳述一件事情。他不希望素年死，就算她可能無法迴避，他也會盡力一試。

自己這輩子，或許就只會遇見這麼一個讓他動心的女子了。蕭戈試著回憶在認識素年之前，他對女人是一種什麼印象？彷彿……什麼都沒有。

他曾經覺得自己是個冷情的人，一直也都是這麼過來的，在跟他同樣年紀的男子開始收通房、納小妾的時候，蕭戈覺得去挑戰太子交給他的任務更加有意思。在其他男子已經開始訂親娶親，他那個名義上的母親也要給他找一個破落戶噁心他的時候，蕭戈竟然覺得，若是真要跟一個女子一起生活，他寧願是那個對他有點陽奉陰違的小醫娘。

難道是素年讓他得了什麼病？不然他為何會有這種想法？且還覺得不錯？

向來對女人沒有任何興趣的蕭戈，開始默默地關注這個叫做沈素年的女子。關注她的一顰一笑，關注她在人前人後可愛的改變。他覺得自己病入膏肓了，這還能救得回來嗎？

當初太子殿下在蕭戈跪下相求的時候無法接受，但太子殿下又如何知道，蕭戈自己都不知道自己居然能夠做到這種地步。只是不想讓她就這樣死了。

當初他是冒著暴露自己暗衛的危險，為了達成素年的心願，親手將素年送進去和柳老相見的，但他沒有想到，素年會直接自投羅網。

不知素年在蜀王那裡是否安好，他整日整日地焦慮著，卻因為那一絲希望，做了他自己都覺得不可思議的事情。

幸好素年還活著，幸好自己最後及時趕到了。看著簡玨手裡的劍要落下的那一刻，蕭戈只覺得他的呼吸都停止了。素年身上染著柳老的血，在他的眼裡是那麼的刺目，等他反應過來的時候，已經將素年攬在懷裡了。似乎只有這樣，才能讓他的心重新跳回原位。

素年這姑娘，性子散漫，跟她認識這麼長時間，蕭戈多多少少能感覺得出來，她是個極度怕麻煩的人，就恨不得每日遊手好閒才好。但很遺憾，她身為柳老的傳人，擁有純熟的醫術和出眾的容貌，再加上那副因為懶散隨意卻反而會招惹人的性子，注定了過不上她夢寐以求的閒適日子。這次，更是直接被皇上召見。

雖然素年看起來還挺受皇上的待見，可是，從那些太醫的語氣中已經能夠聽出，皇上的病情不是太好，而素年也跟太子說了實話，皇上撐不了多久了。一旦皇上駕崩，為皇上醫治的沈素年保不齊要受到牽連，這就是在皇上身邊做事的代價。

素年又讓自己陷入了絕境之中，儘管非她所願。

「……我也不希望。」素年低下頭笑了笑，笑容瞬間真實了起來。她知道蕭戈是真心的，她也很感謝，但這次，她明白想脫身並非那麼的容易。

「妳只需要知道就可以了。」蕭戈酷酷地留下一句，然後瀟灑地回到太子身旁。

太子回頭看了她們一眼，兩人便走了。

「……」什麼意思啊？素年風中凌亂，他們今兒是做什麼來了啊？

回到偏殿後的素年，仍然沒有反應過來，他們只是來通知她，她還有可能活下去嗎？這種神思路，恕她無法理解啊！

第八十九章　皇上駕崩

仍然在皇上身邊隨傳隨到的素年，從安寧那裡聽到了一個消息——玄毅放棄了。

他放棄一直堅持的和親與接受納貢，而是同意了太子以強硬姿態繼續圍追馬騰的提議。

發生了什麼事嗎？玄毅並不是那麼輕易改變初衷的人，必然有什麼原因讓他放棄了原先的態度……難道是因為安寧？

安寧也不知道為什麼，玄毅哥哥只是不再堅持他的想法，對於太子則採取迴避的方式，就連自己，都已經有些日子見不到哥哥了。

「清王殿下有清王殿下的考量，他會改變，那必然有他的理由。」

素年微笑著嚐了一下用山藥、黑芝麻、赤小豆、雞內金、炒棗仁、柏子仁研成細末之後調成的糊糊。雖然味道有些欠佳，但應該還能接受。

「對了，沈娘子，太子哥哥讓我將這個交給妳，他說，這個舊了，能否請沈娘子再做個新的？」安寧忽然想起來，從荷包裡取出一樣東西遞到素年的手裡，然後神秘兮兮地說：「沈娘子，妳跟我太子哥哥……」

那是一只小靴子模樣的繡品，水藍色的，已經不復原先光滑鮮豔的模樣，像是被人時常拿在手裡把玩，上面用絲線勾勒出來的痕跡都已經不大明顯了……

「這是何意？」

「祝大人平步青雲，步步高升！」

素年彷彿看見自己聲音響亮地說道，然後蕭戈想笑又不得不憋住，冷峻臉孔扭曲的模樣。沒想到他還留著，素年看著小靴子，眼裡不經意流露出一絲情緒。

安寧抽著氣，捂住嘴。「沈娘子，妳是要做安寧的嫂嫂了嗎?!」

素年一口氣差點噎住，滿臉黑線，不可思議地看著安寧。「殿下，您這是在折煞民女呢！太子殿下是什麼樣矜貴的人兒啊！再說，太子殿下的品味也不會這麼奇特呀！」

「……」安寧就沒見過為了撇清而這麼貶低自己的。「這個難道不是沈娘子送給太子哥哥的嗎？」

素年將小靴子拎到眼前，笑了笑。「這個呀，是民女實在沒有什麼能拿得出手的東西，臨時用來湊數的。」

安寧離開之後，小翠和巧兒都不時地盯著素年看，然後偷偷地笑。

素年早就瞧見了，實在被笑得沒了脾氣，才幽幽地說：「妳們以為蕭大人是什麼意思？我猜啊，這說不定是蕭大人在隱晦地提示我，這玩意兒太不值錢，現在我也有錢了，怎麼說也應該彌補一下呢！」

「小姐……」小翠和巧兒的眼神同時轉變，變成了濃濃的同情。蕭大人好可憐！他在小姐的心裡，到底是個什麼地位啊……

雖然素年覺得自己猜想的那個理由非常有可能，但她還是在空閒的時候動了針線。

自從她們不愁吃喝之後，素年便不再碰針線了，她說是會傷眼睛，其實是嫌麻煩，頂多偶爾畫兩個花樣。

小翠和巧兒看到之後，也不敢在她面前笑得明目張膽，免得素年為了面子，直接給放棄了，這也不是不可能的。

每日除了給皇上扎針按摩、親手熬藥外，素年其餘的時間都是空閒的，所以這個繡品完成得特別快。仍然是一個小小的掛件，這次是一只小瓶子，不足巴掌大小，瓶身上繡了蝙蝠的圖案，瓶口處，素年嵌入了一顆品相上乘的玉，通透水潤，好似瓶裡真裝了仙露般。

素年來回看了一會兒，覺得滿意了，一抬頭，瞧見小翠和巧兒正盯著她瞧，於是很大方地將小瓶子吊墜舉過去。「如何？這塊玉可貴了呢！這樣蕭大人總不會還嫌不夠分量吧？」

小翠和巧兒未置一詞，轉頭就走。見過愛面子的，就沒見過這麼愛面子的！不就是一個吊墜嗎？就是承認自己用了心怎麼了？小姐難不成當真決定此生不嫁？

完成以後，素年便將這個小吊墜交給安寧，讓她幫忙轉交。

安寧看著小瓶子，愛不釋手，她還沒有見過這種造型的，一般都是葫蘆之類的，特別是裡面嵌的那塊玉，尤其點睛。「沈娘子，這個好精巧啊，一定花了許多心思吧？」

素年淡淡一笑。「這沒什麼，隨便做做的。」

安寧將信將疑，卻也不多問，只是又伸出一隻手。

「嗯？」

「那個小靴子，哥哥也要拿回去的。」

素年一愣，她都做了個新的了，還要之前那個有什麼意義？可安寧執意要，說是太子哥哥特意囑咐的，沒辦法，素年只好將小靴子也遞過去。

這件事，就到此為止了。

素年本想找機會問一下太子還招不招手下的，她覺得這樣的領導人非常難得啊，後臺又硬、又肯體恤下屬，就連這種傳話的中間角色都肯擔當。

可惜，素年的這個想法被皇上接下來一連串危險的情況給沖得乾乾淨淨。

皇上的年歲不小了，再加上據說皇上對朝政非常上心，堪稱鞠躬盡瘁，又長期服用一些所謂的「靈丹」、「仙丹」，這些東西雖然剛開始吃的時候會覺得很提神，彷彿疲睏都消失了，可裡面所含的毒素卻會慢慢地沈積在身體中，到這會兒，便開始發作起來了。

皇上幾度暈厥，素年用金針強刺激急救，再加上心肺復甦、人工呼吸的手段，總算救回來了，可每一次救回來，都是在拚運氣，素年也沒有把握每一次皇上都會醒，她只是在盡力地跟死神拚搏。皇上現在的狀態，就是再也醒不過來，也是不奇怪的。

再次將皇上喚醒後，素年扎在皇上身上的銀針並沒有取出來，她對著同樣一身汗的魏公公搖了搖頭。皇上的情況很糟糕，若有什麼事情要交代，就趕緊交代吧。

太醫們在外面候著，他們之前就算並不知道有其他醫者的存在，這會兒也是很清楚了。

皇上的穴位需要長期留針，那些銀針總不可能是皇上自己往身上扎的吧？天下間誰對銀針有造詣？想一想總是知道的，醫聖柳老，沒想到皇上竟然將他召到了宮中。

皇上的精神很不好，雖然甦醒了，但昏昏沈沈的，他看了看素年，慢悠悠地說了一句。

「沈娘子，給朕，爭取點時間吧……」

素年猛地抬頭。皇上曾經問過她，若是到了他神志不清的時候，有沒有辦法能夠很快地恢復精神，哪怕是迴光返照，油盡燈枯？那時候，皇上還很精神，被素年調理得頗為得當，彷彿身子沒有任何病痛一樣。皇上是用說笑的口氣詢問的，彷佛覺得這件事情很有趣。素年自然不會拂了皇上的興致，當真跟皇上說，是有這麼一套針法的，不過就像皇上說的，那套針法會讓身體的新陳代謝達到一個頂峰，促進血液快速流動，是燃燒生命力的做法，當生命被燃燒殆盡之後，便會回歸塵土。

素年記得那時，皇上笑咪咪地看著她說──「若是真到了那個時刻，就勞煩沈娘子為朕爭取些時間了。」

素年看著皇上，他的臉已經有些浮腫。被心臟的疼痛長期折磨著，每一次發作，都好像死過一次般，將一個英明神武的皇帝生生折磨成這個慘烈的模樣。

是知道自己大限將至了吧？素年抿了抿嘴唇，終於打開了針灸包。

魏錦的眼睛從剛剛開始就一直是紅色的，聽見了皇上的話後，眼神哀痛到讓素年都不敢直視，看見素年去拿銀針，魏錦終於堅持不住。「沈娘子……」素年轉過頭看他，眼中是魏錦從沒見過的冷靜。這個女子，魏錦一直都覺得很不可思議，她看似一次次地在挑釁皇室的權威和規矩，卻從沒有因此受過罰，只因為，她要比自己以為的更加通透。

這樣一個女子，眼睛裡的光彩還從未讓他如此震驚過，彷彿比任何人都鎮定，比任何人都想得明白她此時所要做的事情是正確的，不僅是因為皇上要求，更是因為這最有效果。

「魏錦，去替……朕，將玄澤和玄毅傳來……」皇上氣若游絲，然後又看向素年。「動手吧，沈娘子。」

從內關開始，巨闕、心平、膻中……素年回憶起她腦子裡跟師父研究過的柳氏續命針法的順序。每一個穴位的深淺都有差異，每一根經絡的走向都要顧及，她從沒有如此將注意力集中過，集中到對周圍一切都無法感知。

玄毅和太子到的時候，素年還沒有完成續命針法，但皇上的精神明顯要好一些了。

魏錦看得心裡難受，躲在一邊偷偷地抹眼淚。

「澤兒、毅兒，這大概是……父皇最後一次召見你們了……」皇上抓緊時間，素年一邊給他扎著針，他一邊緩緩開口。「朕不知道自己是不是一個好皇上，但朕，不是一個好父親。朕對不起毅兒，讓你在外面……吃了那麼多苦，讓蓮卿傷心病逝，是朕對不起你。澤兒，朕立你為太子，為的，是你的那份寬厚，蜀兒差你，也就在這一點上。你很好，朕沒有賜毅兒封地，讓他一直住在宮中……咳咳，你也沒有針對他，這很好。」

皇上歇了一會兒，等氣喘勻了，才又繼續說：「毅兒，父皇對你的虧欠，怕是來不及補償了。澤兒，你能代為父的，好好地待他嗎？」

太子玄澤跪在下面。「請父皇放心，兒臣願起誓，今生絕不虧待清王，如有違背，人神共棄！」

皇上的眼中有欣慰的神情，他從來沒有這麼像一位父親過，看著下面的兒子，心底是從未有過的滿足。

玄毅等著皇上問他，或者讓他也起誓不會跟太子爭奪皇位，他甚至開始在心裡醞釀著應該怎麼回答？可皇上並沒有問他的意思，就連太子，也是絲毫不提。為什麼？玄毅不明白。他看著父皇虛弱的樣子，竟然恨不起來……自己應該也是恨他的吧？恨他沒有保護好自己，沒有保護好母親，可事到如今，玄毅才發現，一直以來支撐著他一步一步往前走的理由，正在一個一個地消失。

素年將手中最後一根銀針扎下去，結束了這一套續命針法。皇上現在的模樣著實令人驚駭，素年在不少地方用的都是芒針，從一個穴位透到另一個穴位，極長的芒針，在肉裡穿刺，極為恐怖。可皇上的精神，卻出乎意料地恢復了不少。

素年以為皇上將太子和玄毅找來是為了交代多麼重要的事情，可沒想到的是，除了剛剛那些還算嚴肅的話題外，皇上這會兒有了些精神之後，跟他們二人說的，竟都是一些不著邊際的事情。

「毅兒，你去過北漠嗎？那裡到處都是風沙，風能在人的臉上割出長長的口子，朕跟你娘，就是在那裡認識的……你想知道在哪裡嗎？」

「……在哪兒？」

「北漠的晉城，那樣的地方，卻能孕育出你娘那樣溫婉的女子，真是奇跡。你想知道朕跟你娘是怎麼見面的嗎？」

「……想。」

「那是在一個小客棧裡，你娘蒙著臉，只露出一雙特別漂亮的眼睛，真好看吶！她的面紗沒綁牢，就要掉了，她急忙用手去擋著，卻將手裡的一碗粥都潑到了朕的身上……澤兒，你還記得小的時候，朕送你的那根紅色的牛角嗎？」

「記得。」

「那是你騎射拔得頭籌的時候送你的，你還嫌難看……咳咳……呵呵，那個可是連朕都很喜歡的，特意拿出去做賞賜，結果卻被你隨意地擱在書房裡落灰……咳咳……」

「父皇……」

「沒事、沒事，朕從沒跟你們這樣聊過，真好……沈娘子，妳能給朕多爭取一些時間嗎？朕覺得有些少呀……」

「……民女……遵旨。」

「你們兩人，是朕最得意的兒子，像朕，卻又不像朕，咳咳咳……真好。」

「父皇！」

「沒事，咳咳……若是你們都在朕身邊長大，兄弟之情應該很好吧？呵呵，可惜了，是朕……作的孽啊……」

「……皇上，還請您歇息一下。」

「不歇了……不行歇啊，時候不多了，怎麼能用在歇息上？咳咳咳咳……」

「皇上！」
「父皇！」
「……朕這一輩子，努力做到問心無愧，可最對不起的，就是蓮卿和毅兒……蓮卿，若是朕下去見到妳，妳還會……對著朕笑……嗎？」
「皇上——」
麗徵三十四年，輝厲帝崩於永康宮。太子麗玄澤登基，年號麗明。清王麗玄毅，賜封地北漠。
皇上的幕僚們，對於先皇的遺詔表示不能理解，怎麼能將北漠那麼重要的地方賜給清王呢？清王跟皇上的不對盤誰都能看得出來，這麼一來，先皇是給皇上留了一個隱患吶！
可皇上對此並沒有任何表示，因為那是先皇的遺詔，況且，目前更讓他傷神的，是沈素年。先皇駕崩之後，太醫們進殿確認，皇上身上的銀針雖然都起出來了，可那些可怕的針眼卻是藏不住的，尤其在「有心」的太醫們眼裡。於是，太醫們淚眼婆娑地齊齊跪在新皇的面前，沈痛地自責著，有些年邁的太醫竟當場就要用頭碰柱子，以死明志，要隨了先皇去。
而後，他們想要說的重點終於說出來了——先皇會駕崩，就是因為這些銀針的緣故！柳老是什麼人？皇上竟然被奸人所惑，接受那樣子的人的治療！殊不知，銀針扎在身上，就等於將身體內的陰陽調和之氣外洩，因此才會讓先皇這麼快駕崩啊！
這他媽簡直就是放屁！素年得知之後，在屋子裡團團轉，尋找稱手的傢伙，要去砸那些混帳老頭兒們的腦袋！

小翠和巧兒死死攔住。「小姐，皇上吩咐了，既然那些人認為是柳老，而沒有發現小姐您的存在，那便是最好的，小姐您可別再添亂了！」

「我添什麼亂了？他們口口聲聲誣衊的是我的師父！我怎麼還能沈得住氣？」

因為小翠和巧兒的拚死阻攔，素年暫時還沒有暴露。

但太醫們如何能就此甘休？在新皇的殿前跪成一排，要求皇上嚴懲柳老，要讓世人明白，他柳老醫聖的稱號，有多麼名不副實！

太醫的意思，皇上心裡也明白，早在先皇將素年接進宮之時，就必然料到了今日的局面，可那會兒先皇並沒任何顧慮。為一個區區醫娘的生死而操心？先皇還沒閒到這個地步。

越演越烈的情況，即便是小翠和巧兒也攔不住素年了。

於是玄毅出面了，冷著臉堵著門口不讓開。太醫在前殿鬧著要將柳老繩之以法，皇上的意思是，就讓他們鬧，總歸也找不出柳老的蹤跡，就算他們鬧得再凶，又能如何？

「可我師父就要永遠背負這不實的指責！在他老人家逝世後，我這所謂的傳人不僅沒能夠將柳氏醫術傳承下去，反而還砸了招牌，玄毅，你要我以後一輩子都受到這種煎熬嗎？」

這是素年入宮後第一次當面開口叫玄毅的名字，不是清王，不是殿下，而是她叫過最多次數的「玄毅」。

玄毅沈默著讓開了，他沒辦法繼續阻攔著素年。這些年來的相處，讓他就算沒有摸透素年的喜好，也早已知道她最不願意的，是什麼事情。

第九十章　焦頭爛額

素年成功地出現在了太醫們的面前，她此時不過十七歲，站在一群老頭子的面前，卻絲毫不露怯色。一個小小的女子，獨自面對太醫院裡德高望重的太醫，卻在氣勢上絲毫不輸陣，口齒清晰、語言流暢，義正辭嚴地為她的師父柳老正名。

所有看到這一幕的人，也許這一輩子都不會忘記。背後是偌大的莊嚴宮殿，素年嬌小的身子站在眾人的面前，周身所散發出來的光芒，讓人挪不開視線。

被一個小丫頭下了面子，這群太醫中有不少人都嚥不下這口氣，而有的，則默默地消失在隊伍中。

素年不是光靠氣勢和聲音大威懾對方，她引據典故，將針灸融會貫通、簡潔明瞭地分析出來，讓他們那些胡扯的歪理站不住腳，讓他們沒有辦法再針對師父。

中醫的各種手段其實都相互有關聯，只是麗朝的大夫們都沒有使用銀針的習慣，他們更多的是善於湯藥。可沈素年說得那麼有理有據，想想，好似為他們打開了一扇新的門一樣。

討伐柳老的隊伍變少了，留下來的卻都是精英，而且他們的目標，已經變成了沈素年。

皇上焦頭爛額，這個女子就不能安生一些？如今事情鬧這麼大，她想要如何收場？

太醫們又開始車輪般地上書，要求嚴懲沈素年，各種品行不端、有失醫德……反正怎麼嚴重怎麼說。言下之意，若是不將她斬首示眾，那就是丟了所有醫者的臉面，請皇上慎思！

「沈娘子……如今，妳以為如何？」

「回皇上的話，民女以為甚好。作為徒弟，民女維護了師父的名聲；作為醫者，民女似乎讓一些太醫有所深思。無論之後的結果如何，民女都不會無顏見師父。」

皇上狠嘆出一口氣，真是難搞啊！偏偏她還一副死不悔改、義正辭嚴的態度，真傷腦筋啊……「沈娘子，妳是覺得甚好了，可若真讓那些太醫們如願，朕要如何向人交代呢？」

素年一愣，如今皇上可已經不是太子了啊，他還需要那麼在意跟蕭戈之間的承諾嗎？

「皇上，蕭大人……那只是隨便說說而已，皇上不必掛心。」

「沈娘子，看來，蕭戈確實如他自己所說的，前途堪憂啊！呵呵呵，朕真是有些期待呢！」

素年不明所以。

她疑惑的眼神讓皇上心情好多了。「沈娘子，妳也有段時間沒有見到蕭大人了吧？妳覺得，身為朕的心腹之臣，為什麼這個時候他不在朕的身邊呢？」皇上並沒打算等素年回答，而是瞇了瞇眼睛，繼續說：「朕之前主張以武力吞併馬騰，然而，朕心裡卻沒有合適的人選，因為那很危險，而最合適的人，朕卻無法開這個口。」見素年的臉色明顯變了，皇上的眼睛裡，這時才稍稍讓隱藏的冰冷散去一些。「朕沒想到，蕭戈卻是主動來找朕，主動請纓要去討伐馬騰。他只有一個要求，就是讓朕承諾，在先皇駕崩之後，保全妳沈素年的安危！」

「太子答應我，就算皇上……他也會極力保證妳的安全，所以妳不用擔心。」

「可我不希望妳死。」

「妳只需要知道就可以了。」

素年記起蕭戈曾經跟她說過的話，一句一句，清晰地出現在她的腦海裡。他瘋了嗎？領兵打仗有多麼的危險，他不知道嗎？像蕭戈這般忠心追隨皇上的人，根本就不需要踏足危險來證明他的忠心，他大可在京城中享受榮華富貴，可他為什麼……

素年不明白，她甚至不知道自己到底有哪一點值得蕭戈這麼做？她不安、她惶恐，這些不安和惶恐交織在一起，將她淡定的表情徹底撕裂。

作為一個跟蕭戈從小認識的摯友，皇上其實挺為他覺得不值的，這個從沒有對任何女人有過異樣情緒的人，卻在一個小醫娘身上栽了大跟頭。這也就算了，關鍵是這個醫娘對蕭戈並沒有同等的感情，哪怕蕭戈為了她做出再多讓自己瞠目結舌的事情，小醫娘彷彿都不在意一樣。憑什麼？她憑什麼讓蕭戈做出那樣的犧牲？皇上對沈素年雖然表面不顯，暗地裡卻是很不能認同的。可即便如此，沈素年卻一次又一次地讓他大開眼界，一次又一次地做出讓自己無法理解，卻又無法否決的舉動。難道就是這樣才讓蕭戈深陷其中的嗎？皇上微微搖了搖頭。

「朕答應了。朕會將妳的命保下來，就當作……一命換一命吧，雖然朕完全不覺得值得！」這是皇上第一次對素年表現出明顯的惡意。在他看來，蕭戈的命比起沈素年來要重要得多，十個沈素年他也不願意去換一個蕭戈，所以對於這個讓自己心腹身陷險境、凶多吉少的罪魁禍首，皇上再也無法將情緒隱藏得那麼好。

只是，素年完全沒有接收到皇上的敵意，她還兀自沈浸在自己瀕臨崩潰的情緒裡。

蕭戈竟然為自己做到這個地步，素年也無法再想當然地視而不見了。他是在拿他的命來換取自己的命啊！

平日裡怎麼瞧怎麼靈動的素年，一下子變成了呆頭呆腦的樣子，木然地站在皇上面前開始發呆，眼神極迷茫，讓皇上都無法從中看出端倪。

素年就維持著這種呆滯的表情跪安告退，皇上有沒有允許她離開她都沒在意，反正做完了自己該做的一套動作之後，就失神地飄了出去。

「哼，還算有點良心！」皇上在素年離開之後，才從鼻子裡哼出一聲，心裡算是小小地解了氣。

回到了偏殿的素年，獨自一人坐在角落裡。

小翠和巧兒都很有眼色地沒有去打擾她，她們知道，小姐這會兒一定在想一些重要的事情，關乎她一直以來堅持的想法，她們只需要等著結果就可以。

素年這一考慮，就一直持續了很長的時間，她的腳都坐麻了，也沒有等到小翠來叫她吃飯的聲音，她餓呀……思考什麼的，最耗體力了，怎麼她們都將自己給忘了嗎？

素年知道蕭戈的去向後，並未在對抗太醫這件事上有所收斂，而是主動請皇上身邊的太監為她通傳。

「皇上，民女並不願在這件事情上退讓，因為這關係到民女師父柳老的名聲。至於蕭大人的恩情，民女無以為報，只願他能夠平安歸來。」

皇上的眼睛危險地瞇了瞇，卻不動聲色。「朕雖然說會將妳的命保住，但沈娘子這是有恃無恐？」

「皇上恕罪，民女並無此意。只是，對民女來說，師父的名譽勝過民女的性命，僅此而已。若是可以的話，民女更希望蕭大人能夠凱旋歸來，就算讓民女現在就死去，民女也毫無怨言。皇上，這是兩回事，民女若是因為蕭大人的承諾，就放棄師父的名聲，想來蕭大人也是不願意見到的。」

皇上的心裡，忽然想起蕭戈離開前跟自己的對話——

蕭戈將素年新縫製的一個瓶子小掛件，和之前的那個小靴子都拿過去，放在手中摩挲了半晌，才慢慢地說：「殿下，臣希望臣離開之後，殿下不要將這件事告知沈娘子。」

「這是為何？」

「呵呵，其實殿下說與不說，也都是一樣的，沈娘子並不會因為此事而改變太多她的堅持，臣也不希望沈娘子會因此而改變，那樣的話，她就不值得臣這麼做了。」

皇上揮了揮手，示意沈娘子可以下去了。他才剛剛登基，怎麼就碰到這麼棘手的事情呢？真是太頭疼了……

除了太醫堅持要嚴懲素年外，另外還有榮妃，現在的榮太妃，不知道從哪裡得知此事，也跳出來，說是沈素年之前就對自己不敬，此女德行敗壞，不可再留。

榮太妃就是嚥不下一口氣而已，她在宮中這麼多年，還是第一次吃了那麼大的虧，如今發現那個狐媚的賤人竟然做出太醫們口中的事，那還得了？她必須要為曾經做過的事情付出代價。

此事不宜繼續擴大，因此皇上很快有了定論——

接受沈素年的治療，是先皇的決定，就算是皇上，也不得對先皇的任何決定產生質疑，愛卿們情緒如此激動，莫非是打算質疑先皇？

太醫們都閉了嘴。這個罪名太大，讓他們無法承受。那些尋著柱子要一頭撞死的，也沒真的想血濺朝堂，皇上這麼說了，那估計他們就是真死了，也只會落個大不敬的罪名而已。

至於榮太妃所說，當日的太子殿下，也就是如今的皇上那時也在場，並且已經將人帶走懲罰了，莫非榮太妃是對皇上的責罰有所不滿？

榮太妃也立刻不鬧騰了。先皇駕崩之後，沒有先皇的榮寵撐腰，榮太妃在宮中的地位已不再如同以前那樣尊貴，如今宮裡最尊貴的人是皇上，已經沒她們這些妃嬪什麼事了。

不過，皇上也深知甜棗加大棒的重要性，之後又是一頓安撫，對榮太妃賞了不少東西作為安慰；然後對太醫們，皇上則是一副他也很想處罰沈素年，無奈那是先皇的決定，他也無能為力，還請太醫們諒解的模樣。

皇上這麼做，還是挺有風險的，他畢竟新登基不久，根基太淺，如此強硬的作風，不免讓一些「有心」的人給盯上，畢竟皇上雖然登基了，但不是還有各位王爺嘛，皇上這麼一意孤行，他究竟適不適合做皇上呢？這真是該好好想想。

被暗地裡提得最多的，便是清王玄毅。

先皇對玄毅的態度，還有賜予他的封地，無一不昭示著清王在先皇心中的不一般，更甚者，遺詔中並沒有規定清王赴封地的期限，這就意味著，只要清王願意，他就可以一直待在京城裡……

素年看著面前無任何表情的玄毅，覺得他可真是夠淡定的，這種情況要是放在她以前看過的小說中，那必然是渲染得驚心動魄，新登基的皇上必須以各種方法、各種手段盡快將這個王爺給搞死才能安心，怎麼玄毅一點緊張感都沒有呢？

「我要去北漠了，妳要不要一起？」玄毅冷著臉，輕飄飄地吐出一句話。

素年驚恐萬分，不可能吧？她居然有魅力到將這個冷面王爺給擄獲了？真是罪孽啊罪孽，都怨自己這張罪過的臉，唉……

玄毅已經練就出光看素年的表情，就能大概猜出她想法的能力。這會兒他整張臉都在抽搐，似乎想說什麼，又覺得不大好說，掙扎了半天才開口。「北漠那裡……離馬騰……挺近的。」

一隻手摸著臉、還沈醉著的素年，如同被敲了一棒一樣，還保持著那樣的姿勢，只是臉僵掉了。「呵呵呵，你說什麼？我沒聽清楚。」素年勉強扯了扯嘴角，笑容無比虛弱。

「我說，北漠那裡離馬騰很近，若是去那兒，也許就有可能碰到妳想見的人。」

「呵呵呵……我想見誰呢？你這孩子說得真是……」素年完全豁出去了，自己究竟在說什麼，她已經是無力顧及，笑容假得讓人不忍直視，但她卻仍然堅持著，顫巍巍地走到一旁，顫巍巍地倒出一杯水端起來喝，那手，抖得也太明顯了。

玄毅也不催她，他只是來詢問及通知她一聲而已。若她願意，就一起上路；若是不願，那他們，就只能在這裡道別了。

看好清王的某些人，暗地裡旁敲側擊地想跟清王牽線搭橋，想要表表忠心，或是攛掇一下，可惜，清王早已決定好去封地，讓這些人的希望都落了空。

玄毅決定兩個月後啟程，他將日子通知了素年，如果她有想要一起去的打算，只要去他的府裡找他就行了。玄毅此時已經搬出宮，住在一處王爺府內，畢竟皇宮裡面，只能夠留下一個最最尊貴的主人。

素年這會兒還在宮裡，現在出宮太危險了，指不定分分鐘就會被那些餘怒未消的太醫買通人給弄死，素年決定稍微避一會兒風頭，反正皇上也沒有要趕她出宮的意思，素年就權當不知道。

不過，素年很快發覺，她這裡的待遇竟然慢慢地更加好了起來，並不是皇上的刻意照顧，而是莫名其妙地，送來的東西，品相比之前要好上了不少。

宮裡人慣會見風使舵，眼見著皇上對沈素年的維護，又默許她在宮中住下，他們當然要趕緊巴結上！素年也想到了，她真想出去怒吼兩句。你們看看皇上給我看的臉色再作決定啊！但讓素年覺得奇怪的是，皇上還竟然真的沒事就會來她這裡坐坐，這讓宮中的傳言更加坐實了。

素年特別無法理解，新皇剛登基不是都會有很多事要處理，理應忙得不可開交嗎？皇上這麼頻繁地來自己這裡就為了給她臉色看，這就不花時間了嗎？要不要這麼看得起她啊？

素年憋屈地站在一旁，皇上坐著，她就只能站著，這也不錯了，起碼，皇上沒讓她跪著，素年心裡挺阿Q地自我安慰著。

小翠顫巍巍地送上一壺茶，放下了就走人。

素年看皇上身旁的太監沒有動的打算，便上前親自給皇上斟茶。一邊倒茶，素年一邊在心裡盤算著，皇上這麼沒事就過來蹓躂，什麼意思啊？難道在找尋機會為蕭大人出出氣？可看著也不像啊！每次來自己這裡，他也就坐坐，有時候連話都不樂意跟自己說呢……將茶盞送過去後，素年又退回了原位。不就是看誰能沈得住氣嗎？她有這個自信不輸任何人的！

皇上姿勢優雅地端起茶盞喝了一口，然後皺了皺眉，又放下，說話前，素年竟然發現他輕輕地吸了一口氣。

「朕聽蕭戈說，沈娘子有個泡茶功夫很出色的丫鬟？」

素年一愣，緩緩抬起頭，眼中迸射出不敢置信的神采。

皇上被她這種毫無遮掩的眼光看得不自在，竟然微微偏了偏頭。

什麼意思？素年正在迅速地理清思路。皇上是在問巧兒？他……看上巧兒了？所以皇上每次來這裡是想見見巧兒嗎？難道是巧兒在榮妃面前英姿勃發的樣子撥動了皇上的心弦？

皇上看著素年不斷轉動的眼睛，覺得真是作孽，這個女人這會兒指不定在想什麼奇怪的事情呢！皇上也不知道自己怎麼會對一個小丫頭念念不忘，只是那一次，他和蕭戈遠遠地瞧見榮妃要為難素年時，他覺著有趣，就跟蕭戈打了一個賭，賭賭看素年會不會在榮妃身上吃苦頭？蕭戈十分有信心，直接賭不會，而自己則是很看好囂張跋扈的榮妃。

結果，他一柄心愛的佩劍就這麼輸出去了。

巧兒俐落的拳腳、眼睛裡迸發出來的狠勁、好似母雞護崽一樣的身姿，讓皇上記住了她。而後，每當皇上見到素年的時候，都會連帶地想起她身邊那個忠心護主的小丫鬟，越見不著，就越想見，以至於有時候他自己都沒有發覺，就又往素年這裡來了。

明明身邊有嬌妻美妾，卻偏偏對一個身分低賤的小丫頭這麼在意，皇上覺得，這一定是蕭戈傳染給他的……喔，不對，蕭戈還沒有成親呢！接連幾次都沒有見到人，皇上沈不住氣了，他是皇上啊，見個人還要遮遮掩掩的？沒這樣的！於是，他便隱晦地提示了一下。

不過現在，皇上後悔了，因為沈素年的眼神告訴他，她對這事很感興趣……

「回皇上的話，民女丫鬟們的泡茶手藝，都是跟民女學來的，若是皇上不滿意，民女親手為您泡上一壺，可好？」素年眼睛裡的笑意明目張膽。她說的是事實啊，小翠和巧兒以前哪懂泡茶？不過也不是跟她學的，柳老極愛喝茶，還只愛喝好茶，用他的話說，他這輩子也就這麼個愛好了，所以小翠和巧兒才跟著學了不少。

皇上龍顏一緊，素年卻毫不退縮。想動她的人，就算是皇上，也沒那麼容易的！

第九十一章　留在宮中

讓素年驚訝的是，皇上並沒有強硬地命令她什麼，而是默默地將面前的那壺茶喝完之後就離開了。素年恭送皇上離去後，回頭立刻去找了巧兒。

巧兒比小翠還要略小一些，但也已經及笄，算是大姑娘了，這種事情，素年從來不瞞她們。

只不過，巧兒在聽了素年的話以後，整個人都不好了，好似見了鬼一樣，兀自顫抖了近兩分鐘，才哭喪著臉。「小姐……妳別逗巧兒了！巧兒還給妳新做了一套衣裙呢，按妳說的那種樣式，保准妳喜歡！」

看吧，巧兒自己都覺得是在開玩笑吧？素年無奈地笑笑，開始給她洗腦。

等巧兒再三確認素年並不是在說笑，一旁的小翠也輕輕地點了幾下頭，表示她也聽見了，巧兒又再次凌亂了起來。

素年明白，任誰聽聞這樣的噩耗都得有段時間才能緩過來，她能理解的。不過現在的問題是要如何解決？要如何讓皇上打消對巧兒的興趣才好……

素年冥思苦想，巧兒卻緩過了神。「小姐，是真的嗎？那、那可怎麼辦呀！」

……不對！素年發現巧兒的情緒不對，並不是她心裡所想的焦躁和困擾，而是激動，純粹的激動！就好像是……不小心發現自己中了大獎，但是又並不確定的激動一樣！怎麼會？

那是皇上啊！就算他喜歡有什麼用？那是要跟起碼十幾、二十人分享恩寵的！但巧兒怎麼似乎並不排斥的樣子？素年茫然了，這種情況，她並沒有考慮過。所以，之前還是應該讓巧兒出去見見皇上比較好嗎？

小翠這會兒突然聰慧了起來。「小姐，那是皇上，能得到皇上的青睞，可是天大的榮幸呀！」

「可是……」素年忽然說不下去，她又忘了，這裡是古代，是三妻四妾無比正常的古代！皇上的妃嬪多又如何？還不是有無數的女子擠破了頭想要進入那個巨大的牢籠？

可是巧兒……素年捨不得。自己捨不得她以後的一生都待在這個皇宮之中，每日只能見到一成不變的、四四方方的天空。

然而素年無法改變她們的想法，就好像她們也無法改變自己一樣。

第二日，皇上竟然又來了，臉上帶著堅定的神情。他想過了，自己貴為一國之君，不過看上一個姑娘，還要看人家臉色？於是，他有些殺氣騰騰的。

誰知道，這次給他送茶水的，居然就是他想見到的巧兒！

昨兒個沈素年還護得死死的，今天怎麼就放出來了？皇上有些無法理解，但那不重要，重要的是，他見到巧兒了！巧兒是一個典型的南方美人，恬淡溫婉，細膩柔美，所以當初反差那麼大，才會讓皇上十分動容。

巧兒在聽素年說皇上對她有意思之後，覺得自己見到皇上定然會含羞帶怯、欲語還休，只是這會兒她突然發現，可能是跟小姐待的時間長了，她竟然忘了害羞是個什麼樣子的，頂多畏懼之情減弱了不少而已。

這讓素年十分欣慰，就是嘛，這樣才對嘛！雖然對方是皇上，但她們也不需用諂媚之姿，畢竟現在可不是巧兒對皇上一見鍾情啊！

有禮有度地給皇上斟茶，然後巧兒神態自然地退了下去。

皇上反而感到奇怪，就這樣？他見過的女子，除了沈素年，其餘的，要不就是敬畏到連頭都不敢抬，要不就是隱秘地暗送秋波或是欲拒還迎。

但巧兒不是，她是真的十分淡然，就連她自己都覺得不敢置信。

屋子裡就剩下皇上和素年，還有皇上身邊的小太監。

「皇上請用茶，不知今日的茶水，可合您的心意？」

皇上端起來喝了一口，然後賜坐。

素年很自然地坐下來，眼睛笑咪咪的。「皇上，您準備給巧兒一個什麼名分？」

皇上身邊的太監抬眼看了素年一下，然後又將頭低下去。

只是那一眼讓素年給看到了，裡面在譴責她的不知分寸。不知分寸？素年暗暗笑了笑，她當然知道，可既然皇上有這個心，她就不能讓巧兒受委屈。

巧兒這孩子太單純，自己救了她的母親，這麼些年來，巧兒就一門心思地跟著自己，從一個唯唯諾諾的小姑娘，成長到現在有膽子對抗宮中妃嬪。這樣單純的女子，放在宮裡那就必然是宮鬥中的犧牲品，哪怕皇上再喜歡，也許，結局仍會像玄毅的娘親一樣。

況且，皇上對巧兒到底是個什麼意思，他也沒有說清楚，說不定只是覺得有意思，玩玩而已，若是這樣，素年必然拚死也不會讓皇上如了意。

這個惡人就由她來當！素年冷靜地看著皇上，等著他的回答。

皇上也沒讓素年失望，既沒有發怒，也沒有敷衍，而是認真考慮了一下。

素年又補充道：「巧兒雖說是民女的丫鬟，但並沒有簽賣身契，清清白白的，民女也是拿她當作妹妹來看。」

「如今內務府正在著手為朕操辦選秀事宜，沈娘子覺得嬪位如何？」

「皇上……」低下頭的太監再次抬首。這不合規矩啊，太后她們是不會同意的。

皇上並未理會，只是看著素年。

嬪位？素年不是太清楚，不過似乎是僅次於妃位的品級，而且大概能有二品的樣子。皇上這是打算大出血？素年起身，嫋嫋地跪下去。「民女替巧兒謝恩，感謝皇上的厚愛。」

沈素年不喜歡跪禮，皇上早聽蕭戈提起過，然而此刻，她卻主動跪在地上，沒有起身。

「皇上，民女如此大不敬，民女知罪，但是巧兒跟民女名義上是主僕，實則情同姊妹，我們在一張桌上吃飯，在一個屋簷下過活，民女不得不為她考慮。民女知道，能得到皇上的青睞，是巧兒上輩子修來的福氣，可巧兒的性子未必就適合深宮大院。皇上，若是沒有足夠的保護，巧兒那丫頭定然是連自保都做不到的。皇上曾經答應民女，因為醫治先皇一事，您願意滿足民女一個要求，現在民女懇求皇上，若是您想將巧兒收入宮中，請您，一定要好好地待她。」素年跪在地上，臉上一貫雲淡風輕的表情已經全部消失，她深深地看著皇上，將頭，重重地低了下去。

簾幕後的巧兒咬著顫抖的下唇，逼自己不要發出聲音。小姐曾經不止一次跟她們強調，不僅男兒膝下有黃金，就是女兒家，那也是不能隨隨便便下跪的。

跪天跪地跪父母，就連天子，素年背地裡都很不屑地翻白眼說：「那跟我有什麼關係？幹麼要跪他？」進了宮之後，雖然見到皇上等必須要跪的人，素年也會跪，可是姿態卻跟現在這種虔誠的樣子天差地別。

素年的額頭碰在冰涼的漢白玉地面上，冰涼的感覺順著她的肌膚慢慢地滲進血脈中，運行至全身。低著頭，素年看不清皇上的表情，就無法揣測皇上的情緒。她知道自己真是太大膽了，不過一個丫鬟而已，皇上能看得上，那是她祖墳冒了青煙，竟然還敢跟皇上提出要求？簡直就是活得不耐煩了！這些素年都知道。她不知道這樣做對巧兒究竟是好還是壞，可她不能什麼都不做。她想盡她所有的努力，為巧兒的未來添上哪怕只有一點點的助力。

小翠擁著巧兒，巧兒已經無聲地哭到脫力了。她上輩子究竟積攢了多大的恩德，這輩子才能遇見小姐……

「朕，答應妳。」

很久很久之後，素年才聽到皇上的聲音。她的兩隻膝蓋已經被冰涼的地面凍到有些麻木，起來的時候都忍不住趔趄了一下，可她扶著桌面，努力穩住，迫不及待地去確定皇上的表情。皇上是認真的，這個發現讓素年鬆了一口氣。這就夠了，也許以後巧兒有一天會後悔，但這已經是素年所能為她盡的最大努力了。

皇上離開之後，素年站在屋子裡，許久許久才回過神。她摸了摸自己的肚子，又有些餓了，不知道今天小翠做了什麼好吃的？

「小姐……」巧兒走出來，滿臉淚痕地跪在素年面前，她抖著嘴唇，卻說不出什麼話。

「幹麼呀？這可是喜事呢，別哭啊！」素年讓巧兒起來，笑嘻嘻地說：「以後呀，我還要稱呼妳為娘娘呢！」

結果，巧兒哭得更大聲了，伏在地上，幾乎背過氣去。

素年束手無策，求救地看向小翠，茫然無助得不知所措。她說笑的呀，不過，本來就是這麼回事嘛……

小翠都無奈了，小姐也真是的，非要在這個時候說這種話！她上前將巧兒扶起來。

素年很不安地站在一旁。「別哭了，哭得好像我虐待了妳一樣，一會兒要讓皇上知道，那我可就慘了……」

「小姐！妳先別說話了！」小翠黑線，巧兒這要是真哭得背過氣去可怎麼辦？

巧兒花了很長時間才勉強恢復過來，兩隻眼睛腫得跟核桃一樣。她有話想跟素年說，雖然哭成了這樣，但還是很堅持地又走到她的面前，並且堅定地跪下。

「小姐，巧兒一直知道自己並不能比得上小翠姊姊在妳心中的地位，可這些年來，小姐對我們二人都是一樣的好，巧兒早已決定要一直服侍在妳身旁。而現在，皇上看中了巧兒，這是巧兒的福氣。巧兒有時候會想，小姐對巧兒那麼好，巧兒要如何才能報答妳的恩情？在妳離開的那半年多時間裡，是巧兒最無助的日子，巧兒並不像小翠姊姊那般對妳充滿了信心，巧兒總會想，若是小姐妳……妳出了什麼事情，那該怎麼辦……若是巧兒能幫得上忙，那該有多好？那段日子，巧兒一直都這麼想著。巧兒知道小姐為我擔心，可是小姐，妳放心，巧兒會努力的，就算是只能分得皇上的一點點情意也好，巧兒都會努力，這樣子，如果下次小姐又陷入危險，巧兒就能夠幫得上小姐了……」

巧兒跪在地上，低著頭，斷斷續續地抽噎著。她沒想到小姐剛剛會那樣子幫她，像豁出全部一樣。明明自己只是個丫頭，明明是她要飛上枝頭變鳳凰，小姐卻為她擔心成這樣……巧兒恨不得將心掏出來送到小姐的面前，她能夠成為小姐的丫頭，真是何其有幸！

「起來吧。」素年伸手將巧兒拉起來，她沒想到小丫頭竟然有這麼多想法。別的她也就不說了，抬起手摸了摸巧兒的頭髮。「雖然……呃，情況跟我想的有些出入，但妳和小翠的嫁妝，我早已經備好了。皇上當然是不缺錢的，就給妳用來打賞疏通吧……唉，別、別哭了！我都餓了，小翠啊，咱們今晚吃什麼呀……」

「以後在宮裡，別誰的話都聽。害人之心不可有，防人之心不可無，對每個人都要保持一分質疑。別誰給妳什麼東西妳就吃啊，裡面保不齊有什麼呢！別往水塘旁邊湊，身邊一定要有可靠的宮女跟著，起碼兩個。一些看起來很可疑的贈禮，就偷偷地都讓太醫什麼的多看看，自己一個人了，別整日稀裡糊塗的……」

素年徹底囉嗦起來，她開始搜腸刮肚地去想曾經看過的宮鬥裡面都出現過什麼手段？雖然巧兒還是個黃花大閨女，但素年卻已經開始給她灌輸如何保胎、如何保護自己的孩子……

「小姐……妳這會不會說得太早了？」小翠聽得滿臉通紅，怎麼就忽然說到孩子了呢？

「不早！所有的事情都得提前想，這樣才能防患於未然！」素年很肯定地說，然後嘆了一口氣，想起那日皇上身邊那太監的反應。直接將巧兒收了是沒問題，可若是直接給她封嬪，那確實是不合規矩。後宮的事情，有時候，還真不是皇上想怎麼樣就能怎麼樣。但，這個就不是她需要操心的了，既然皇上應了下來，那他就一定能夠做到。

那自己呢？她打算什麼時候出宮？出宮之後打算去哪裡？素年必須好好地考慮一下。

幾日之後，有教養嬤嬤找上了素年，恭敬地說她是太后那裡的人，要接巧兒姑娘過去，順便就在那裡住下了。皇上的嬪妃，必然要懂得宮裡的規矩。

跟著教養嬤嬤一起來的，還有皇上身邊的太監，說明她所言不假。

這麼說來，皇上那裡應該是沒有問題了。

巧兒沒想到這麼快就要和小姐分別，但這是她自己選的路，她含著眼淚收拾好東西，給素年恭恭敬敬地磕了三個頭。「小姐，妳千萬保重……」

「去吧。」素年微笑著朝她揮揮手，就像之前做過的無數次那樣。

去吧，不管如何，一定要勇敢起來。這條路，素年幫不上任何忙，她只能默默地祈禱，祈禱這個單純善良的女子，能夠在宮中占有一席之地，不被任何人欺負，不被任何人看輕，如此足矣。

巧兒一步三回首地離開之後，素年抬頭凝視著天空，仍舊是四四方方、規規整整的一小片。

「收拾東西，我們也離開吧。」素年低下頭。

小翠發現小姐的眼睛有一圈紅色，連忙應了，轉身去屋裡拾掇。

金瓦紅牆，深宮大院，鎖住了多少年輕鮮活的生命，但願巧兒不要對皇上情根深種，這樣的話，也許還會好受點吧……

素年獲得了允許，跟小翠二人輕車小轎，低調地回到了她們的小院子。在離院子還有一條街的地方下了車，她們偷偷摸摸地往院子方向摸過去。

這麼長時間了，不知道魏大哥還在不在？那些對她頗有怨言的太醫們，有沒有僱人來砸她家的門洩憤？

小院子的門開著，小翠勇敢地讓素年等著，她獨自謹慎地走過去探察情況。

很快地，小翠笑容滿面地回來。「小姐，魏大哥還等著咱們呢！」

魏西見到素年和小翠後，表情並沒有多少變化，似乎她們只是出去買了趟東西回來了一樣。

「巧兒姑娘呢？」魏西發現人數不對，這點變化他還是看得出來的。

回到了自己的家後，素年才發現她原來也不是完全不緊張的。這會兒徹底放鬆了下來，比起宮裡的高床軟枕，還是自己家裡的床讓她能睡得安心。素年直接往屋裡撲，將解釋的重任交給了小翠。

這一睡，也不知睡了多久，素年睡到全身痠軟才從床上爬了起來。她出門一看，小翠已經開始忙碌了。比從前少了兩人，如今這個院子裡，就剩下他們三個，原本住得剛好的院子，竟然如此的空曠。

吃飯的時候，素年咬著筷子，嚴肅地提醒魏西。「魏大哥，我這次算是捅了樓子，得罪了不少人，說不定他們知道我回來之後，會僱人來出氣，我們的安全，可就交給你了！」

魏西嘴含著飯，隨意地點點頭。

素年的心稍定，又想說什麼，卻被小翠一把將筷子從她嘴裡奪下來。素年也不惱，呵呵地將話說完。「魏大哥，你去過北漠嗎？」一直都在漫不經心地吃飯的魏西突然一頓，抬眼看了素年一眼，眼中出現了她從未見過的情緒。素年笑了笑，拿過小翠手上的筷子，又開始吃東西。食不言，寢不語。素年是覺得，她要是再多說話，小翠的臉陰得都要能滴墨了，所以她趕緊低頭吃東西。只是，魏西的神色有些不同尋常啊……

當初素年找魏西來做護院，其實考慮得並不周全。她對此人並沒有太多的瞭解，光是覺得他有一身好功夫，所以就急吼吼地想要將他招來，現在想想，真的挺凶險的。萬一魏西是個心懷不軌的人呢？萬一他心術不正呢？她們這幾個小丫頭，就算再加一個玄毅，都不會是他的對手，玄毅到現在都還沒有在魏西手上贏過呢！魏西的功夫到底有多好，素年不知道，她只知道，每次他和玄毅切磋時，玄毅都是滿頭大汗，而魏西則是一副很欠揍的欣慰感，彷彿玄毅是他的徒弟似的。這樣的人，除非能確定他真的忠誠，否則最好謹慎待之。

不過，魏西跟他們生活也有幾年了，素年從一開始的質疑到後來只剩下好奇，因為此人似乎對什麼都不感興趣的樣子。他沒有特別喜歡的東西，除了喝酒。其餘所有事，素年會徵求小翠、巧兒的意見，會詢問玄毅的想法，只有魏西，她是不需要問他的意見的。因為魏西什麼都可以，什麼都無所謂，他好像沒有自己的想法般，他們想怎麼做，他就可以怎麼做。

一開始素年覺得彆扭，怎麼能隨波逐流成這樣呢？她也很懶的，可也沒有懶到這個地步啊！可是漸漸地，素年就習慣了。她發現魏西真的是無所謂，並且也不是在勉強自己，反而還挺樂在其中的。不管他們決定吃什麼、穿什麼、去哪裡走走，魏西都無條件同意。

這麼一個素年心中的奇葩，這會兒竟然有些發愣？素年捧著碗，心裡起了軒然大波！自己剛剛說什麼了？好像也就提了一句北漠是吧？魏西對北漠很有感情嗎？

素年忽然想起當年，她給魏西治療關節炎時，那症狀嚴重得一看就是久居濕寒之地，或是受寒後過度飲酒，使血管和皮膚擴張導致的。素年雖然沒有去過北漠，但這個名字太貼切了！北邊，荒漠，很是符合嘛！難道說，魏西是從北漠來到這裡的？

「咳咳！」小翠低著頭咳了兩聲。小姐已經將空空如也的筷子往嘴裡塞了兩次了，關鍵是，她的嘴巴還一本正經地嚼著，裡面根本啥都沒有啊！

素年回過神，臉有些微微發紅，趕緊專心吃飯。

迅速地吃完後，小翠去收拾，素年便將魏西留下來，笑咪咪地給他倒了一杯茶，再將一碟水淋芬芳、洗乾淨的鮮果往他面前推了推，笑容甜蜜到好似浸了蜜汁一樣。

魏西無端地抖了抖，心裡開始防備。素年但凡露出這種笑容，通常都有很強烈的目的性。

「魏大哥，你能跟我講講北漠嗎？」

「怎麼忽然對那種地方感興趣？」

「因為我們說不定很快就要去一趟了。」

魏西還是愣住了，儘管他做好了心理準備，卻沒想到素年竟然會作出這樣的決定。北漠，嚴酷與希望並存的一個地方，生活條件艱難，卻也同時將人的性子捶打得堅毅與執著。那裡的人們質樸、善良、驍勇、善戰，各種性格揉雜在一起。他們擁有抵禦外族和環境而形成的最團結的心性，卻因為太過粗糙的外表容易讓人誤解。

那是自己在夢中經常回去的地方，而現在，素年卻說他們要去？

第九十二章　出手相助

魏西看著素年，這個女子正捧著一顆果子在啃，無比專心的樣子。

她是在給自己留下思索的空間呢，這個小姑娘一直都是這樣，看似漫不經心的舉動，卻處處都在為別人著想，這大概就是自己一直待在這裡的理由吧。

素年將一顆果子啃完後，這才將眼神轉回來，亮晶晶地盯著魏西。「魏大哥，你對北漠是不是很熟悉？」

魏西好一會兒才點了點頭。「那裡，算是我的故鄉。」

「那太好了！聽玄毅說，那兒離馬騰和麗朝軍隊的戰場比較近，有個熟人帶路，我就安心了。」

一旁，小翠回來了，用小銅盆打了一盆水，端過來給素年淨手。「小姐，妳已經決定好了？」

素年垂下眼睛。去吧，她不喜歡欠人人情，就是去說一聲謝謝也好，確認他是不是安好，自己的心裡也能稍微安心點。

這時，魏西忽然對她們二人做出一個噤聲的手勢，素年和小翠立刻閉了嘴，看著魏西悄無聲息地迅速摸了出去。

素年和小翠對看一眼後，輕手輕腳地將手擦乾，盆放著不動，也慢慢地站起來，不發出一點聲響地往前院移動。

素年很有自知之明，她明白自己基本上就算是個累贅，小翠還好些，力氣不小，又會些拳腳，所以素年很自覺地走在最後面，盡可能地不去拖累其他人。

前院裡有不小的動靜，可是轉瞬即逝，歸於平靜。

「走，去看看有沒有需要幫忙的。」素年眉頭一皺，雖然她很相信魏西，但如果對方出賤招呢？指不定魏西就會栽了！

幸好並沒有出現意外，她們兩人到的時候，一切都已經結束了。

魏西腳下踩著一名身穿黑色衣服、臉上也蒙著黑布，瘦精精的人。這會兒魏西一把將他提起來，面罩一摘，是張相當大眾化的臉。

素年正想說什麼，冷不丁地，魏西的大手在這人的下巴上一摸，他的下巴就整個掉了下來！

「這是……」素年還想著盤問呢，這被卸了下巴要如何說話啊？

「他想自盡。」魏西淡淡地說。

素年一驚，頓時無比好奇，看著那人不受控制地張著嘴，她的臉不由自主地往前湊了過去。他是要咬毒嗎？那嘴裡的毒是如何藏的呢？不會無意間自己就咬到嗎？多危險吶！素年蹲著，瞇著眼睛往那人的嘴裡看，姿勢要多猥瑣有多猥瑣。

忽然，他們聽到前門有一陣喧譁，關著的門被用力地砸響，似乎門外有不少人的樣子。

魏西皺了皺眉，在那人身上劃拉了幾下，那人當即整個身子都虛軟了下來，魏西將他隨便往地上一扔，就走過去開門了。魏西一將門打開，幾名身穿官服、腰間配著長刀的官差就要往裡面闖。

魏西往那兒一站，他身形高大，一個人就堵住了半扇門，再加上臉上凶神惡煞的表情，氣勢凜人。他皺著眉，眼睛微微瞇起一點點。「你們是誰？」

官差在京城裡一般都是橫著走的，見多了魚龍混雜的情況，很容易就能夠分辨出面前這個男子身上散發出來的殺氣。這種氣勢讓官差的步伐緩了下來，為首的一個甚至走出來拱了拱手。「我們是衙門的官差，有人報官，說這裡有一名沈姓小娘子在院子裡毒殺了一名百姓，我們奉命過來查探。」

魏西的眉頭皺得更緊了，也就是說，剛剛那名男子不管是否得手，都會咬毒自盡？殺成了也就罷了，若是殺不成，他的死就會變成是素年做的。只不過是對付一個小姑娘，竟然用這麼惡毒的手段？麗朝的律法很是嚴苛，若是殺人，必將償命，這種做法，簡直太過分了！

「官爺，進院查看可以，可若是沒有像您說的情形，草民希望知道是誰報的官，草民要告他們誣告之罪。」

「這……」

「官爺，草民一家清清白白，小姐更是醫術聖手，救治過許多人，而現在，小姐菩薩一般的人兒竟然要受到誣告，草民拚死也不會答應的，否則，我們大麗朝天理何在？聖上的明察秋毫何在？」魏西是從官府裡出來的人，他很明白裡面的彎彎繞繞。

來搜查，可以，有了官府的文書即可。一般的人只會想著如何證明自己的清白，而不會再去追究到底是誰在背後捅了自己一刀。若如素年說的那般，會對她下黑手的有可能是太醫院裡的人，那他們也許就是直接給官府打招呼而已，並沒有實實在在舉報的人存在。如果知道內情，以素年在宮裡的關係，她要是真的追究起來，也不是那麼容易脫身的，現在端看這個衙門是否願意蹚這趟渾水了。

捕頭好生傷腦筋了一番，但最終，他心裡的天平偏向了太醫。眼前這人的話很有拖延時間的嫌疑，說不定裡面的情況已經很糟糕了！

「若真是冤枉的，官府自然會為你們作主。進去，搜！」

魏西讓開。攔，肯定是攔不住的，反正人沒死，而且，以他對素年的瞭解，這丫頭應該應付得來吧？

官差氣勢洶洶地往裡面衝，只是沒衝兩步，就偃旗息鼓了。

素年和小翠其實就在前院，離門口也沒多遠，就隔著一道影壁而已，所以官差說的話，她們是一絲不落地全部聽見了。有了魏西拖延的那一點點時間，就足夠她們兩人準備了。

素年知道防患於未然的道理，身上總會放一個袖珍的小針灸包，裡面只有幾根銀針而已，以備不時之需，這會兒，正好派得上用場。

魏西跟在官差身後走過來，也跟著他們一塊兒不動了。剛剛他隨手亂扔的小賊已經被妥妥地安置好，素年皺緊了眉頭，正拿著一根銀針扎在小賊身上，輕輕地撚轉。

「小姐，來了來了！」小翠拿著一塊濕了的帕子，跑過來之後輕輕地放在小賊的額上。

素年將銀針起出來，還用袖子擦了一下鬢角，抬眼看到那麼多人，似乎愣了一下，然後才重重地鬆了一口氣。慢慢地在小翠的攙扶下站起身，素年娉婷柔婉地盈盈拜下。「各位官爺來得正好，這小賊無端端地翻牆來到民女的院子裡，嚇了小女子一跳，小女子只是個弱女子，豈是這等惡賊的對手？」素年一副後怕的表情。「幸好上天憐憫，這小賊進院子的時候不慎摔傷了，小女子身為醫者，卻不能見死不救，正不知道要如何處置呢！大人，還請為小女子作主啊！」

魏西的手不自然地捂著嘴咳嗽了一下，心想，果然自己的擔心是多餘的。

官差們一下子有些不知所措，這種情況……

「讓小娘子受驚了，我們會將此人帶回去審問，定會給小娘子一個交代。」還是捕頭有經驗，先安撫素年的情緒，然後就揮揮手，打算將人帶走。

「官爺請等一等。」素年將人攔住。「不知官爺今兒來小女子的宅子所為何事？」

捕頭一下子梗住了，這人還活著，且沈素年還在給他診治，那自己之前的那套說辭再說出來，就很明顯不對了。可又不能改，因為他已經說過了呀！於是捕頭只得硬著頭皮，又說了一遍。他話還沒說完，就見到沈素年如同承受不住一般，往後退了兩步，撞在了丫鬟身上才停住。

「官爺……這、這是怎麼說的？小女子清清白白的姑娘家一個，平日裡樂善好施、治病救人，您不妨去向周圍街坊鄰居問問，小女子就連跟人吵嘴都不曾有過！竟然說……說小女子毒殺……天哪！是誰跟小女子有這麼大的深仇大恨？官爺，您可一定要為小女子作主啊！這樣惡毒的人，小女子就算耗盡所有，也必然要將他揪出來！」

素年的語氣誇張卻又真誠，說到最後斬釘截鐵，讓捕頭心裡打了一個突。

「沈娘子，妳先不必如此，說不準，這其中有什麼誤會呢？」

「誤會?!官爺，您這話說得小女子就不愛聽了！都已經告到官府裡了還能叫誤會？若是今日這名小賊在小女子的院子裡摔死了，那小女子是不是就必須要承擔起這個誤會造成的罪名？前腳有小賊出現，後腳官爺您就帶人來搜查了，這種誤會也太湊巧了吧？」素年不是不會吵架，只是懶。不就比聲音高嗎？她在宮裡跟太醫們對陣的時候，比這要凶猛得多了！

周圍的街坊都出來探頭探腦了。素年在這裡的人緣不錯，特別在知道她是醫聖的傳人之後，要是鄰里間有個頭疼腦熱找上門來，素年都會笑嘻嘻地診治，因此現在知道沈娘子被人冤枉，有人便大著膽子出來聲援。

自古民不跟官鬥，但麗朝的律法對官員的要求卻很嚴苛，捕頭聽著素年絲毫不讓步，不禁頭脹發疼。怎麼就輪到他來做這件事了呢？捕頭皺著眉頭說：「沈娘子，一切在未查明之前都不可隨意下定論。我們先將人帶回去，等審問之後，必然會真相大白的。」

相信你個錘子！素年在心底狠狠唾棄。這種事她聽得多了，這人只要一離開自己的院子，指不定就會「暴病而亡」，說不定還會賴在自己的身上，栽贓成都是她動的手腳，到那時才真的說不清了呢！

捕頭明顯等不及了，朝著他的手下使了個眼色，讓他們趕緊動手將人抬走，省得在這裡丟人現眼。

魏西如何肯讓？站在小賊前面擋著，惡霸模式全開，震懾得那些官差沒有一個敢上前。

「沈娘子，妳這樣可是打算跟官府作對？」

「小女子只求一個公道！」

「說得好！」

院子那裡，有道聲音傳來，隨後，另一批官差跟在一人身後也走進了院子，素年的前院裡頓時被塞得滿滿當當的。

劉炎梓，又是他，又是在這種時候出現。彷彿每次他出現，都能夠幫自己解決難題。

劉炎梓的腰牌一晃，之前的捕頭便不敢說話了，只是面色很不好。

「這裡就交給我吧，你先回去，順便跟你們老爺說，這事，我劉炎梓管了。」劉炎梓還是那副溫文爾雅的樣子，語氣十分和緩，只是態度非常強硬。

捕頭無法，只得帶著人匆匆離去。

「沈娘子，好久不見。」

小翠泡了一壺好茶送上來，素年端著茶杯，頗豪邁地敬過去。「感謝劉公子仗義出手，先乾為敬！」說完，一口氣將茶水喝下，舒出一口氣，還想用袖子做做樣子擦一擦，但眼角餘光看到小翠都在發抖的身影，想想還是算了。

劉炎梓抿著嘴直笑，端起茶盞，也一飲而盡。沈素年還是當初的那個沈素年，這真好。

劉炎梓想起那會兒在林縣，自己專心致志地唸書，日子一成不變地過著。某日，娘給他房裡放了一名女子，那時他的年歲也不小了，安排個通房是司空見慣的正常事，劉炎梓接觸了以後發覺，其實女子也沒什麼不同，只是情感細膩了些，依然沒有那些書卷吸引自己。

直到他的眼睛染疾，腫脹得都無法睜開，在那一天，他聽到了一個清涼的聲音。眼睛慢慢地好轉後，劉炎梓見到了素年的樣子，跟著光一起，進入他的視線。從那時開始，素年就一直在他心中的某個角落存在著。

這是一個跟他見過的所有女子都不一樣的姑娘，她美麗、聰慧、率真、善良，自己跟她相處的每一次，都能夠發現一些特別的東西。

劉炎梓開始期待素年出現在自己面前，在祭月會上，更是頭腦發熱地作出了一首詠芙蓉的詩。那應該算是調戲了吧？劉炎梓還從未試過，可之後卻覺得，還不錯。

可後來，素年消失了，莫名其妙地就離開了林縣，一點徵兆都沒有。劉炎梓後來中舉，參加會試、殿試……這其間，他都一直在關注著素年。

從謝大夫那裡知道素年去了青善縣，劉炎梓很想去見見她，可他不知道見到了素年以後，能說什麼？或許等自己功成名就了，足夠強大到可以保護她了，到那個時候，他心裡是不是就有點底了呢？

「劉公子？」素年見劉炎梓喝了茶以後就開始發呆，還以為小翠在這茶裡加了什麼，趕忙又倒出一杯喝下，什麼也沒有呀！

劉炎梓回神，抱歉地笑了笑。「聽說沈娘子之前一直在宮中？」

素年驚訝地睜大了眼睛。「聽誰說的？這可是秘不外宣的，劉公子如何得知？」

「……是……聽安寧殿下說的。」劉炎梓的臉色有些灰暗。

素年卻覺得不可思議，安寧公主？她怎麼會認識劉炎梓？就算認識了吧，兩人居然能夠說得上話？忽然，一道靈光閃現，素年開悟了。歷史上那些年輕的狀元郎，似乎最後都娶了公主吧？好像是這麼說的，未婚嫁的狀元郎，那就是駙馬爺的好苗子，更何況劉炎梓這麼根正苗紅的。想到這裡，素年再看劉炎梓的眼神都不對勁了，好奇中透著猥瑣，看得小翠都轉過了頭。「這麼說，劉公子是要做駙馬爺了？」素年好似一個好奇寶寶，帶著點惡作劇的笑容，壓低了聲音問。

「……」劉炎梓卻只是笑，輕輕的、好似雲煙一般的笑。他其實想過，若是素年知道了以後會是什麼樣的反應？但不管他想多少次，他期望中的反應卻從來沒有出現過。

自己真是個明白人啊！劉炎梓不免有些自嘲，可他不甘心。

皇上給他露了口風，想將安寧公主指給他，還很「體貼」地安排了他們兩人偶遇。公主是個純真的姑娘，劉炎梓能看得出來，她對於皇上的安排頗有些不知所措，見到自己以後，還找了機會打聽他是否有心儀的女子？

劉炎梓很肯定，若是他回答「有」，那這事，也許並不能成。

安寧公主跟素年有些相像，她們骨子裡同樣的驕傲，這讓劉炎梓感到一種熟悉感，兩人竟然很容易能聊到一起。不知道怎麼的，安寧公主就提起了素年，等得知劉炎梓也認識沈素年的時候，兩人的話匣子算是徹底打開了。

基本上都是劉炎梓在聽，聽安寧說沈素年在宮中的事情，說她多麼的有意思、多麼的特別，劉炎梓聽得臉上掛著淺淺的笑容，讓安寧公主羞紅了臉。

劉炎梓生平很少會遇到為難的事情，而現在，他卻是真的為難了。

皇上將他召過去，很是讚賞了他一番，劉炎梓年紀輕輕，卻已經大有作為，以後的前途不可限量，皇上十分地看好他，這讓劉炎梓十分欣慰。能為了社稷做出貢獻，是劉炎梓決定走仕途的最初原因，他們劉家世代從商，卻出了他這麼一個喜歡唸書的孩子，父親欣喜若狂，覺得他們劉家要飛黃騰達了。可劉炎梓卻只是想著能為官的話，就要做一些有貢獻的事情，讓麗朝的百姓能夠過上更富足的生活，這些，卻是他從來沒有跟父親說過的。

現在機會來了，皇上對他的賞識，讓他能夠更快地施展拳腳，劉炎梓心中不禁有些意氣風發。只是，皇上接著就說了安寧公主的事情，皇上希望劉炎梓能夠好好地對待安寧，這樣，皇上也才放心將一些重要的事情交給他。

一邊是自己長久以來的期望，一邊是自己追逐已久的感情。

劉炎梓伸手倒出一杯茶，再次一飲而盡。

第九十三章　因果輪迴

「劉公子是否有心事？」

劉炎梓苦笑了一下，隨即點點頭。「確實有些煩心。」

「人生哪有不煩心的？」素年笑了笑。「要都能十全十美，那還有什麼意思？」

「沈娘子也有遺憾的事情？」

「那太多了。」

素年想了想，劉公子幾度幫自己解圍，現在他有煩心事，自己為他排憂解難義不容辭，於是，她豁出去了，打算用自己的那些遺憾事蹟來幫助劉炎梓走出困擾。

「記得有一次吧，我和小翠她們去了一趟首飾鋪，劉公子你不知道，兩個小丫頭真是嫌棄死我了，說跟我走出去，壓根兒都分不清誰是小姐、誰是丫頭！你說可氣不可氣？所以她們非要拉著我進去了。裡面的一些圖樣，花裡胡哨的，一點都不好看，結果，我就看中一支檀香木的簪子，打磨得水潤光滑，散發著淡淡的香氣，跟周圍金燦燦、明晃晃的珠翠一點都不一樣，無比的獨特，只是那一眼，我就被征服了。我想買那簪子，小翠和巧兒兩人卻覺得不妥，說那支簪子並不適合我，我的年紀、我的身分，她們兩人怎麼看怎麼覺得不對勁，所以最終便沒有買。

「可我就是喜歡，越是沒買，心裡就越想，越是放不下，於是後來有一日，我又再次去了那家首飾鋪，將檀香木簪子買回來了。可是劉公子你看，我現在頭上簪的，還是我一直以來都慣用的這支碧玉雕玉蘭花模樣的簪子。」素年深深嘆出一口氣。「多遺憾吶，若是我當初沒有堅持買下它，那支簪子一定到現在都保持著我心中最珍貴的模樣，唉……」

哐！一顆切成八瓣的鮮桃放在粉彩繪雕枝如意盤中，被小翠重重地放在了桌上。

完了，小翠聽見了？素年臉上的惆悵定了格，這個……不大好辦啊……

「小姐，妳在說什麼事呢？怎麼小翠都聽不明白？」

「呵呵，呵呵呵……」素年企圖用笑容敷衍過去，小翠卻是不樂意。

「劉公子，您別聽小姐亂說。那支檀香木的髮簪，您知道是什麼樣的嗎？上面是雕了字的，明顯是人家訂做的！小姐不願意給自己置辦首飾，她就不講道理，非說看上了人家的簪子，這怎麼可能會賣給她？我跟巧兒兩人不管挑什麼樣式的簪子，小姐都一律用奇怪的眼神去看那支檀香木簪，似乎我們二人是惡奴，不給她買心儀的東西一樣！後來，就因為這個，那日我們空手而回。巧兒妹妹心思單純，第二日幾乎跑遍了京城的首飾鋪，硬是給小姐找來了一支差不多的，價格也並不便宜，結果劉公子，您猜小姐她說什麼？她說『人的感情是很奇怪的，今日喜歡了，明日就不一定會喜歡，這是強求不來的』！巧兒妹妹都呆住了，小姐直接將簪子給她插上去，說是送給巧兒了。所以，小姐她說什麼喜歡檀香木的簪子，根本就是在無理取鬧嘛！」小翠氣呼呼地說了一通，然後氣呼呼地離開。

留下素年有些尷尬地笑笑，繼續捧著杯子裝作品茶。

劉炎梓臉上的陰鬱卻被吹散了。每次見到素年，自己的心情都會莫名其妙地變好，她身邊的空氣彷彿都是閒適的。沒有哪家的小姐會跟丫頭相處得這麼隨意，也沒有哪家小姐會有這麼可愛的任性。

劉炎梓走了以後，小翠有些不滿地嘟囔。「小姐，劉公子心情不好，妳也不能編故事逗他呀！」

素年則仍舊坐在那裡，對面位子已經空無一人了，她卻沒有起身，小院子裡涼風習習，有竹葉的清香浮在空氣裡。

希望自己的故事，劉公子能夠聽得懂吧。

劉公子那麼好的一個人，適合更好、更尊貴的女子，從一開始，他就不是能夠在小縣城裡待得住的。金鱗豈是池中物，一遇風雲便化龍，這樣的人，不應該被自己這種人給絆住。

自己的感情太淡薄，若是跟劉炎梓湊一對，他們說不定會相敬如賓，安安穩穩、平平淡淡地過一輩子，雖然這樣也不錯，可劉炎梓臉上的為難，說明這事並不簡單。再聯想到皇上對妹妹安寧公主的疼寵，劉炎梓這麼一個青年才俊，他一定是不會放過的。

素年曾經見過劉炎梓寫出的文章，在給他治療眼疾的那段日子，她經常在等待留針的時候，走去他的案桌邊看看，那些文章裡面，透露出他心中的抱負，從他的字裡行間，素年能在腦海中勾勒出一個胸懷大志的少年形象。這樣的人，必定需要廣闊的空間，將他的才能與學識都發揮出來，現在就是一個極好的機會。

素年不想看到劉炎梓躊躇不定，人在一生中可能有無數個需要抉擇的時候，那麼這一次，就讓自己推他一把。也許很多年後，劉炎梓還會一直記得自己，就好像她故事裡那支檀香木髮簪一樣，可他不會後悔，因為他，已經獲得了更加值得珍惜的東西。

素年抽時間找魏西談了談，主要是說了他們為什麼要去北漠。

「其實也沒什麼，就是去看看，順便找個人，告訴他，我還活著。」

素年講得十分隨意，隨意到小翠都看不下去了。她出門去找清王，告訴他，小姐決定要跟他一起動身。

素年則在魏西的陪同下，找了一個牙婆，看看能不能僱到合適的人，畢竟他們很快就要長途跋涉了，身邊人太少了也不方便。這名牙婆是魏西推薦的，素年也不知道他是如何知曉的，但既然他這麼說了，素年就決定去看看。

好似素年一樣親自上門的人家並不多，可也有個好處，就是能夠見到更多的人。

這個牙婆姓馮，見到素年就是好一頓猛誇，簡直要將她誇成天上的仙子，而且用詞都不帶重複的，讓素年心中好生感嘆了一番。素年能看得出來，馮牙婆有些怕魏西的樣子，說話時會不時地往魏西那裡瞥上一眼，然後對自己更加恭敬。

「沈娘子呀，不瞞您說，老婆子這裡剛好有些姑娘，都是清清白白的，您若看著合適，那就是她們的造化了！」馮婆子一邊討好地笑著，一邊將人都帶出來。

差不多有十幾人，大部分都是家裡窮困，實在養不起了，又是女兒家，所以才將她們賣掉。在古代，女孩子的地位低微。素年看著一個個花一樣的年紀，卻沒有機會綻放的小姑娘，心中嘆息不已。

除了小姑娘，馮牙婆這裡還有一些少年，她也將人帶了出來，魏西正幫忙看著。

小丫頭們瞧著素年好似仙女一般的樣子，心裡都有一些小小的期盼，她們的頭都低著，一副任人宰割的模樣。

素年只從中挑出了兩個。一個身形嬌小，頭低得最低，素年一度看不清楚她長什麼樣，只能看到她全身在輕微地顫抖，可是她的姿勢卻最漂亮，背是挺直的，就算在這種環境，也好似一株花苗一般，站得直直的；另一名，則是裡面長得最好看的。

馮牙婆有些意外，這種姿色出眾的姑娘，一般很難被選中的，負責採買的當家主母們最看不慣這種狐媚相了。果然還是個小丫頭，裡面這些彎彎繞繞不是很懂啊！

「沈娘子挑中了這兩個？」

素年點點頭。「她們倆就可以了，不過妳這裡最漂亮的可是被我挑走嘍！」

「沈娘子說笑了！」馮牙婆捧場地笑了笑，然後才又說：「要說到最漂亮的，老婆子這裡還有一個，是前些日子佟家被……那個了，府裡男子削官充軍，女子發賣為奴，我這裡呀，剛好收到一個。」

佟家?!素年聽了一驚。她認識的佟家只有一個，會是他們嗎？

蕭戈曾經跟素年說，佟府的事情，他會看著辦。那個時候，她想要離開京城，蕭戈並沒有阻攔，而是對她說，她想去哪兒的話就去吧。可自己終究沒有能夠離開，卻沒想到，佟府他真的給看著辦了？

馮婆子可是個人精，這只看一眼，她就能看出沈素年對佟家姑娘有不一樣的情緒，忙使人將人帶出來。

「放手！誰讓你碰我的？你是什麼東西，也敢跟我動手？」

「閉嘴！妳還以為自己是嬌滴滴的大小姐啊？告訴妳，妳現在就是個簽了賣身契的奴才！」

「你！」

素年不用看了，這種聲勢，除了佟蓓蓓，也不作他想。

被人一路推著的佟蓓蓓罵罵咧咧地來到了素年面前，她還想說什麼，卻在看見素年的時候住了嘴，眼裡，是毫不掩飾的憤怒光芒。

素年還是原來那個樣子，並沒有太過於華貴的衣裳，頭上的髮式也很簡單，脖子和手腕上甚至什麼都沒有戴，一如既往的素淨。然而跟此刻的佟蓓蓓相比，素年高貴得完全就是另一個層次的人。佟蓓蓓身上穿著的衣服，大概有一段時間沒有換洗了，上面有不少斑斑點點的痕跡，頭上更是只靠一根木簪子簪住頭髮，身上也不見任何的飾品，跟她之前珠翠滿身、富貴榮華的模樣相差甚遠。

「妳這個賤人！」佟蓓蓓先發制人，怒目瞪著素年，開口就罵。

結果一旁的馮婆子動作也不慢，一個耳光隨後就摑了上去，然後對著素年陪笑道：「沈娘子，您可千萬別介意，這丫頭婆子我還沒有來得及調教，驚擾到娘子了。」

素年沒有反應，她看著落魄的佟蓓蓓，看著她吃痛地捂住臉，看著她變得粗糙暗淡的皮膚，心裡並沒有幸災樂禍的痛快感。她對這個女子，其實並沒有太多的痛恨，讓沈素年的父母蒙冤而亡，素年覺得跟她並沒有多大的關係，可是，她卻不應該抹黑自己的醫術，這點，素年覺得她是自作自受。

「行了，馮大娘，我就只要這三個。」素年一句話都沒有跟佟蓓蓓說，而是將頭轉向了馮婆子，指了指自己挑的兩人，和魏西看中的一名少年。

素年看著魏西挑出來的人，覺得他的眼光也挺獨特的嘛！這個少年一眼看上去就是個刺頭，看看那桀驁不馴的眼神，手臂上還露出青一塊、紫一塊的傷痕，魏西是看中他哪裡了？

「哎，老婆子現在就給您辦！」馮婆子歡快地應了一聲，覺得今兒可真是碰到貴人了，把她這裡不受歡迎的幾個都挑走了！於是，馮婆子心情很好地將素年往前廳引。

「沈素年！妳忘恩負義！妳忘了我爹爹是如何善待妳的了？妳這個不要臉的惡女子！妳會有報應的——」佟蓓蓓在素年的身後吼著，她身上千金小姐的氣質已經蕩然無存。

素年轉過頭，看見她臉紅脖子粗的樣子，覺得有些悲哀。

曾幾何時，自己離死亡只有一步之遙，而佟蓓蓓則是被她的爹娘捧在手上，錦衣玉食——以沈素年的父母為踏腳石。也許真的有輪迴一說，也許就算自己不去拜託顧斐調查，佟府也會有敗落的一天，可自己的努力，何嘗不算一種輪迴？

佟蓓蓓被人拖了下去。

被發賣為奴，總好過充為軍妓之類的，若是有好人家買了，依然有出頭的一日。這個一直都很驕傲的女子，或許要經歷一場痛入骨髓的蛻變吧。

走到前廳，馮牙婆去拿這三人的賣身契，素年趁此機會詢問了一下魏西，他挑人的標準是什麼？

「身子骨結實，耐打。」魏西言簡意賅。

素年明顯發現那個全身發抖的小女孩，抖的幅度更大了；而那個漂亮的，也默默往素年身後站了站；只有那個少年，仍舊是一副無法馴化的模樣，眼睛裡迸出了火花，彷彿立刻就要朝著魏西撲過去一樣。

素年無奈了，大家的口味都好獨特啊，希望沒將這兩個小姑娘嚇到。

回到家裡，小翠早就回來了，她知道素年今日去找牙婆，他們會多出幾個一同生活的同伴，所以特意做了不少好吃的東西要慶祝一下。

「哎？你們都叫什麼名字來著？」素年後知後覺地問道。契書上有寫，但她忘了看了。

「奴婢名曰刺萍，刺繡的刺，浮萍的萍。」貌美女子率先開口。

「喲，唸過書？」

「奴婢曾跟著先生唸過一年。」

「先生？」

「回小姐的話，奴婢是罪臣之女，兩年前被發賣為奴。」

刺萍的情緒很平靜，這事似乎沒人知道，就連另一個小丫頭都很震驚地睜大了眼睛。

素年沒說什麼，轉頭問另一個。「妳叫什麼？」

「奴、奴婢……奴婢叫阿蓮。家裡窮，娘就讓我跟著馮、馮大娘。」阿蓮受驚一般，哆哆嗦嗦地回答了，看了魏西一眼，頭埋得更低了。

嘖嘖，作孽啊！素年搖了搖頭，小姑娘膽子挺小的。她又看向少年，問：「你呢？」

少年沒說話，眼睛卻盯著魏西看，裡面滿是挑釁的神色。

「沒有名字嗎？那成，我就給你取一個吧，大家以後都要在一起生活的，沒有名字怎麼能成呢！唔……阿力如何？好記又好唸，說明你有力氣！」

素年像是很滿意，只是少年的臉有些扭曲。

主人給僕人取新名字是一件很正常的事情，他們是不能反抗的，可是……

「……墨宋。」

「啊？什麼？」素年眨了眨眼睛，她是真沒聽清楚。本以為這孩子會死倔到最後呢，沒想到這麼快就妥協了，且聲音那麼輕，她還沒準備好啊！

少年黑著臉，不情不願地再次出聲。「我叫墨宋。」

「墨宋啊……真是個文雅的名字……」

素年有些遺憾的眼光，看得墨宋滿身焦躁。

「行吧，名字都不錯，就都用著吧。我這裡是小門小戶，沒那麼多大規矩，若是你們習慣，就待著；若是不習慣，也得先習慣著，等賺到了錢，再將自己贖出去。不過你們放心，要想贖身的話，只需要賺取將你們買來的銀子即可，而且呢，我也不喜歡剋扣人家月例。不過，若是弄壞了東西，或是闖了禍，都是要從月例裡面扣除的，先說清楚了啊！」

素年的眼睛很明顯地往墨宋那裡看了好幾眼，看得他更加焦躁了。

「小姐，一會兒再說吧，晚飯已經準備好了！」這時小翠走了進來，笑容可掬地打斷了素年的話。

刺萍和阿蓮有些不敢置信，這個丫鬟的膽子好大呀，跟小姐說話怎麼會這麼隨意呢？

「這是小翠，我身邊的大丫頭。刺萍和阿蓮，妳們就跟著她，小翠會給妳們安排的。至於墨宋……你就先跟著魏大哥吧。」素年說完，站起身吃東西去了。

第九十四章　難以啟齒

來到素年這裡以後，刺萍、阿蓮兩人，天天都在受到驚嚇。她們竟然能夠跟小姐一張桌子吃飯，每日非但沒有被虐待，活計還都清閒得讓她們不安。每人先是在京城裡昂貴的繡坊量身做了一身衣服，布料都是上好的，每日使用的水粉胭脂等各種必需品，也都是一人一套新的。

刺萍從前也是官家小姐，這些見得多了，能夠分辨出這些都不是俗品，就拿她們的面脂和口脂來說，一個，少說都要一兩銀子！

阿蓮得知之後，嚇得都不敢用，衣服也不敢穿，她幾時穿過這麼好的料子？她是來給人當婢女的，穿著這些，還怎麼做事啊？

小翠笑嘻嘻地跟她們說：「小姐說了，女兒家最重要的就是保養，特別是嬌嫩的肌膚，這些可是小姐特意做的呢，裡面不含……呃……不好的東西，衣服當然也要穿好的。小姐說，咱們出去，代表的可是她呢，可不能讓人看輕了。」頓了一下，小翠的笑容收了起來。「可惜小姐這套說辭在她自己身上根本就沒有起到作用，我又說不過她……」

刺萍和阿蓮正一天一天地適應著新鮮又舒適的日子，而墨宋，就有些慘了。

素年這才知道，魏西不是在開玩笑的！

從墨宋到他們家開始，魏西就讓這小子練起了功夫，魏西說，這孩子筋骨不錯，就是倔了點，但這沒問題啊，性子嘛，可以慢慢磨的。
於是素年開始喜歡每日閒來無事，就抱著個蜜漬香梅的罐子坐到前院的廊下，一邊吃，一邊看書，一邊進行每日觀察。
墨宋長得有些白白淨淨，但臉上一臉的橫氣，皮糙肉厚，一開始如何肯聽魏西的話？那反抗得叫一個激烈啊！男孩子嘛，總會有不服氣的時候，可他不服氣沒用啊，他打不過魏西……喔，說打有點誇張了，因為魏西壓根兒沒有什麼動作就能讓墨宋近不了身！小傢伙氣急敗壞卻無計可施，恨恨地只能靠捶桌子洩憤。魏西也不惱，繼續指派練習，自己在示範過後便坐到一邊，各種冷嘲熱諷，素年都有些聽不下去了。
終於，一張好好的花梨木桌子，裂成了兩半。
素年放下書，叫來了小翠，將這張桌子的價值告知墨宋，然後記在帳上。「如此一來，你想要贖身，基本上是要推遲很久很久了。」
墨宋目瞪口呆，他這種發愣的樣子不多見，只是愣過之後，愈加氣急敗壞，卻不敢再捶別的東西了。素年看得不忍心，又捧著罐子回了內院，眼不見為淨。
在馮婆子那兒見到了佟蓓蓓，素年連帶地就會想到顧斐，不知他怎麼樣了？那時候顧夫人還來見過自己，佟蓓蓓不是要嫁過去的嗎？那現在呢？
可顧斐不來找自己，素年也不好主動上門去詢問，不過，素年一想她過不了多久就要離開京城了，臨走前道個別總是可以的吧？於是，素年讓人給顧斐送了帖子。

顧斐很快送來了回覆，約素年見面。

素年將刺萍和阿蓮也帶上去赴了約。麗朝風氣雖算開放，可未成親的姑娘家單獨跟男子見面，仍然是不合適的，刺萍和阿蓮都有些畏懼，卻也不敢說出來。

好在顧斐訂的地方不算隱秘，通透的閣樓，既不會讓人聽到他們的談話，又很光明正大，這點，素年覺得顧斐真的很貼心。

素年消失了一段時間，顧斐雖然不知道她去了哪裡，但總有種感覺，素年並沒有離開京城，儘管她消失之前說是要離開。

「來了？東西給妳點好了，試試看。」顧斐笑咪咪地看著素年，桌上已經放得滿滿當當。

素年覺得很溫暖，顧斐就是這樣，處處都很會照顧人，性子也很好，作為摯友真的是沒有話說。

顧斐也不問素年這段時間她去了哪裡，而是給她說起佟府的事情來。

顧斐幫素年找到了那些也許能打擊佟府的證據之後，卻沒有法子用上，所以他提議讓素年去找蕭戈試試。最後素年究竟找了沒有，顧斐不知道，因為很快地他就找不到人了，素年似乎憑空消失了一般。據說是被一頂小轎給抬走了，但抬去了哪裡，誰也不知道，顧斐試著找尋，卻發現一點痕跡都找不到。就在這個時候，佟家忽然遭了殃。先是佟老爺在衙門裡莫名其妙地被打壓，然後有人向御史監察彈劾他怠忽職守，仗著有貴人撐腰，不將同僚放在眼裡，御史監察接到彈劾之後，立刻派人來查，並暫停了他的職務。

佟老爺還有些不明白發生了什麼事，他能到京城裡任官，那絕對是沾了侯爺的光，同僚心中都明鏡一樣的，平日裡對他也多加禮讓，頗有些巴結的意味，怎麼這會兒說變就變了呢？佟老爺還以為是有人心生嫉妒，於是他請親哥哥幫忙從中疏通一下。這種疏通，就需要一些錢財，佟老爺也不吝嗇，這種時候，可不能計較這些小錢。然而正是這些小錢，讓佟老爺又栽了跟頭！他託大哥疏通的錢物，人家也都收了，可轉身就再次彈劾佟老爺行賄的行為，這次可是人證物證俱在，壓根兒都不用調查，收了錢財的人，將東西原原本本地交了上去！

此時正值皇上龍體欠佳，太子一派和清王一派正針鋒相對的時候，朝廷火花四濺、一觸即發，佟老爺算是撞上了槍口。如此一來，不管是清王派的還是太子派的，都決定要好好處理這件事，他們表現出對貪污行賄完全不能忍受的樣子，佟老爺更是被直接罷免了官職。

這對佟老爺來說，不啻為驚雷，怎麼就變成這樣了呢？找人疏通這不是很正常的事情嗎？他之前也不是沒做過，怎麼那時候沒事，現在就天理不容了呢？

佟老爺將之歸結為自己走了霉運，偏偏在太子和清王鬥得正凶的時候撞了上去，不過，還是有希望的。大哥是堅定的太子一派，如今雖然有清王在蹦躂，但太子的勢力堅若磐石，只要太子上臺，那麼大哥就能夠幫到自己。佟老爺從沒有那麼期盼皇上趕緊駕崩，可皇上愣是一直拖著，太子和清王之間也越來越不明朗，讓他焦急得生生老了許多。

終於，佟老爺盼來了太子登基，然而，他卻沒有想到，太子的登基，成為了他最後的噩夢。太子登基之後，朝廷動盪了一番，現在局面穩定，自然要大肆整頓，可不知道為什麼，佟老爺的事情竟然被新皇知道了。這是多麼神奇的一件事，可他已經顧不得神奇，新皇聽聞之後大怒，說是有這種敗類存在，大麗朝如何興旺？當即下旨查！狠狠地查！於是佟老爺還沒有來得及慶祝，就有人氣勢洶洶地帶著官兵來到了佟府……

「後來，佟老爺當年陷害忠臣的事也暴露了，皇上英明神武地將佟家抄家，並且十分震怒地將二房中所有男子免官充軍、女子發賣為奴；而佟家大房，念及他們忠心，只做了免官的懲戒。」顧斐喝了口水，說了這麼多，有些乾渴。他抬頭一看，只見素年正吃得不亦樂乎。「妳就沒有十分痛快的感覺？」

素年呆呆地抬起頭，嘴裡還塞著一塊酥梨糕，眼睛眨了兩下，似乎被噎住了。

一旁的小翠趕緊上前，倒出一杯水遞過去。

素年一口氣喝完，才好不容易緩了過來。「痛快！」

這也不知道是在說佟府的事，還是在說吃得痛快。

補救一般地用絲巾優雅地擦擦嘴，素年笑得格外甜美。「佟府已經那樣了，顧夫人給你訂的親事可怎麼辦呀？」

這種時候……她怎麼還會在意這種事情？顧斐無奈地笑了笑。「我娘算是徹底大徹大悟了，我的親事她也不想再管，都交予我祖母來操持。祖母嘛，自然還是屬意我原先訂下的親事，就不知沈娘子意下如何？」

素年扶額，這事就不要再討論了吧？顧斐確實很好，但玩伴和伴侶是不一樣的，而且，還有顧夫人。顧斐雖然說顧夫人不打算插手了，但這樣一個耳根子軟的婆婆，素年是不會想要花時間去伺候的。說她怕麻煩也好，說她自私也好，素年來到這個世界的時候，曾對著月神娘娘許下了心願，她會認真珍惜、快快樂樂地過這一世，她不打算讓自己改變心性融入這個時代之中，她不想委屈自己，將自己同化成一個徹底的古代人，她做不到。

素年不知道自己以前看過的穿越小說中，那些姑娘是如何能夠遊刃有餘還樂此不疲的，但要她去那些大家族中絞盡腦汁、鬥智鬥勇，她覺得太累了，所以，還是敬謝不敏。

素年的表情讓顧斐的笑容有些暗淡，他其實能感覺出來素年之前的話不是開玩笑，她可能是真的不想要嫁人，不想要成親。而且，還有一件事顧斐沒有說。他不去問素年前段時間在哪裡，是因為他覺得根本不需要問，他們顧家接到了一道密旨，那位剛登基的皇上，竟然為了顧家和沈素年的親事而特意下了旨。這說明什麼？接到密旨以後的祖母，嘆息著將他叫到跟前說「斐兒啊，沈家姑娘……跟咱們顧家可能注定沒緣吧……不過你放心，我一定會給你再物色一個可心的好姑娘」。所以剛剛，顧斐只是在做最後的努力而已。他知道，沈素年，這個從小就跟自己訂過親的女子，和他終究是有緣無分……

木聽冷冰冰地站在旁邊，他瞭解少爺，雖然現在少爺是笑著的，可自己卻能看出他的難過。如果自己沒有跟太太說過那些話，沈娘子是不是就會順利地嫁到顧家來了？那麼少爺是不是就不會這樣了？木聽覺得都是他的錯，都是他多事才會造成這樣的情形，可沈娘子怎麼會是這種人呢？她為什麼要對少爺的真情實意視而不見？少爺對她那麼好，她就一點都不感動嗎？木聽跟在顧斐身旁的時候，顧斐從沒怎麼約束他，甚至有時候還會聽他的話，木聽雖然知道這種場合自己不應該開口，可他控制不住了。

「沈娘子，嫁給少爺不是很好嗎？妳為什麼就是不願意呢？」
顧斐吃驚地轉頭去看木聰，他怎麼了？
素年抬頭，看到木聰一貫平淡無波的臉上，竟然出現了激動的情緒，她知道，顧斐的這個小廝是在為他打抱不平，真是個不錯的孩子。可是怎麼辦呢？自己要怎麼說才能讓他滿意？素年發了愁，這孩子似乎不大好說服的樣子啊！
木聰執著地看著素年，少爺已不贊同地皺了皺眉，可他就是一根筋地想要知道，為什麼少爺這麼好的人，她卻看不上！
「唉……事到如今，我也不得不說實話了。」素年忽然嘆了口氣，無比掙扎的樣子。
顧斐睜大了眼睛，難道說……真的有隱情？
他們光顧著等素年開口，卻忽略了一旁小翠臉皮直抽的樣子。
你們都太嫩了！小姐這個模樣明顯就是想要瞎扯了啊！還一個個那麼聚精會神的樣子……
「小女子，實在是因為……沒辦法喜歡上男子。唉……這個秘密本不想對任何人說的，還望你們幫小女子守住才好。」
「……」木聰的臉綠了。
「……」顧斐也是一副如遭雷劈的樣子。
刺萍和阿蓮承受不住地往後退了退，只有小翠，默默地用手撫上額頭。早就知道小姐很壞心眼，但沒想到她竟然會這麼壞心眼……

閣樓裡一時間鴉雀無聲，所有人的嘴都不受控制地張成了一個詭異的形狀，久久都沒有下一個動作。

素年仍舊是一副難以啟齒的「害羞」表情，低著頭，眼睛看著桌上沒有來得及吃完的點心。

顧斐很聰明，他第一時間看了一眼小翠，立刻就發現素年根本是說著玩的。驚訝之後他不免好笑，她如何想到這麼一個說辭？

而木聰則是真的被驚嚇到了！沒辦法喜歡上男子？這是什麼意思？她不喜歡男的嗎？所以是……喜歡女的？對了，她身邊那個叫巧兒的漂亮丫頭呢？怎麼沒了？但是又換了一個同樣漂亮的，難道說……木聰被自己的想法驚呆了，他還從沒有遇見過這種事情，這真的已經超出了他的接受範圍！

而刺萍和阿蓮也是同樣的震驚，但刺萍好歹也跟著素年一小段日子了，並未發現小姐有任何異常之處，只是小姐平時非常喜歡說笑，有時候還會惹得小翠姊姊都被氣得說不出話來，所以，她覺得小姐剛剛說的，基本上是不能信的。

阿蓮就嫩了些，臉上明顯的驚訝表情到現在都沒有收回去。

還是年紀小啊……小翠暗暗搖頭，心裡決定，回去以後得好好跟她們談談，免得兩個新來的小丫頭聽小姐說什麼都信以為真。

「原來是這樣，那，只能說在下沒有福氣了……」顧斐笑著搖了搖頭。「其實在下很快便會離開京城，只是想再見沈娘子一面。」

「喔?要去哪裡?」

「荊城。」

「是……外放嗎?」

顧斐點點頭。「任期三年。據說那裡風景秀麗,民風淳樸,這樣也好。」

素年沒有接他的話,她知道顧斐對她有情,可她無法回應。說到底,素年還是只願意縮在自己的小殼子裡,不願意接納另一個人闖入她的世界。

顧斐很快就離開了京城,顧老夫人擔心他沒人照料,硬是準備了好幾個人要跟過去伺候,但顧斐並沒有帶上,他就隻身一人,帶著一個小廝赴任去了。

顧府內,顧母哭得肝腸寸斷。「……斐兒偏要請任那麼遠的地方,怎麼說都不肯聽!我知道,他是在怪我這個娘親,當初若不是我動了歪心思,早早地將沈家姑娘娶過來,就沒這麼多事了!斐兒都這個年紀了,好不容易相中了一個姑娘,我這個做娘親的卻給攪黃了,嗚嗚嗚……都是我的錯,都是我的錯呀……」

顧老夫人臉色怪異。顧夫人說得沒錯,都是她三心二意,看不上沈姑娘又想要高攀,可她並非冥頑不靈的人,知道錯了,也後悔了,自己要是再罵吧,就有些不近情理了。但問題是,自己這個兒媳婦,別看現在是知道錯了、懺悔了,輪到下次,她還這麼來,屢教不改,顧老夫人真是頭疼無比啊!

斐兒這一去就是三年,還不知道會不會連任,自己這一把年紀了,也不知道能不能等到他成親的那一日了，唉……

又過了幾日，新皇下了一份詔書，昭告天下，欲將安寧長公主下嫁狀元劉炎梓，一切禮儀由禮部尚書與欽天監監正商議後，於守孝期滿後成婚。

這道聖旨一下，京城裡一片譁然。劉炎梓這位狀元郎，在京城裡已經小有名氣了，貌若潘安、溫文爾雅，引得多少待字閨中的女子偷偷紅了臉。而此刻，舉國上下都在為先皇守孝，皇上卻要為了安寧長公主，將劉炎梓給先訂下來——就算現在成不了婚，也要先昭告天下，劉炎梓是注定要娶安寧長公主的！這是天大的榮幸啊！

誰都知道，皇上有多麼疼寵安寧，劉炎梓這下是走了大運了，不費吹灰之力就能夠得到他想要的一切，由此可見皇上是多麼地欣賞他。

聽到這個消息的時候，素年坐在院子裡，她們的院裡本就種著一些翠竹，有風吹過的時候，撲簌簌的聲音很是動聽。

素年還記得她第一次去劉府，劉炎梓的院子裡，也有這麼一叢蒼翠的竹子，在那裡，她見到了一個如玉一般的少年，閉著眼睛，上面蒙著白色的布，嘴角卻是淡然的模樣……這樣就好了，她仰起頭。想起曾經有人跟她說過，穿越小說中的女子，大都會遇見一個溫柔如水的男子，沒想到，自己竟然也逃脫不掉。原來世上真有這種溫潤如玉的男子，只是可惜，自己沒有在最好的時候遇見他。

這道聖旨，讓劉府裡沸騰不已，劉老爺更是興奮得幾乎要將桌子給吃掉！安寧長公主啊，他們劉家，真的要在他這一輩迎來繁榮興旺了？這下子，他就算是立刻死了，也不會愧對他們劉家的列祖列宗了！

然而興奮過後，劉老爺發現，劉炎梓還是一副淡淡的模樣，劉老爺本以為炎梓就是這種性子，他還曾經大加讚賞過炎梓泰山崩於前而色不變，有大將之風。可自己分明見過他不同的樣子，那是在林縣吧？有一次，沈娘子在給炎梓診治的時候，自己曾經輕手輕腳地進去看過，從窗子裡，劉老爺看到了炎梓不知道在聽沈娘子說著什麼，他的眼睛裡好像在放光，神情跟平日裡都不一樣……莫非，炎梓相中了沈娘子？劉老爺搖了搖頭，不行不行，現在可是下了聖旨的，就算炎梓不願意……

劉老爺將劉炎梓拉到書房，打算跟他詳談，可他才說了一半，劉炎梓聽到沈素年的名字以後，就輕輕地將父親的話打斷。

「爹，您不用擔心，炎梓都明白。」

他這個孩子，就是太不讓人操心了！劉老爺心中感慨，看著他慢慢地走出去。

自己終究選擇了心中的抱負……劉炎梓平靜地往自己的院子裡走。

竹溪落在劉炎梓身後幾步遠的地方，他看到少爺的腳步不似平常的穩健，這種略微飄忽的感覺，自己已經有很長時間沒有見過了，少爺只有在喝醉了之後才會這樣。

劉炎梓清楚自己的未來，只是，當初在林縣，在月神娘娘的面前，他和沈素年如同拜堂一般地雙雙跪下時，他看到了沈素年眼裡的水光和她虔誠的模樣，那個時候，自己心裡就想著，他想要將這個女子納入羽翼之中。

然而，自己最終卻沒有做到，他的想望和他的抱負是衝突的，是不可相容的。也許有一天，他會後悔吧？劉炎梓相信，自己也許一生都無法忘記這麼一個女子，一個曾經在自己的生命裡出現，然後消失不見的女子……

第九十五章　遠赴北漠

清王出行的日子就快要到了，玄毅乾脆將人都接到他那裡去，反正皇上撥給他的府邸大得很，多他們幾個壓根兒都看不出來。

素年也不矯情，這樣確實方便得多，於是便「拖家帶口」地趕往清王府。而他們原本居住的那處院子，她是不準備做任何處置的，這是柳老當初在她來京城的時候特意給她買下的，素年決定要一直留著。

清王府裡的人也不多，玄毅屬於半路出家，身邊沒有從小伺候的人，更何況，他的性子壓根兒不喜歡那麼複雜的東西，所以偌大一個清王府，裡面只有寥寥數人。

「反正很快就離開了，沒什麼需要打理的。」玄毅冷著臉，看著素年在那些雜草叢生的小徑邊皺眉的樣子。

「多可惜呀！你知道那些是什麼嗎？居然就讓雜草搶奪了養分，懶也不是這種懶法好嗎？」素年搖搖頭，對名貴的花草們表示默哀。

清王府的大管事是先皇御賜的，在認了玄毅之後，先皇立刻將身邊十分得用的人指給了他，大管事看著有四十歲光景，人卻十分幹練的樣子，這會兒正安靜地跟在他們的身後。

大管事對此也無能為力，清王不喜人多，下人全加在一起也沒有多少，光是日常的活計，人手已經緊巴巴的了，自然分不出人來料理這些花草。

不過沈娘子對清王的態度可真是隨意啊，清王卻是毫不在意的樣子。

素年這邊才剛剛安定下來，宮裡便來了人，說是皇上要召見素年。

玄毅的臉一如既往的黑，表示自己要跟她一起進宮。

「我自己去吧，我才剛到你這裡，宮裡的人便也找到了這兒，說明皇上是知道的，不會有事的。」

素年帶著小翠進了宮，誰知道第一個見到的竟然是巧兒。

「小姐！」巧兒穿著素色衣裳，頭上的珠翠也不多，都是淡色的，卻讓她顯得更加楚楚動人。巧兒見到素年，激動得眼眶「唰」地就紅了，開口就是以往叫慣了的稱呼。

一旁的教養嬤嬤輕聲咳了一下，巧兒轉過頭，眼睛直直地望著她，教養嬤嬤的頭微微低下，巧兒才繼續走過來，將素年的手拉住。

「小姐、小翠姊姊，巧兒好想妳們！」只一句話，巧兒眼睛裡的眼淚就湧出來了。

「傻丫頭，哭什麼？」素年用絲帕給她擦了擦。「如何，宮裡待得還習慣嗎？」

巧兒濕著眼眶，這些日子，她要學的東西很多，光是宮中規矩就讓她幾乎脫掉一層皮，但她不在乎，也不委屈，因為這是她選擇的，就是咬著牙、吞著淚，她也能夠堅持下來。

但是巧兒最不能忍受的，就是夜裡躺在寬敞柔軟的床上，盯著華貴的床幔時，四周安安靜靜的。她瘋狂地想念那個小小的院子，想念晚上小姐逗她們的笑聲，和小翠氣急敗壞的樣子，這些東西，好像已經融入了她的血液中一樣。不管她白日練習得再辛苦、再疲憊，可晚上就是沒辦法立刻入睡。皇上對她很好，巧兒也不知道自己哪點得皇帝的青眼了。太后派人教她規矩，雖然是嚴厲了些，卻也並沒有看輕她的樣子，宮中的生活可以說已經是最好的狀況了，然而，巧兒居然有了後悔的情緒……

「巧兒都好。可是小姐，妳要去北漠了嗎？那麼遠、那麼危險……」巧兒拉著素年坐下來，滿臉的不捨。

「皇上告訴妳的？」

巧兒點點頭。

「皇上對妳倒是不錯，這些都會跟妳說。」素年很是欣慰，這麼看來，巧兒就不用她擔心了。「不過，這次不會也是妳想要見我的吧？」

「不是，是皇上。但是皇上允許我跟小姐妳道個別……」巧兒說著，起身去內屋拿出了一個盒子放在素年的手上。「小姐，這些給妳。北漠那麼遠，多帶點錢物，方便一些。」

素年好奇地打開，差點沒閃瞎了她的眼睛。滿滿一小匣子，都是金碧輝煌的物件！金珠寶釵、成串的紅寶石珠鍊、明晃晃的點翠鑲寶步搖、偌大的綴著寶石的金項圈、水頭極好的綠瑩瑩的翡翠玉鐲……素年趕緊將蓋子合上，閉了閉眼睛，這才緩了過來。

這時，教養嬤嬤再也憋不住了。「主子，這些物件都是內務府造辦處做出來的，或是太后和皇上賞賜的東西，是不能夠隨便帶出宮的。」

「賞賜給我了就是我的東西，為什麼不行？」巧兒不明白。

素年按了按她的手後，起身對教養嬤嬤微微行禮。「嬤嬤，巧兒姑娘年紀輕，有許多事情都不懂，還請嬤嬤多教教些。」

教養嬤嬤連忙回禮。「老身定當竭盡全力。」

這時皇上身邊來人請素年過去了，巧兒將她的手拉住，捨不得放她離開。這一走，還有沒有再見之日都難說……

「小翠，妳在這裡陪陪巧兒，我自己一個人去面聖即可。」素年拍了拍巧兒的手，她才不情不願地放開。在皇宮之中，巧兒除了皇上的情意之外，沒有別的可仰仗，孤獨的感覺自然需要很長的時間才能夠克服，這些，誰都幫不了她。

素年整理整理心情，接下來要面對的，是皇上。這人因為蕭戈的關係，沒少刁難自己，這會兒將她召過來，還不知道要怎麼埋汰呢！

素年打起了精神，隨著公公走到了一處後花園中。

皇上穿著便服，隨興地坐在石桌前，桌上放著茶具，見到素年來了，也乾脆不要她行禮了，直接招了招手。「坐吧。」

素年從善如流地坐下，周圍的人都站遠了迴避。

皇上抬了抬下巴。「不是說巧兒泡茶的功夫是跟妳學的嗎？」

這是事實啊，只是太長時間沒有做了，也不知道她還記不記得？素年動作有些生疏地將茶沖泡好，至於味道嘛，素年覺得，應該差不多吧，反正茶在她的嘴裡統統是一個味兒。

皇上抿了一小口後，默默地放下。「就妳這水準，也敢說巧兒是妳教出來的？」

「回皇上，青出於藍而勝於藍，大抵就是這個意思了。」

「……」

那茶，皇上直到素年離開也沒有再喝第二口，大概是太差勁了，可素年卻是喝了好幾杯，因為她找不出比喝茶更能夠裝傻的舉動了。

「朕聽說，妳要跟著清王去北漠？算妳還有點良心，朕原本以為沈娘子是沒有心的人呢！蕭戈這傢伙，總算沒有太可憐，有時候想想，朕都替他不值……沈娘子，妳說說看妳有哪點好？說來朕聽聽，怎麼朕都沒有發現呢……」

素年都無奈了，合著皇上是閒得蛋疼，覺得以後沒什麼機會挖苦自己了，才特意喊她過來說個過癮的？素年低著頭，喝了一杯又一杯，一言不發，任由他吐槽。皇上嘛，這點面子還是要給的。等到茶壺幾乎空了，皇上也差不多滿足了，素年這才打算告退。

「沈娘子，有妳在的話，蕭戈應該會更珍惜他的命吧？這樣也好，可別讓他死了……」皇上在素年跪下叩首的時候，聲音輕輕地說。

然而素年再抬起頭時，皇上已經恢復了之前無比鄙視她的表情。

「皇上請放心，民女的命，是蕭大人跟皇上換來的，這點，民女自不會忘記。」素年恭恭敬敬地磕頭謝恩，然後慢慢地退了下去。

素年挺羨慕蕭戈的，他竟然能夠得到皇上真正的友誼，雖說也許是因為蕭戈之前為皇上做了那麼多事，又或許是因為他們認識了太長時間，但素年仍然覺得不可思議。自古君臣之間可很少那麼和諧的，更別說好像皇上和蕭戈這種讓她有些邪惡想法的關係了……嘖嘖，這可不好，這可不好。

皇上隨後下了為沈素年父親平反的詔書，並一股腦兒地賞賜了許多東西作為補償，更將沈父追賜「明臣」的諡號，還加封沈素年為明素郡主。

素年驚詫得眼珠子都要瞪出來了，就她都能做郡主了？這個封號是可以隨便給的嗎？可聖旨上明明白白地寫著，來宣旨的公公更是眼睛都笑瞇了，等著素年接旨。

素年恍恍惚惚地多了一個身分，但實際上，卻沒什麼改變，素年這才放下心。只是個空頭封號，大概……是皇上用來表揚她態度端正的？不過也好，有這麼個頭銜，以後就沒什麼人敢隨便欺負她了。說到那些賞賜，素年瞧著挺眼熟的，金珠寶釵、成串的紅寶石珠鍊、明晃晃的點翠鑲寶步搖、偌大的綴著寶石的金項圈、水頭極好的綠瑩瑩的翡翠玉鐲……怎麼就這麼眼熟呢？

「皇上，這明素郡主的稱號……太后那裡若是問起……」

皇上輕輕一笑。

「無礙，太后那裡，朕自會去說，不過一個頭銜。朕可是用心良苦了，蕭戈欠了朕這麼大一個人情，嘖嘖，日後可就還不清了……」

清王離開京城的那日，皇上命人用規模龐大的儀仗為他開路，一直送出了城門口。百姓都出來圍觀，這可是其他王爺離開時都沒有過的待遇。

先皇賜予清王的封地十分敏感，但皇上不僅沒有打壓，反而聲勢浩大地昭告天下，他將清王視為同胞兄弟。對此有人覺得皇上是為了想博得仁愛的名聲而給自己埋下了隱患；也有人認為你們都是渣渣，人家皇上想什麼，是你們這些凡人能揣摩到的嗎？皇上說不定會有後招呢，這種事情會告訴你們嗎？

不管如何，清王的地位明面上是牢不可破了，但他仍舊冷著臉，離開了這片他曾經那麼想要回來的京城。

這次清王的隊伍中，有一輛外表十分不起眼，但裡面卻布置得比清王那裡更加舒服、更加奢侈的馬車。素年這會兒正在裡面躺著，而小翠則十分緊張地觀察著她的表情。

素年當初看到這輛馬車的時候，真心誠意地推辭過，她什麼身分，怎麼能坐這種規格的？讓人看見多不好！但玄毅卻很堅持，還說：「來京城的路上，我真的受夠了。這輛車能夠最大限度地降低顛簸感，妳也不希望扯後腿的，對吧？」

素年差點要習慣性地拿東西丟他了！會不會聊天啊？說一句關心她的話會死啊？會死嗎？好端端的好意非要曲解成這樣，素年氣呼呼，卻還是接受了。馬車的避震效果確實夠好，裡面還鋪著十分柔軟的棉墊，各種暗格裡都放好了種類繁多的零食，看來是充分瞭解過素年的人給收拾的。

「唉……真是墮落啊，這身子竟然是個富貴命，這會兒就沒反應了。」素年舒服地靠在軟枕上，將窗戶拉開，只隔一層輕薄的紗簾，小風吹著、小茶喝著、小點心吃著，還有阿蓮很貼心地給她捏捏腿，素年不禁感嘆，人要想墮落，簡直太容易了！

「郡主……」

「……說多少遍了？換回來換回來！郡主什麼的，總讓我有不祥的預感！」素年美目橫了小翠一眼。

「小姐……妳真的沒事嗎？不舒服可不要忍著，小翠盆都準備好了。」

素年黑線。「真沒事！妳家小姐像是會勉強自己的人嗎？」

小翠竟然還認真地想了想，然後才搖了搖頭。「不像。」

「……」

跟著清王的隊伍行進十分舒坦，什麼事都不用自己操心，安排得好好的，素年沒事的時候就喜歡倚著窗，聽騎馬走在外面的魏西說一說北漠的情況。

那裡多為荒漠，條件有些艱苦，可卻有著掌握著大麗朝命脈的東西——金礦！

素年這還是第一次聽到，金礦竟然在北漠嗎？那皇上的心可真大呀，這樣還敢讓清王過去？玄毅要是對皇帝的位置不死心，直接壟斷金礦，然後拉上一支由驍勇善戰的北漠人民組成的軍隊，殺回去還不是妥妥的事？

豐富的金礦讓北漠雖然環境艱苦，卻依舊繁榮，而且那裡靠近邊界，有許多主張和平的外族生活著，北漠就成了麗朝和外族之間貨物交流的地方。

那兒有就算是在京城都見不到的稀罕玩意兒、有外族風味的食物、有奇怪的習俗、特別的服飾……總之，在北漠人的眼裡，那裡就是樂園。

不過馬騰的出現，打破了北漠的和諧。這群外族真真是可以用殘暴來形容，他們習慣踐踏一切來證明馬騰的強壯，自他們出現之後，北漠就戰事不斷。

馬騰不僅想將麗朝攻打下來，其餘的外族他們也不放過，他們的野心極大，大到想將所有除了馬騰以外的民族全部吞併。

先皇那時作出了決定，只要是願意附屬於麗朝的外族，一旦他們受到馬騰的欺壓，麗朝絕對不會袖手旁觀。

馬騰的殘暴將所有人都逼成了他們的對立面，但他們不在乎，打一個是打，打一百個也是打，只是聯手而已，最終面對的，其實還是麗朝的軍隊。

麗朝跟馬騰糾纏了數十年之久，戰爭本就耗時耗力，再加上馬騰狡猾，這一拖，就是這麼長時間。如今，馬騰處於弱勢，他們又開始提出求和，用這種方式爭取時間來緩和，這種把戲，他們做得太多了。

「魏大哥，怎麼你對馬騰那麼瞭解？」素年覺得奇怪，魏西的話裡充滿了主觀的情緒，十分篤定的樣子。

「……墨宋你個臭小子，又跑哪兒去了！」魏西粗獷的聲音慢慢飄遠。

素年一臉黑線，什麼時候魏西也會轉移話題這招了？

隊伍行進的速度不快，魏西粗略估計了一下，到北漠，保守計算也要差不多兩個月，素年當時眼睛就直了，這麼遠？

「如果是快騎，當然用不了這麼久，但這是王爺就藩，儀仗隊還跟著，想快也快不了。」

素年只好認命。整日縮在車裡也不是個事，她就琢磨著，要不要出去也學著騎騎馬？

「可千萬不要！」小翠第一個反對。「小姐，就妳這坐一般馬車都暈得昏天黑地的嬌弱身子，咱還是算了吧？」

「……」

「就是，何必添麻煩呢？這樣不是挺好的？」魏西也過來勸說。

刺萍和阿蓮雖然沒有開口，但臉上也是一片不贊同的神色。女子，又是郡主的身分，是不適合拋頭露面去騎馬玩的。

而墨宋……這孩子可苦了。

也不知道魏西是怎麼想的，在院子裡的那些鍛鍊素年還看得下去，可這會兒，直接就是讓他用雙腿跟上部隊，魏西還坐在馬上一臉邪笑地說：「要是堅持不住就說啊，沒事，這不丟人的。」

於是一開始，墨宋生生走到暈倒。素年一邊鄙視魏西，一邊給墨宋治療。

「我也不知道他會倔成這樣啊……」魏西覺得很委屈。

於是後來，他就稍微收斂了一些，可還是讓素年不忍直視。

這會兒，墨宋根本顧不上素年的想法，他還在拚搏呢！

倒是玄毅知道以後，使人給素年牽來了一匹小馬，魏西在一旁看得直樂。「這個行，這個不錯！」

素年可不管他在想什麼，她是真的覺得不錯，要真給她一匹強壯威武的駿馬，她還不一定敢往上爬呢！

越往北漠的方向去，素年的身子就越懶，天氣逐漸轉涼，她就整日窩在車裡不動彈，當初想要騎馬的念頭，在她顫顫巍巍地坐上去不到兩刻鐘之後，便煙消雲散。

小翠一看這樣覺得不行，小姐以前說了，什麼「生命在於運動」，雖不知道有沒有這種說法，但只要是小姐說的，那都有一定的道理。小姐成日軟趴趴的不想動，對她的身子可不好，於是小翠跑去找玄毅出主意。

玄毅想都沒想，直接將素年的馬車拖到隊伍後方，那裡差不多是老弱病殘的集中營，都是路上患了病，或是身子虛弱的人待的地方。

隊伍中充斥著隱忍的呻吟，素年還不知道她的馬車已經挪了位置，一骨碌地從軟墊上爬了起來。「什麼聲音？」

「小姐，外面有人病了，好像很難受的樣子。」刺萍挑開窗簾看了看後，跟素年彙報。

病了？

「走，看看去！」

素年掀開車簾，入目的，是一輛輛馬車，每一輛裡面都會不時傳來或哼唧、或咳嗽的聲音。長途跋涉會造成人的免疫力降低，極易染病，再加上他們又在趕路，並沒有時間停下來給這些人找大夫，隨行的人裡面雖然也有大夫，可畢竟很少，而且那些大夫並不是為了這群沒有地位的人存在的。素年再一次深切地體會到古代階級的殘酷，這些患病的人，要嘛忍著，等著身子自然轉好；要嘛慢慢惡化，痛苦地死去，然後被隊伍給拋下。

已經墮落為懶惰蟲的素年，忽然間充滿了幹勁。這是緣分啊！她能跟這些人在一個陌生的時空裡相遇，不是緣分是什麼？不珍惜是會被穿越女神唾棄的！

於是，素年袖子一捲。

「去，把病人挨個兒帶來！」

第九十六章　遭遇難題

玄毅身邊多了一個名為雙瑞的小廝，據說是他自己選的。可是，雙瑞這麼喜慶的名字，卻跟人一點都不配，這人就跟他主子一個模樣，成天面無表情。

這會兒，雙瑞將隊伍後方的情況跟玄毅彙報了一下。

玄毅點點頭，表示他知道了。素年這傢伙，只有在面對病人的時候才會精力充沛、活蹦亂跳，甚至有些不知疲倦的樣子。

「讓他們盯著點，不要太亂了。」玄毅只是稍微提醒一下，然後就隨素年玩去了。

素年高貴、豪華、舒適的馬車，頓時變身成為一個流動的小醫館，小翠、阿蓮和刺萍三人，在這些病人中先確定有沒有極需治療的，然後按病症的輕重，挨個兒將患者帶過來。

「嬸子，妳可要注意休息，車簾子不要放下來，要一直開著，車廂裡不能太悶，最好就一直躺著。」素年一邊給一個面色潮紅的大嬸起針，一邊叮囑她。

「這可不行，我那車裡有個小姑娘吹不得風，所以不能掀簾子的。姑娘啊，謝謝妳了，嬸子覺得好了許多。沒事，嬸子養養就好。」

「那就跟別的車輛換一下。」

「哎喲，我的好姑娘，這可是清王殿下的車隊，哪兒是說換就能換的呢？姑娘，妳聽嬸子一句，妳可別多管這事，清王殿下肯請妳這麼漂亮的小姑娘來給我們瞧病，我們已經太感謝了。」

一旁正在整理素年從大夫那裡搶來的藥材的小翠愣了一下，合著他們還不知道小姐的身分呢！也對，明素郡主在清王殿下的隊伍裡，這個消息還真沒傳出去，而且看看小姐的打扮……嘖嘖，她都不愛說了。

大嬸離開了以後，素年便讓刺萍去前面找人提一提，稍微調整一下馬車的乘坐次序。大嬸車裡的那個小姑娘她也瞧過，確實受不得風。

結果不多時，刺萍那丫頭怒氣沖沖地回來了。

「怎麼了這是？」素年正收拾著東西，看到刺萍漂亮的小臉蛋都要扭曲了。

刺萍不說話，素年卻眼尖地發現她的衣裙上有一塊污跡。刺萍這丫頭喜好乾淨，雖整日忙裡忙外，但只要有一點點污濁的地方都要立刻將它消滅，有些輕微的潔癖，所以她的衣裙不可能無緣無故地弄髒，她可是很小心的。

「這個怎麼弄的？」

素年不問還好，一問，刺萍的眼眶迅速地就紅了，忍都忍不住。

「說呀！」小翠急了。「被人欺負了？沒事，小姐現在可是郡主，什麼仇都能給妳立刻報回來！」

素年一臉黑線，她是這麼睚眥必報的人嗎？不就……有一點點護短嗎？小翠是成心這麼埋汰她的吧？

刺萍雖然長相嬌美，可性子卻很執拗，她將眼淚又吞回去，將事情大概說了出來。

素年之所以讓刺萍去前面問問能不能將馬車調整一下，就是不想為這種小事去找玄毅，刺萍知道素年的意思，就去找了負責後面這部分「拖後腿」馬車的管事。

該管事姓吳，他會被分配到管後面這一攤，足以說明他在清王府的地位。這些老弱病殘有什麼油水啊？事還多、還雜，一點點屁大的小事都要來找他。

吳管事從出了京城開始就心情煩躁得很，後來又聽說來了個什麼醫娘要給這些廢物治病，本來他是不樂意的，都什麼玩意兒？病得都快見閻王了還搞這麼多事出來，煩不煩？可是，清王殿下身邊的人過來打了招呼，吳管事不得不聽從，心中卻有些唾棄。呿，假仁假義，清王喜歡搞這一套？走這麼遠的路，死兩個人怎麼了？

等到刺萍去找這個吳管事，將想要調整馬車的事情提出來的時候，吳管事卻是覥著臉，一臉淫笑地說：「哎喲，哪兒來這麼標緻的小娘子？」吳管事怎麼會將刺萍當一回事？聽了她的話後，眼睛都放光了，直說：「成、成，怎麼樣都成，只要小娘子陪陪我，什麼都好說！」他還不光只是說話，手就往刺萍身上伸去了！刺萍當然是反抗的，不只反抗，尋了一個物件就往他身上砸過去，這才逃了出來，衣裙上的污跡就是那個時候留下的。

素年聽完之後，怒極反笑。「玄毅這孩子怎麼做事的？這種人也能留著？走，我們看看去！順便見識見識他調戲人的水準，聽起來也不怎麼樣嘛！」

「小姐……妳可悠著點兒……」小翠不擔心素年，她反而擔心起那名吳管事。要論調戲人的道行，她家小姐若認第二，可沒人敢認第一啊！

吳管事正鬱悶著呢，小娘子脾氣挺暴躁的，嘶……砸得可真疼吶！不過沒關係，左右知道她在自己管轄的範圍內，要將人找出來好好調教調教，那還不易如反掌？正想得美呢，不用他找，小娘子又出現了，只不過，在她的前面，吳管事發現了一個更令他垂涎的目標！

「哎喲哎喲，今兒是什麼日子，我之前怎麼沒發現隊伍裡有這樣的極品？喔對了，小娘子們就是來為那些不中用的東西治病的吧？唉呀，真是早該招待妳們的！」吳管事額上青了一塊，卻搓著手，迫不及待地想將人往他的車裡拉。

素年扯開嘴，笑容剛揚到一半，吳管事都已經看呆了，卻突然從旁邊來了人。

雙瑞面無表情地出現，身邊還跟著不少人。「此人得罪了明素郡主，罪無可恕，拖走。」

吳管事都還沒有反應過來，就被一群人給綁住帶走了。

素年頓時僵著一張臉。「等、等會兒啊！我還什麼都沒來得及做呢！」

雙瑞來到素年的面前，恭敬地行禮。「驚擾到明素郡主，我等十分慚愧。清王殿下吩咐了，一定不能勞煩郡主親自動手，不然，就太可憐了。」

什麼太可憐了？誰太可憐了?!這孩子怎麼還是一如既往地不會說話呢！

接替吳管事的，是另外一名管事，他自然知道素年的身分，那是有求必應，說什麼就做什麼，漸漸地，這些被素年治療的人們，也都隱隱約約明白，她不僅僅是一個醫娘而已。

但素年仍然是原先那副親和隨興的樣子，對誰都客客氣氣地微笑，對誰都露出溫暖的笑容。

從京城長途跋涉到北漠，清王的隊伍，無一人缺失。

北漠這個地方，魏西告訴過素年，都是荒漠，於是素年自個兒腦補出了一片風沙肆虐的沙漠景象之後，卻目瞪口呆地看見了面前這座不比京城差的恢弘城市。

「荒漠？」

「出城往北走，想看什麼樣的荒漠都有。」

北漠這裡，只有朝廷派過來的、暫時管理的刺史，這會兒早接到了文書，帶著人在城門口迎接呢！

「下官許默，恭迎清王殿下！」

玄毅冷著一張臉，在許默熱情的歡迎中，來到了為他準備的清王府裡。

素年自然是先跟著他的，等安穩下來了，再做別的打算。也不知道這裡離麗朝討伐馬騰的軍隊有多遠？

皇上對玄毅十分厚待，除了遵先皇遺命賞賜給他北漠這一大片封地外，也並沒有剝削他的其餘權力，徵兵啊、收稅啊……雖說每年仍得上交朝廷一部分稅收，但對於北漠這片擁有金礦的富饒土地來說，猶如九牛一毛。

嚴格來說，素年也挺不能理解皇上的做法。當初在先皇的面前，皇上雖然承諾了不會怠慢清王，可這樣完全放養的態度……素年覺得皇上的心可真大呀！

隨行的隊伍有一半要回京城，玄毅身邊留下的人並不多，這些人裡面，能夠讓他信任的就更加少了。於是玄毅乾脆做起了甩手掌櫃，要將王府裡的事項統統交給他的大管事，大管事負責不了的，則交由素年來處理。

素年呆呆地回望他。「你覺得……這合適嗎？」

「沒什麼不合適的。」

「不是，你想想，我是你什麼人啊？再說了，你見過我操心這些事情嗎？」

玄毅還真想了想，然後認真地回答。「小姐，我們這些下人有困難了，妳忍心袖手旁觀嗎？而且，也不需要妳親自動手，給些決策就行。我先去了，許默那裡有許多東西要交接給我，剩下的，就拜託妳了。」

玄毅一本正經地說完後，又一本正經地點頭離開，只剩下大管事和素年兩人面面相覷。臭小子長本事了啊！素年很是欣慰，也不去管大管事拚命壓制住的驚詫，先帶人收拾東西去了。

玄毅將最麻煩的一塊交給了素年——他全部的身家財產。

看著那一個個沈重的箱籠，素年頭疼得幾乎背過氣去。這要清點到什麼時候啊？還要給他入庫、登記、入帳！

皇上賞賜起來也毫不手軟，金銀珠寶、綾羅綢緞都是成箱的，在京城的時候玄毅嫌麻煩，壓根兒就沒有打開來過。想到自己就要獻身於繁瑣枯燥的勞動中，素年就恨得牙癢癢的。不過玄毅也是真的沒辦法，他要跟之前管理這裡的刺史交接許多諸如帳務、護城軍隊等事項，人事方面也要重新整頓，每日都忙得團團轉，大管事一個人根本顧及不過來，能將清王府上上下下運轉起來已經是焦頭爛額了，素年只好認命。

其實真正做起來，也並不困難，素年全部用最簡便的方法，做了許多本帳本，這些跟他們之前見過的並不相同，素年分門別類，將所有的類別都用小紙條貼好，入庫、出庫都有時間和備註，清清楚楚，一目了然。

就連大管事見到後都讚不絕口，然後原封不動地抄襲了過去。

整理開箱的東西，也讓幾個小丫頭大開眼界，都是些平日裡很難見到的，各色的翡翠、香料、衣料都不算，什麼紫檀木雕嵌壽字靜心屏風、青銅九螭百合大鼎、十二把泥金真絲綃麋竹扇、文犀辟毒箸、用整塊玉石雕成的一套玲瓏玉碗，只只水潤清透……

小丫頭們一邊整理著，一邊驚嘆著，玩得不亦樂乎。

清王府的所有財政大權掌握在素年的手裡，但凡要用錢的，都要將款目報上來，素年懶得看，都丟給小翠過目，讓她自己決定。

「小姐，妳也太看得起小翠了，這些……這些小翠怎麼會懂？」

「那妳覺得小姐我懂？」素年比她還無辜。

小翠默然了。好吧，跟小姐比起來，她起碼還有那麼一些經驗。

府裡順風順水，而玄毅那裡，似乎就出了些問題。

北漠的刺史許默，從一開始給素年的印象就不大好，太奉承了，是一種將自己放到另一個層次，有些卑躬屈膝的味道，不管什麼時候，他總是以玄毅的喜好為主，但這樣的人，往往能讓人栽跟頭。

玄毅接連兩天回來的臉色都不大好，雖然還是一樣的面無表情，可素年能看得出來，這孩子，受到打擊了。秉持著「護短」的精神，素年打算去找玄毅談談，看看能不能幫到他，可玄毅的臉色就跟寒霜打過一樣。

「……出去。」

「唉呀，別這樣嘛！有什麼不開心的說出來，大家開心一下！你看，我點心都帶來了！」

小翠在後面直扯素年的衣服，滿臉的窘迫。她阻止過的，可沒成功……

素年興沖沖地自帶茶水、點心，跟玄毅談話簡直太開心了，不準備點東西太可惜。

「出去。」

素年愣是坐著不走，厚著臉皮坐那兒，然後拍拍旁邊的凳子。「別客氣，為下人排憂解難是我這個小姐的本分，來坐。」

玄毅深呼吸了一下。

小翠見狀，趕緊帶著阿蓮和刺萍跑了。玄毅的樣子太嚇人了，小姐可真厲害！

「怎麼？覺得被糊弄了？」

素年低頭開始剝桌上的堅果，看都沒看玄毅，然後「吱呀」一聲，雙瑞也出去了，屋裡只剩下玄毅和素年。

玄毅最終還是坐下了，坐在素年的對面，拳頭有些無奈地砸在桌面上，不知道是對素年的厚臉皮無法，還是最近確實憋屈壞了。

許默看上去十分唯唯諾諾的樣子，但他交出來的東西卻讓玄毅有火發不出。

以富饒著稱的北漠，怎麼可能帳面上只剩下這麼一丁點庫銀？可許默卻哭喪著臉說：「清王殿下，如今北漠這裡戰亂不息，銀子都用來充軍了，自然就剩下這麼一點啊！」不僅如此，許默還跟他哭訴北漠的護城將領不聽他指揮，他調度不了，自然也沒辦法交接給玄毅。

素年猜想也是如此，玄毅初來乍到，強龍不壓地頭蛇，北漠這裡油水多足啊，現在玄毅來了，要將所有的東西接手了，許默自然是不願意的。

「那你打算怎麼辦？」

「拖著。我會將帳目都查清楚，還有護城將領那裡，我一個個去找，我還不信了，他們能得意到什麼時候！」

唉……素年嘆了口氣。她就知道，以玄毅這一根筋的想法，絕對是怎麼麻煩怎麼來。知道他要來北漠了，人家帳目會給他查出問題嗎？

「若是查不出來呢？他可是很快就要回京了，你在京城裡又沒什麼親信，他只要稍作打點，就什麼都過去了。」

「那就不讓他走。」

「怎麼說也是朝廷命官，你將人強行留住，是打算剛來就落下一個跟朝廷作對的把柄嗎？」

「……那又如何？」

「是不如何，山高皇帝遠，誰也不會在你面前說什麼，可你想過皇上那裡嗎？那些大臣肯定會借題發揮，想要讓皇上剷除你這個隱患，皇上不會那麼做，那就需要跟他們虛與委蛇，說實話，很累的。」

「……」

「唉呀，別想了，你那套正經古板的思想不適合應對的。聽我的，明日一早，你就將許默請來，我記得府裡有一個孤立的小院子，就將人擱那兒，你什麼也不用說，使人將他看住就成。當務之急是那些護城將領，雖然有可能已經成為了許默的同夥，但總不可能都是一路貨色，你先接觸看看。」

「那許默呢？」

「殿下，你還管他做什麼？對外隨便找個正經的藉口……要不就說他突然發病，正好府裡有醫聖的傳人，這個理由好，就這麼說了吧！什麼家眷親屬，一律不能見面，因為此病傳染性極強，許大人危在旦夕，就這麼著吧！」

玄毅一動也不動地看著她。就這麼著？剛剛是誰還提醒自己不能讓朝廷命官為難的？這會兒就要他將人給軟禁起來，前後差得也太多了吧？

看出他在想什麼，素年鄙視地說：「能一樣嗎？要按你的法子，那肯定是直說帳務不對，將人給扣下，許默還不哭著喊著說冤枉？我這可是說要給他治病，是救他呢，完全是不一樣的好嗎？」

……玄毅覺得沒什麼不同，最後都是不放人走。

許默就這麼不明不白地被控制住。那個院子在府裡一個極為偏僻的角落，周圍什麼都沒有，就好像孤島一樣，素年讓人每日送去吃的喝的，其餘的時候，就只有許默一個人在裡面。她沒有立刻出現，打算讓許默先過兩日「清淨」的日子。

玄毅那裡開始慢慢有進展了，正如素年說的，這些守城的將士裡面，還是有不少血性男兒，可因為許默在這裡，如果不跟他同流合污，便會受到排擠和誣衊，他們只能壓著性子，畢竟若真因為跟他作對而被撤換，那些接手的人會不會願意真心實意地守護北漠，就不得而知了。

玄毅也不傻，就是性子耿直了一些，加上為人正氣，很快便收服了一批，至於其他的，他也不著急，因為雙瑞說，許默那裡，快撐不住了。

第九十七章　尋人管家

五天。

素年覺得許默也是個人才，整日裡沒人跟他說一句話的狀態，他竟能夠支撐五天，這已經超出她的預想，可也只是五天而已。素年沒有任何心軟，對於一個將民脂民膏據為己有的貪官來說，任何懲罰都不為過。

許默在院子裡高聲呼喚的第二日，素年終於徐徐地出現在他的面前。

「許大人，聽說你想找人說說話？」素年笑咪咪地在繡墩上坐下來。五日的煎熬，讓許默的臉色極為難看，素年還記得在城門那裡見到他時，他臉頰紅潤、十分富態，不過五日而已，雙頰竟然凹了進去。

許默的眼珠子狠狠地盯著素年。「你們這是什麼意思！本官對皇上忠心耿耿，你們卻將本官關在這個地方，清王是要造反嗎？啊？」

「許大人要說的就是這些了？那很可惜，本郡主還有不少事情要忙呢，沒工夫陪你了，許大人的火氣這麼大，還是自個兒先消消火。」

小翠在素年身後扯了扯嘴，這個時候又記得自己是郡主了？

許默好不容易見到了人，如何肯這麼輕易地讓人離開？他當即就朝著素年撲過去！

一旁的墨宋上前就是一腳將人踹開。小爺正火著呢，打不過魏西，還打不過這種貪官了？他最恨這種人了！

許默被踹出幾米，疼得半天都爬不起來，耳朵一陣鳴響，等耳鳴漸消後，就聽到那裡沈素年正在教育墨宋——

「下次對著人的腿。魏大哥沒教你嗎？肚子容易傷到內臟，現在還沒到要他命的時候呢，留心著點。」

還沒到要他命的時候！這幾個字刺激著許默。

素年從一開始就沒想防著許默自盡，一個膽敢貪墨官銀的人，必然將自己的命看得極重，他還想留著命享受呢，所以素年一點都不擔心。

許默從地上爬起來，臉上的表情已經變了。「郡主？是郡主殿下？下官冤枉，下官真的冤枉啊！」許默跪著往素年那裡爬了幾步，看樣子都想抱著素年的腿喊冤了。「清王殿下不滿庫裡官銀的數量，可下官也沒有辦法！朝廷發兵討伐馬騰，為首的將軍就向下官討要銀兩，下官不得不從，這真的是——」

「你放屁！既然許大人沒有想清楚的話就算了，不過你可要知道，這種機會不是一直都會有的。大人的生死對清王殿下來說，真不算什麼，而一旦在大人家裡查出了款項不明的錢財……當今皇上的喜惡，想必大人也是清楚的！」

不是郡主來的嗎？怎麼這麼粗俗呢？許默被沈素年一開始的粗口給嚇住了，說到後面更是一絲敷衍都沒有，相當直白地威脅起他的生命！許默還真沒有辦法，他現在人在清王的手裡，更是一絲消息都傳不出去，那些錢財，若是真被發現……可現在跟被發現了有什麼區別呀？許默苦惱了，他覺得他說與不說都是一樣的。

素年的情緒似乎平靜下來了一些。「許大人，若是那筆庫銀你給記錯了地方，現在說也還來得及，可若是清王殿下親自找到，那就不一樣了，這其中的差別，你一定很清楚吧？」

許默沈默了下來，雖然現在說不說，清王和眼前這位郡主都已經認定了他貪墨官銀，但聽沈素年的口氣，似乎如果他承認的話，還有點後路可以走走。儘管這種可能性相當之低，但如今的他，是沒得選的。

他本以為，就算清王不相信他，好歹他也算是朝廷的人，清王就不怕自己回去以後跟皇上添油加醋地說一番？要知道，這些王爺雖然有封地、有權力，但那也只是在皇上對他們都還算寬容的情況下。一旦皇上對王爺起了疑心，不誇張地說，絕對是活不下來的，更別說是賜予了北漠這個敏感封地的清王，那怎麼著也必須是活得更膽戰心驚、小心翼翼才是啊！

可許默沒想到，清王完全無所顧忌，可以說壓根兒沒將自己放在眼裡！他一個朝廷命官，說軟禁就軟禁、說恐嚇就恐嚇、說踢就踢，這已經超出了許默預想的狀況了！

於是，許默給沈素年上演了一齣赤裸裸的、不要臉的戲，好似剛剛被墨宋那一腳給踢出靈光來了，當即一拍腦袋，喊道：「唉呀，看我這記性！前些日子下官為了準備迎接清王，特意將官銀重新盤點了一遍，給挪了地方了！唉呀唉呀，這可怎麼辦？」

素年讓阿蓮去攔住看不下去、就要暴走的墨宋。「既然如此，還請許大人告知地點，我也好讓人去清點一下。」

庫銀的事情就這麼解決了。素年知道地方了以後，轉身就走，完全不顧許默在她身後的叫喚，只涼涼說了句。「許大人，這銀子還沒有見到呢，萬一你又記錯了地方可怎麼辦？」

玄毅派人前往許默說出的地點，是一處十分偏僻的民宅，外觀一點都不起眼，並且，在他們拍了門以後，裡面走出來的是一對小夫妻，手裡竟然還抱著個孩子。

見到是官差，兩人臉上都露出了十分茫然的表情，直到官差在裡面一間上了鎖的屋子裡搜出了成箱的白銀，兩人才驚恐萬分，臉上俱是害怕。

他們二人並不知情，他們在北漠沒有自己的宅子，只好到處賃屋子居住，可沒想到，牙人竟然主動聯繫他們，說是有一處不錯的院子，只需要極為便宜的租金，便宜到無法想像。

雖然院子並不是多好，但租金實在是太便宜了，而且兩人又剛有了孩子，處處需要用錢，這種好像天上掉下來的好事，讓他們十分開心。

只不過，他們租下來的時候有個條件——裡面有間屋子上了鎖，他們不能去動。這種要求兩人都無所謂，也許正因為這點，這處院子才會便宜到近乎給他們白住，於是兩人歡歡喜喜地搬了進來。

這一對小夫妻被帶到了清王的面前，女子臂彎中抱著一個嬰孩，看上去才四、五個月的光景，眼睛滴溜溜的，含著自己的手指，並不鬧騰。

素年覺得，兩人說的應該是實話，可就因為是實話，她心裡才更加憤怒。

許默找來一對陌生人給他看著這些贓銀，如果有一天他要將這些銀子拿走呢？到時這兩個人會怎麼樣？這種貪贓枉法的事情，許默必然不會想要留下任何一絲可能暴露的線索，那麼，要想讓這兩人永遠不會連累到他，素年只能想到一個辦法……

堂下女子正低著頭，輕聲地安撫著懷裡的孩子，面容溫暖而慈愛，讓素年想起她的媽媽看著自己的時候，也是同樣的眼神。

兩個剛為人父母的小夫妻，再加上一個仍在襁褓中的孩子，成為了許默貪墨的那些贓銀的守護屏障，無論這些銀子有沒有被發現，這對夫妻的下場都會很慘。

小翠一看素年的表情便心叫不好，小姐這是要發怒的徵兆啊，小姐一生氣起來，真是誰都拉不住的！「小姐，這事讓清王來解決就行，我們先迴避迴避吧？」小翠在一旁低聲地嘗試著勸慰。

素年當真站起身，面無表情地走了出去。

哎喲這麼好說話？小翠愣了一下才跟了上去，還有些茫然，但一看到素年所走的方向，立刻就不茫然了，小姐這是打算直接將許大人弄死了好解氣嗎？

素年果然來到了許默的院子，許默一見到她，雙眼都在放光。

面對許默的期待，素年卻很遺憾地搖了搖頭。「許大人，很可惜，清王殿下依然不相信那些就是全部……」

許默脖子旁邊的青筋猛然間暴起，臉一下子脹紅。「郡主！您答應過會放我走的，您不能說話不算數啊！」

「許大人，你也知道，那可是清王殿下，你覺得，清王殿下的想法，是我一個區區小女子能夠左右的嗎？」

「可是、可是……」許默急得跟什麼似的，恨不得用力嚎兩聲才能讓他心中的焦躁發洩出來。

素年卻是一副雲淡風輕的表情，站在那裡冷冷地看著許默。

許默心裡忽然有了想法，這個女人說的絕不是實情！清王不放過自己，她看起來似乎非常的開心，為什麼？自己到底有什麼地方得罪了她？許默不知道，他只知道，自己這次，似乎真的是非常不妙……

「許大人，我還是要勸你一下，清王殿下不是那麼好糊弄的，你以為弄來這麼一些銀子就能讓清王滿足了？呵呵，這裡可是北漠啊……」

北漠，這裡擁有足以支撐整個麗朝的金礦，雖然那間宅子裡搜出來的銀子數量也不少，可離素年心中想像的數額卻是相去甚遠。

許默這時已經恢復了平靜，他能夠在北漠做出這麼多事情，說明他還是相當有眼力的。他的頭微微低下，看著旁邊的地上，說：「下官並沒有欺瞞，討伐馬騰的將軍確實來討要過銀子，他的手裡還有皇上的密詔，皇上說了，將軍需要多少，北漠就必須提供多少。」

素年的眉頭皺起，聽許默這麼說，似乎也頗為可信，以皇上跟蕭戈的關係，他是真的給得出這種密詔啊！也就是說，蕭戈來過這裡？那他現在在哪兒？會不會也在這附近？素年當即便問了。

許默搖了搖頭。「蕭將軍離開有些日子了，下官也不知道他的去處。」

素年的注意力立刻被轉移了，於是也不跟許默多囉嗦，反正以玄毅的性子，這人是跑不掉了。

如今清王府的事務都已經走上正軌，玄毅只要給素年一個人來接手即可，可玄毅卻皺著眉想了半天後，朝著素年攤了攤手。

「殿下這是何意？」素年的眉角跳了兩跳。

「找不到合適的人……」

「……那就這麼著吧！」素年立刻就決定撂挑子了！臭小子，自己好說話幾日就得意起來了？找不到人？那就別找了！她瞧著那大管家就挺不錯的，能者多勞啊！總之這件事她才不管呢，她千里迢迢來到北漠，可不是為了來給玄毅做管家婆子的！

素年吆喝著小翠等人開始收拾東西，然後轉過頭道：「殿下，好歹我也是皇上親口封的明素郡主，這麼沒名沒分地住在王府裡，太不好了。」

「妳要什麼名分？隨便開口。」

「……」素年無語了，玄毅不是個正直的孩子嗎？什麼時候被帶壞成這樣了？她也不開口，只盯著玄毅看。

玄毅嘆了口氣。「不然這樣如何？妳幫我物色個人出來，府裡的事情我真的是顧及不上，妳的眼光……嗯，還算是可以接受的。」

雖然玄毅的口氣很平淡，但能夠得到他一句誇獎，素年覺得真是太不容易了！就衝著這點，素年還真開始在腦子裡搜索有沒有得用的人？但想來想去，素年卻發覺，自己眼光不錯沒有用啊！平日裡她都不怎麼接觸清王府的人，都是交給小翠她們去辦的，她們有問題的時候才會來找自己，清王府裡究竟有哪些人，她一點都想不起來！

「我還是去問問小翠的意思吧，她比較清楚。」素年放棄了，打算將小翠叫過來。

玄毅伸手攔了一下。「這樣吧，也別麻煩了，我看小翠就管得不錯，府裡打理得井井有條的樣子，不如就將小翠留下來？」

素年的動作一頓，頭腦放空了一會兒，然後慢慢地轉過來看著玄毅。玄毅的臉色如常，還是冰冷、沒表情的模樣，但好歹也相處了這麼些年了，素年的視線習慣性地去找他的手。玄毅在心裡有事的時候，他的手指會不自覺地半握成拳，中指的指節會輕輕地摩擦食指的，心裡越是掙扎，摩擦的力度就會越大。素年看了一會兒後才抬起頭，心中卻是無比的震驚。

「你……不是在說笑？」

玄毅繃著臉皮，硬邦邦地輕輕點了一下頭，輕到素年都要以為是幻覺，可現在就算確認了，她也覺得是幻覺來著！玄毅看上小翠哪一點了啊？雖然平日裡小翠確實挺照顧他的，但那種照顧在素年看來，一般人都會承受不了！小翠那是一根筋的，想對人好有時候都找不到合適的方式，每每讓玄毅冷汗直流，是素年覺得最有意思的場景之一……莫非玄毅相中了小翠這點？素年看玄毅的眼神頓時都不對勁了，原來玄毅好這口嗎？

玄毅一看素年的表情，就知道她肯定又在想什麼亂七八糟的事情，他就快要堅持不住了。雖然他現在是清王，是擁有整個北漠的霸主，但在素年這種眼光面前，玄毅卻很想逃走，這大概是長期的慣性使然。這個女子總有些莫名其妙的想法，接著自己可能就要倒楣。

可是，如果這會兒不說，玄毅怕以後就沒有機會了。

在素年身邊的這些年，玄毅算是裡面被欺負得最慘的，而且大都是他無法反抗的淒慘，例如玩一些東西，他總是輸，輸了就算了，還總會栽在素年的手裡，偏偏素年每每提出來的要求都是慘絕人寰的，他一個人，就將這些淒慘占了大多數。這個時候會站出來為自己解圍的，幾乎都是小翠。

小翠這姑娘，從玄毅第一次見到她的時候，就是個例外。

自己那時，好像是打算搶她的荷包來著，一個瘦瘦弱弱的小丫頭，力氣卻不小，更難得的是，面對自己這種「窮凶惡極」的搶劫，她居然有勇氣跟自己抗衡。

後來玄毅曾經狀似不經意地問起，小翠一副後怕的樣子拍拍胸口，然後才說：「那些錢是小翠和小姐辛辛苦苦賺來的，小翠不能讓小姐失望。」

她就是這樣，想法無比單純，素年的話在她那裡就跟聖旨一樣，她會完完全全地遵從。

然而這麼一個單純的小丫頭，卻在自己發病暈過去以後，一個人，拖過了幾條巷子，將自己拖了回去，讓自己從此在她們的周圍待了下來。

小翠對玄毅有莫名的崇拜，在玄毅為了「報恩」打跑那幾個混混之後，小翠就十分地佩服玄毅，哪怕之後有更加厲害的魏西出現，小翠對玄毅的崇拜也沒有減少。

素年那時候常常開玩笑，說讓玄毅乾脆娶了小翠算了，那時候玄毅都是一副面無表情的模樣，小翠一開始還會臉紅心急，跟素年鬧脾氣，說是素年怎麼能將這種事掛在嘴上？到後來，她已經能面不改色、心不跳地回嘴，說素年什麼時候嫁人，她再什麼時候嫁人。

可她們誰都不知道，玄毅，是真的當真了。

玄毅出身皇室，卻經歷過那麼黑暗的事情，他深知一個男子若用情不專一，會導致多麼悲慘的後果。他的娘親身分也是十分低微，所以小翠的身分，玄毅從來沒有考慮過。

素年看見玄毅的身形晃了幾晃，明顯是想跑卻又堅持住的模樣，她有些弱弱地開口。「清王殿下，雖然我之前是這麼說過，讓殿下娶了小翠，但那時不是不知道殿下的身分嘛，殿下、呃……無須當真的。」

玄毅看著她，眼神堅定。

「而且，我家小翠是不做妾室的，就是側妃也不行……」

玄毅繼續眼神堅定。

素年扶額，這很難辦啊！玄毅也是個直性子，而且是個倔性子，他認定的東西一般很難改變的，不過，如果是玄毅的話，素年倒是不擔心小翠會受委屈，況且以玄毅的身世經歷，素年猜想往後也許不會有另外的女人再摻和進去，不啻為一樁美事。可……玄毅將小翠要走了，她怎麼辦呀？嗚嗚嗚……小翠那麼貼心的一個丫頭，做的東西還那麼好吃，以後豈不是都要便宜玄毅了？素年越想越傷心，打算先回去問一問小翠的意思。

小翠這會兒正領著刺萍和阿蓮收拾東西呢，差不多已經結束了，見到素年，小翠忙笑著過來。「小姐，妳看看還缺什麼？」

素年看著一個巨大的包袱，頭更疼了。「先別管那個，來，我有事跟妳商量。」素年將小翠拉到一旁坐下，很認真很認真地看著她。「小翠啊，我問妳個事，妳要如實地回答我。」

「好，小姐妳問吧。」

「妳覺得玄毅如何？」

「清王殿下？很好啊！」

「不是清王，是玄毅。」

小翠愣住了，玄毅不就是清王嗎？小姐這是在說什麼呢？不過小翠還是想了想。「玄毅……也很好啊！」

「如何很好？很好這兩個字太籠統了，小姐我領會不了。」

於是小翠開始掰著手指數道：「很厲害，嗯……很厲害，特別特別厲害……」

素年的頭磕在桌上不動了，這很成問題啊……兩邊都這麼難搞，要不，她今兒晚上偷偷走掉算了？

「小姐？」小翠彎下了身，歪著腦袋去看素年的表情。

素年沒辦法，只好抬起頭，臉上硬生生地扯出笑容。她不管了啦！「那小翠，既然玄毅這麼好，妳願意嫁給他嗎？」這他媽求婚的事情都讓自己給做了……素年感覺到了深深的違和感，但她硬著頭皮等著小翠的回答。

結果小翠表情都不動一下。「小姐真是的，這個問題妳問過小翠許多遍啦！小姐什麼時候成親，小翠就什麼時候成親！」

第九十八章　山賊攔路

「所以，就是這樣。」素年面無表情地坐在那裡，對面是同樣面無表情的玄毅。她已經盡力了，但這件事吧，小翠特別的死腦筋，她決定了就是決定了，素年若一輩子不嫁人，她就真打算一輩子陪著素年。這讓素年太感動了，但此刻對面坐著一個臉色越來越黑的玄毅，她無法感動起來啊！自己好歹也是個郡主，玄毅應該……不會對她怎麼樣吧？

玄毅克制了半天，依然有點崩潰，他咬牙切齒地問：「那，小姐妳打算什麼時候成親呢？」

這一個字一個字是咬著迸出來的，讓素年切實地感受到了玄毅的心情。

可這種事……素年的身子往後縮了縮。「我記得我說過的……我……呃……是不打算嫁人的……」說過那麼多次的話，就數這次說得最沒有底氣了。

玄毅「蹭」地就站了起來，徑直大步走到一旁的書案上，拿起一卷什麼東西就往素年的面前丟！

「嘭」的一下，素年嚇了一大跳，然後才看清，玄毅丟給她的只是一卷圖紙一樣的東西。

「這是北漠周邊的地圖，上面用朱砂圈出來的地方，就是如今蕭戈軍隊駐紮的營地，我會給妳幾個厲害的護衛，還有馬車，現在就走，立刻就走！」

素年「呵呵」地傻笑，像是完全聽不懂玄毅話裡的意思。她將圖拿在手裡，很客氣地跟玄毅道了謝，然後慢慢地走了出去。

「我就不信，妳這套在蕭戈那個老狐狸面前能有用！」

身後傳來玄毅繼續咬牙切齒的聲音，素年頓了一下，然後只當風太大，她什麼都沒有聽到……

玄毅也沒有再強留小翠下來，他知道小翠的性子，且既然素年已經知曉了就行了，他的目的就是如此。接下來，就只能看蕭戈蕭大人的了。

蕭戈對素年的情意，玄毅多多少少也知道，如今更是得知蕭戈為了保素年的小命，甘願帶兵面對殘忍善戰的馬騰，素年肯跟著自己千里迢迢地來到北漠，不管她現在心裡想的是什麼，這絕對是動搖她此生不嫁的最大因素。

馬車和護衛很快便準備好了，素年將那卷地圖直接丟給魏西，他對北漠這裡熟悉，由他來帶路最好不過。

玄毅給他們配了四個護衛，魏西嘟囔著什麼「礙手礙腳的人已經夠多的了」，然後將墨宋趕上去，讓他挨個兒跟這四個護衛交手。結果，自然是墨宋慘敗，被魏西評得一無是處。

墨宋從前並沒有學過武，打架也都是靠著蠻力和粗暴無章法的亂毆，能打成這樣，素年已經覺得不錯了，魏西的要求會不會太高了些？

魏西在素年面前點點頭。「確實不錯了，可我們現在要去的地方是戰場，是隨時有可能將命丟掉的地方。說實話，我並不建議妳去，畢竟就算只是駐兵的營地也十分危險。但如果不去，或許……便再也見不著蕭大人了，因為即便是將軍，面對馬騰也不一定能夠全身而退。」

這種話，素年聽過好幾次，皇上因蕭戈請命帶兵對抗馬騰一事，沒少給自己臉色看，素年能從皇上的態度中，看見皇上焦躁的情緒。皇上說過，蕭戈是在用自己的命來換素年的命，跟馬騰打仗，就是有隨時都會喪命的風險。

魏西的話讓素年心中一陣猛跳，她當然知道危險。她自己為什麼會來到北漠？為什麼要找到蕭戈？見了面說什麼？難道說「這麼巧啊，在這兒遇到你了」？

素年到現在還沒有想明白，但她就是想見一下，確定蕭戈還活著，讓他知道自己也還活著，表達一下自己的感激之情。

雖然蕭戈幫她做的事情她也許很難償還，但素年先用這樣的理由將自己騙過來了，之後……這個嘛，她比較習慣走一步算一步。

四個護衛的身手讓魏西還算滿意，於是他大手一揮，幾人騎著高頭駿馬，圍著兩輛馬車，緩緩地離開了北漠城。

小翠最後收拾出來的巨型包袱，讓魏西給篩查了一遍，拿出了一些可有可無的，然後往裡面又加了不少，結果體積並沒有縮小，反而更大了。

「沒法子，從北漠城往西走，不過兩天就會路過唯一一個有人居住的小村落，從那裡開始，將會是一段荒無人煙的黑岩壁，路上我們吃的喝的都必須備足。」

於是，素年坐的那輛馬車後方所跟著的馬車上，裡面塞了滿滿的東西，還包括素年從玄毅那裡搜刮來的大量御賜藥材。

在北漠，素年讓刺萍和墨宋按照她列出來的單子採買了一大批藥材，她是要去軍隊的，雖然軍隊裡肯定有軍醫跟著，不過，素年想做一種藥——萬應丸。這種丹藥用薑湯下，可治瘟疫寒症、時疫；用白湯加生薑自然汁下，可治瘧疾寒熱；用車前子湯下，可治紅白痢疾；用薑茶煎湯下，可治泄瀉；用胡椒七粒、菜豆四十九粒煎湯下，可治霍亂吐瀉；用清茶滾水下，可治雜症。

雖然聽起來神乎其神，但這種神效菩提萬應丸卻是實實在在有效用。戰場上最容易發生瘟疫、瘧疾等，那些死去將士們的遺體得不到及時的掩埋，若是爆發出大規模的時疫，後果不堪設想。

藿香、蒼朮、陳皮、厚朴、山楂、麥芽、神曲、砂仁、甘草、紫蘇、枳殼、黃芩、半夏、扁豆……馬車裡瀰漫著濃濃的藥味，路上素年閒著無事，便開始著手製作萬應丸。

晚上停下來找到地方休息的時候，她就支起小爐子，用荷葉將這些藥材煎湯，泡一宿，然後曬乾、磨粉，以蜜調成丸，裝瓶。

每日跟藥材為伍，素年奇跡地沒有頭暈嘔吐。她要抓緊時間多做一些，素年從沒見過真正的戰場，她也想像不到究竟會是什麼模樣，所以先盡她所能多做些自己力所能及的事情。

玄毅選出來的四名護衛，都是知道素年身分的——明素郡主，身分高貴的女子。可她整日窩在馬車裡搗鼓藥材，晚上更是帶著她的丫頭又是煎藥、又是磨粉、又是製丸，忙得不亦樂乎，絲毫沒有任何矜持的架子，乍一看，誰都無法想像她會是麗朝的郡主。

黑岩壁光禿禿的一片，什麼植物都看不見，毫無人煙，讓人產生孤獨感。

但讓素年欣慰的是，她身邊的三個小丫頭，沒一個對目前的環境感到不適應。除了素年的萬應丸，她還要做一些接骨的方子。素年不擅長外科，斷手斷腳、腸穿肚爛的毛病她沒法兒救治，這讓她十分遺憾。但她想像著可能會遇到什麼樣的病症，又是她能夠幫得上忙的，然後開始一樣一樣地製出來。

除了整日忙碌，墨宋也給小姑娘提供了不少打發時間的消遣。

魏西並沒有因為他們在趕路而放鬆了對墨宋的敲打，反倒由於之前墨宋接連慘敗在四個人手裡而變本加厲了起來。

偏偏墨宋也是個不服軟的，被魏西這麼嘲笑著，燃起了前所未有的鬥志，整日跟魏西吵吵鬧鬧，氣氛一點都不壓抑。

這一日，素年正在車廂裡研磨藥材的時候，忽然感到馬車劇烈地震了一下，然後又急速地停下，她手裡的東西差點飛了出去。該不會是魏西玩過火了吧？素年讓小翠去看看發生了什麼事。

小翠將腦袋伸了出去後，又迅速縮了回來。「小姐，我們的路被人攔了，好些人呢，凶神惡煞地擋在前面，手裡還都拿著刀！」

刺萍和阿蓮聞言臉色一白，素年卻無語地將手裡的藥杵放妥。小翠的表情看上去倒不是膽怯，反而有些興奮，這丫頭，膽子越來越大了。

她們這些女眷最好還是坐在車裡，否則很容易成為魏西等人的累贅，素年很有自知之明。但……攔路搶劫這種事情，聽上去太讓人興奮了！於是她動作很猥瑣地趴在車廂底上，偷偷地掀開一點點布簾，露出一隻眼睛看熱鬧。

看到素年的舉動，刺萍和阿蓮都顧不上害怕了。小姐現在這個模樣……誰要說她是郡主那都是在罵人！這架勢，她們都不忍直視了。

小翠已經習慣了，反正也勸不來，她乾脆也趴下去，兩人直挺挺地趴在車廂裡。刺萍和阿蓮只能看到她們兩人的後腦勺，然後想了想，木然地繼續拿起手裡的藥材收拾起來。

攔路的應該是山賊，他們臉上都蒙著布，騎著馬，腰間插著明晃晃的刀，有的已經被拔出來拿在手裡，刀刃上閃著寒光。

為首的一個彪形大漢驅著馬走了出來。「將你們的錢財留下，否則，將你們的命留下！」

大漢的聲音粗糙洪亮，刺萍和阿蓮的身子一抖，勉強控制住身形，再看素年，竟一點反應也沒有，就連小翠都是一片淡然。

叫陣過後，魏西毫無反應，倒是那四個護衛站了出去，神色冷然。能選出來保護素年，這四人的功夫都是極佳的，而且心性強大，都有死士的風範。

「喲，沒見過的標誌！聽說北漠要來個清王，你們不會正巧是他的人吧？」大漢身後有人注意到護衛身上和馬車上的標記，陰陽怪氣地笑了出來。「那可真是罪過啊！人家王爺才剛來，我們黑崖寨這樣會不會打招呼打得太激烈了？」

山賊們都大笑了起來，像是聽到了什麼有趣的事情。
在他們對面，護衛們依舊嚴陣以待。
這批山賊大概十來個，而素年這裡除了她們這些手無縛雞之力的女子，只有四個護衛和魏西、墨宋，共六個人。人家的人數是他們的一倍，而且沒有拖後腿的人和東西，自然不會將他們放在眼裡。
見他們有誓死抵抗的樣子，彪形大漢又開口了。「初來乍到，沒聽過我們黑崖寨的名字也不怪你們，但是，我醜話說在前面，你們可要想清楚了。留下錢財，我們可以饒你們一命；若是不肯，那可就抱歉了，你們今日一個都別想活著離開！」
護衛們臉色均是一凜，心知今日是討不到好了。他們確實不知道黑岩壁這裡會有山賊，否則，清王也不會只讓他們四個跟過來。
「黑崖寨現在混得不錯啊！那啥，是老釗吧？你的嗓門還是那麼大，信不信我把你左腿也砍折了？」
忽然，護衛的身後傳來一道漫不經心的聲音。
彪形大漢的表情立刻就懵了，眼睛睜得恨不得掉出來，隔著護衛，他看到了倚在一輛馬車旁的魏西身影！
素年的眼睛自大漢的右腿上掠過，因為他一直在馬上，所以沒注意，這會兒仔細看去，似乎角度確實有些彆扭。
魏西就在素年馬車的旁邊，素年的角度只能看到前面，只見那被稱為老釗的大漢，身子就那麼定住了，遲遲沒有下一步的動作，而他身後剛剛還那麼囂張的山賊們，這會兒一個個都反應過來，好像見到鬼一樣，張著嘴，什麼都說不出來，彷彿站在馬車旁的不是人，而是死神！情況立刻就倒轉了過來，剛剛還有的人數優勢已經完全看不見，素年發現山賊裡有幾個人甚至都開始偷偷地攥緊韁繩，打算一有動靜就迅速逃走。

魏西究竟是什麼來頭啊？這黑崖寨看上去也沒有那麼肉腳啊，一個個的臉上和身上有刀疤傷痕、一個個的手臂上是遒勁有力的結實肌肉，這些可不是裝飾用的。對手不過一個魏西而已，有這麼可怕嗎？素年一直覺得魏西有些深藏不露，但沒想到他居然深藏不露到這個地步！難道……他以前是山賊頭子？

「魏西……」老釗終於將嘴裡的那個名字吐了出來，一直沒有反應的右腳開始隱隱作痛，讓他的聲音都在發抖。

「好久不見，沒想到你依然匪氣濃重。」

「老子他媽的是山賊！匪氣怎麼了?!」老釗崩潰了，看到魏西滿臉唾棄的模樣，龐大的身子都在顫抖。

「不怎麼，跟你很合適。」魏西笑了笑。「言歸正傳，我們現在在趕時間，財物當然也是不能給你留下的，要打就趕緊打，打完我們還要趕路呢！」說著，魏西就往前走了兩步。

結果老釗拉著韁繩，讓馬往後退了兩步。「看、看在老熟人的分上，我也不為難你了。不是趕時間嗎？那就請吧！」

這轉變得也太快了吧……素年瞠目結舌。如今的山賊都這麼好說話嗎？還是說，只是因為對方是魏西？

「哎喲，這麼好？沒事啊，跟你們這些人打打，也浪費不了什麼時間的。」操你大爺的！老釗在心裡怒罵，可沒辦法，要是他們這點人能打得過，早他媽上去群毆了，哪還能容得魏西囂張成這樣？

他們試過的，結果就是老釗的這條右腿給交代了，雖然搶了大夫給治，但現在仍是一跛一跛的，更別說當初損失在魏西手裡的兄弟了……

「魏老大，你現在是清王的手下了？」老釗沒理睬魏西的挑釁，反而開口問道。記得那個時候，魏西可是相當唾棄這些官僚顯貴的，這會兒「自甘墮落」了，老釗表示想要聽一下他的感受。

「清王？沈娘子，妳要做清王王妃嗎？」魏西偏過頭，看向素年的方向詢問，結果驀地看到了兩隻眼睛，嚇得他眼睛眨了一下。

素年這時才發現她和小翠還趴在那兒呢！她趕緊起身，稍微整理了一下，掀開簾子走了出去。

「清王妃倒不是我，不過，咱也算是未來清王妃身邊的人。」

素年的出場，引起了不小的騷動。北漠這裡，很少有這種水靈靈、鮮嫩嫩的靈氣美人，素年又屬於美到一個高層次的，一下子就震住了不少人。

「釗老大，有藥的味道……」山賊中的一人鼻子靈敏地嗅了嗅後，湊到老釗身邊輕聲說了一句。

老釗聞言臉色一變，也立刻嗅了嗅，發現是從這位沈娘子乘坐的車廂裡飄出來的，沈娘子的身上也染了濃郁的藥香。

「魏老大，你們車裡……有藥材？」老釗遲疑了一下，還是問了出來。

「怎麼？藥材你們也要劫？」

老釗差不多確定了魏西這裡確實有，於是他剛剛讓開的身子又堵回來了。「魏老大，能不能給我們一些藥材？用財物換也行！」

一個山賊，竟要用自己的財物換東西？素年挑了挑眉毛。「這些藥材我們也是有用處的，既然你們不缺錢，去城裡藥材鋪買呀！」

「如今麗朝跟馬騰的局面，進城很困難，我們黑崖寨又被官府通緝著，想要進去更是難上加難。」

那他剛剛一副很得意的樣子是啥意思啊？素年不能理解。不過，若是一些尋常的藥材，她倒是可以給上一些。

可是，這老釗一開口就是要人參，還要百年以上的人參，要好幾根！素年面無表情地看向魏西，還是他來解決吧。

「我說老釗，你不如直接搶銀子了！你以為人參是雜草啊？想要多少有多少？」魏西要笑不笑地看著老釗。「這我們還真沒有。」

其實素年這裡是有的，她從玄毅那裡摸了不少好東西，什麼虎骨、人參，統統都有，只是並不多，她也是想著要留待關鍵的時候用的。

老釗的臉色暗淡了下去。他只知道人參可以治病，時間越久的人參效果越好，除此以外，他哪懂什麼藥材比較好？「魏老大，咱們好歹相識一場，我老釗從來沒求過人，今兒就求你了。魏老大，你能不能幫忙去城裡帶一名大夫出城？以清王的名義，應該是很容易的。」老釗從馬上下來，往前走了兩步，果然是一瘸一拐的樣子。他隻身一人走到前面，雙手微微張開，表示他並無惡意。

「我給你去找大夫，然後呢？你們黑崖寨不是有個老頭子會瞧病嗎？」

「寒老頭進山採藥的時候，被馬騰的畜生給殺了，老大發了怒，帶人去追那隊馬騰小兵，結果雖將他們殲滅，老大卻身受重傷，現在正躺在寨子裡呢……」老釗的眼睛裡有淚光迸出來。「若是當初我有跟過去，也許就不會是這樣了！」

素年站在馬車上看著老釗，他的年紀大概跟魏西差不多，中年大叔的樣子，此時卻忍得眼眶都泛紅，身側垂著的一隻手握得泛白，微微發抖。

對山賊，素年的印象是打家劫舍、無惡不作，然而此刻，那個山賊老大卻是因為殺馬騰而身受重傷的，素年頓時覺得……嗯……忽然就有不少親切感了啊！

第九十九章　進寨治病

「魏大哥，黑崖寨很厲害嗎？」

「一般吧，我殺進去過幾次，也就這樣。」魏西說得雲淡風輕，完全不顧黑崖寨眾人咬牙切齒的表情。

有新入寨的弟兄沒聽過魏西的名字，仍舊是一臉蠻橫的神情。

旁邊的人忙將他拉到一旁。「聽過『血屠刀』的名字沒？」

新人點點頭，然後眼睛越睜越大。「他……他不會就是吧?!」

對方沈重地點頭，想到那些場景，他就全身發寒。那時魏西只用了一把刀，就將對方一整個山寨屠殺得乾乾淨淨，從頭到腳，所有地方都被血染濕，原因是這個山寨的人搶了一個即將要出嫁的姑娘，然後又將受到凌辱致死的姑娘原封不動地送了回去。

做山賊沒事，被逼無奈而投身草莽，劫一些銀子花花，並不是多麼十惡不赦的事，但做下了這種事情，魏西就怒了。那可是他所在的村子，那戶因為女兒的慘狀而痛苦到發了瘋的人家，是收留了流浪至此的魏西的恩人。看著菩薩心腸的兩老雙雙崩潰瘋狂，魏西怒得拎著一把刀上了山，然後就此得到了「血屠刀」的名號。

得知魏西就是血屠刀，黑崖寨的新人不敢說話了，默默地往後退了退。

「魏大哥，那這會兒咱們要是進了黑崖寨，還能順利地出來嗎？」素年又問。

魏西沒有立刻說話，臉上出現了無奈的表情。素年的意思是她想要進去？也是，她是個醫者，聽到有人正半死不活地躺著，想去看看也是人之常情。「蕭戈那裡呢？」

「蕭大人在跟馬騰對抗，黑崖寨的人若是因為馬騰而受傷，也相當於是幫了他一個忙，去看看不會耽誤多少時間的。」

魏西也不說什麼了，吐出一口氣，轉向老釗。「你們運氣可真好，我家小姐是個大夫。」

老釗的眼睛頓時盯著素年不會動了。大夫？真的是大夫嗎？這個看起來嬌滴滴的漂亮姑娘，她會是大夫？但不管素年是不是，老釗眼裡的熱烈都沒有減少。會一點也可以，只知道點皮毛也可以，他帶著弟兄們如此頻繁地搶劫，只是希望能找到一些救命的藥材，如果是大夫，那就再好不過了！

「小娘子，只要妳肯看看我們老大的身子，我老釗保證，絕對不會動妳一根汗毛！」老釗立刻表明態度。

魏西也點點頭。「他們就是想動，也要考慮考慮。」

「……魏老大，你這話說的，咱們黑崖寨什麼時候做過出爾反爾的事情？」

「也是，要是做了，現在還會有黑崖寨嗎？」

沒法兒聊了……小翠深深地感受到了老釗此刻的想法。她在面對素年的時候，也經常會有這種感覺，魏大哥原來跟小姐一樣那麼壞啊……

老釗識相地閉嘴，面對魏西，他沒法兒強硬起來，但又不想理睬他的埋汰，於是他將目光轉向沈娘子。這姑娘看起來柔柔弱弱的，竟還願意進寨子為老大診治，真是個好人吶！

素年一行人的車馬被引進了黑崖寨，這是一座建立在一個半封閉山坳間的寨子，易守難攻，寨子門口有他們的人拿著長槍來回巡視，不遠的地方還有一座高塔，上面有人遠望把風。

老釗帶著他們走到寨子門口時，立刻嘩啦啦地從裡面出來了一群人。

「釗老大，這次收穫不錯嘛！兩輛馬車呢！」

「有沒有藥？有沒有大夫？」

「還有馬！哎喲，釗老大出手，果然厲害啊！」

老釗黑著臉，揮手讓大家冷靜一下，然後默默讓開，露出了他身後騎在馬上、優哉游哉的魏西。

恭喜的話慢慢地安靜了下來，場面忽然變得很冷，有人還正奇怪著呢，忽然，從人群中發出了一聲刺耳的尖叫——

「啊啊啊啊啊！血屠刀來屠寨子了啊啊啊啊啊啊——」

這聲尖叫驚天動地，車廂裡的小翠一掀簾子。「怎麼了這是？已經到了？」

剛剛還圍過來恭喜的山賊們，一瞬間改變了陣型，將他們圍成了一個半圓，手裡的武器全部對準魏西的方向。「釗老大，我們這就來救你！」

黑崖寨門前一觸即發，遠處高樓上站了一排人，手裡都拿著弓箭，箭尖閃著寒芒，瞄準著下面的馬車。

老釗嘆了口氣，看了一眼仍舊沒什麼反應的魏西，驅著馬走到前面。「放下武器，魏老大是給我們送大夫來的。」

魏西挑了挑眉毛，這傢伙可真敢講啊！不過也無所謂，素年想要過來看看，他可不就是護送的嘛！

大夫？這個詞聽在所有人的耳朵裡都是一震，若是問黑崖寨現在最需要什麼？那一定是大夫！可是，這個大夫是血屠刀帶來的……黑崖寨眾人的眼裡均是懷疑的神色。

魏西也不急。

急的是老釗。「是真的！而且是清王府上的大夫！」

眾人心中都在強烈地糾結著。若是將血屠刀放進寨子裡，他要是發起狂來，那黑崖寨就算完了；可是，大夫這個詞又太讓他們動心了！而且老釗他可是寨子裡僅次於老大的存在，他的話是極為可信的，但是血屠刀……

唰！馬車上的簾子猛地被掀開，素年等得不耐煩了。什麼破山寨，他們才幾個人就這麼畏首畏尾的？不知道救人如救火呀？

跟在素年身後的是小翠，和已經麻木了的刺萍和阿蓮，她們兩人也顧不上害怕了。也是啊，都自己送到人家山賊的寨子裡了，還有什麼好害怕的？

三個小丫頭手裡，拿著素年的針灸包和一些藥材。

聽老釗說，黑崖寨老大是被馬騰用刀刺中而受的傷，所以素年將可能用得上的都給帶上了。

從馬車裡一下出來四個小姑娘，其中還有看著就嬌弱柔美的，黑崖寨眾人皆是一愣，然後目光憤然地轉向老釗。這他媽是大夫？老大已經不行到需要用沖喜的方式來搏一搏了嗎？

「病人在哪兒呢？」素年面對那些武器，說心裡沒一點害怕是不可能的，這些刀啊箭啊的，隨便扎到自己身上，她估計就交代了。可來都已經來了，素年只得將恐懼壓在心底，盡量表現出淡定的模樣，畢竟她要是慌亂起來，小翠她們該怎麼辦？

老釗在心裡暗嘆這個女子不簡單，然後站到了素年的面前。「跟我走。」

有老釗在前面開路，黑崖寨的眾人漸漸分開了一小條通道。他們能看見她們手裡拿著的東西，果然是藥材，那麼，這個女子真的是大夫？然而容不得他們多想，所有人的注意力突然都轉移走了，因為，魏西動了！

魏西可是素年的護院，小姐都走了，身為護院的他怎麼還能磨蹭呢？於是魏西也朝著黑崖寨邁開了步子，結果剛剛容她們幾個進去的通道立刻又消失了，大家進入了最高等級的戒備當中。

「我說，用不著這麼防備吧？我又不是沒來過。」魏西無奈了，黑崖寨這些人怎麼就這麼冥頑不靈呢？

魏西不說還好，一說，人群中驀地爆發出一陣怒火。他是來過，雖然血屠刀沒有將他們黑崖寨給屠了，但他們也損失慘重！

眼看著素年的身影就要看不見了，魏西的神色一變，眉頭皺了起來，眼睛微微瞇起一些，從左邊掃到右邊，周圍頓時鴉雀無聲，他再抬起腳步走的時候，竟然沒有一個人敢往前。所有人都攥緊了武器，可沒人敢站出去將他攔住，魏西大步地穿過人群，追著素年的方向走去。

在魏西的身後，是臉上有些茫然的墨宋。他一直以為魏西就是個無賴，只會以大欺小、以強凌弱，可沒想到，居然有這麼多人怕他！這種感覺……墨宋也說不上來，似乎挺不錯的，但是發生在這個無賴的身上，他有些接受不了。

老釗帶著素年來到一間屋子門口，簾子一掀，就是一股濃重的血腥味，阿蓮忍不住乾嘔了兩聲，然後一臉驚恐地抱著藥材往素年身邊湊了湊。

素年十分理解，血腥味確實太濃了。裡面的人究竟傷成了什麼樣？還有沒有得救了？屋子裡，床上躺了一個人，素年讓人將窗戶都打開，才走過去打算檢查一下。

只看了一眼，素年就有些頭暈。她是不暈血的，但不代表她能看習慣這個，自己是中醫，這種血淋淋的病人，素年見得確實不多。

此人的腰腹上有一處傷口，已經有潰爛的趨勢，額上十分燙手，嘴唇泛白，已經乾裂出口子，臉色發灰，呼吸有些吃力，帶起一陣陣熱浪，似乎就要失去意識了。

那處傷口還在往外流血，暗紅色的瘀血。素年用手在他的腹部輕輕摸索，先確定他的內臟是否損傷嚴重。

輕輕的按壓，仍是讓躺著的人呻吟出聲，眉頭緊緊地皺著，傷口處又有瘀血滲出。

傷得這麼重……素年先在他的四肢施針，然後立刻使人將大麻仁、蔥白搗爛，加水煎成一碗，一次給他灌下去，讓瘀血排出來。

素年雖然對這種外科傷勢不拿手，但她是大夫，總不能只看著。現在只能祈禱內臟傷得不重，不然，若是需要開膛破肚才能將人救回來，她是無能為力的。

素年慶幸自己帶了一支百年人參，這會兒正用得上，大補元氣，複脈固脫，補脾益肺，安神益智，百年的人參價值千金，素年用起來卻絲毫不手軟。

瘀血在服用了湯藥後並未一次排盡，素年又讓人灌了一次。她則用烏藥、半夏、防風、真川芎、吳茱萸、前胡、陳皮、厚朴等等，分別用酒浸，或薑汁炒，然後研細炒焦，滾湯打糊，再搗成丸。

這種丹藥對於內傷、腹痛、發熱等很有效，素年直接給傷者用薑湯灌下去兩丸。

然後，只能看他的造化了。

素年將能做的都做了，忙得都沒有工夫閒下來。萬幸的是，這個黑崖寨老大的狀況似乎比他們來之前要好上許多了。

老釗十分激動，果然是個大夫啊！

這不廢話嗎？百年的人參都給用下去了，素年那兒一共才兩枝，要還是毫無起色，那就說明皇上賜下來的是假貨……

素年時刻關注著傷者的情況，熱度有些反覆，她已經開了清熱消炎的方子，但效果怎麼也不可能達到抗生素的程度。

小翠等人也跟著素年忙前忙後，等素年反應過來，她在黑崖寨已經待了有三天了。時間過得這麼快，素年完全沒有注意到，她的精力全部放在了患者身上，這會兒，患者的意識已經稍有恢復。

也是他命不該絕，那道傷口竟然沒有傷到脾臟，素年覺得這是能將他救過來的關鍵。

素年從不覺得自己很厲害，她有很多病都治不了，束手無策、無能為力。她不是神，只是一個穿越過來的、醫學知識稍微豐富點的大夫而已。

看到他們的老大清醒了過來，老釗差點沒喜極而泣，而魏西，則讓他恭恭敬敬地給請出去了，免得老大見到魏西以後一激動，前功盡棄。

素年覺得也差不多了，人能夠恢復意識給救回來，傷口裡的瘀血也排乾淨了，再開點藥方吃著藥養著，應該就死不了。

三天，說短也不短，她要趕緊上路了。

可誰知道，這想走，竟然也不是那麼容易。

「沈娘子、沈神醫，我們老大還躺在床上呢，妳可不能不管呀！要不，妳再多留點靈丹妙藥？」

素年無語了。藥材她總共就帶了這麼些，已經給他們留了不少，沒有這麼得寸進尺的。

可黑崖寨的人不管，他們的老大傷著了，這就是他們心中頂重要的大事！礙於血屠刀的存在，他們不敢硬搶，但這個小娘子看上去就十分好說話的樣子，而且，聽釗老大說，是小娘子主動表示願意來給老大瞧病的，所以，這些人一個個都用軟磨硬泡的祈求姿態。

小翠看得很火大，怎麼山賊都是這麼不要臉的嗎？

魏西這三天無比的老實，他讓黑崖寨的人看得死死的，十二個時辰裡都有人輪換著監視他，在他旁邊的墨宋都忍耐不了了，可他還是一切如常，該做什麼做什麼。

也許是看出了魏西是真的沒有對黑崖寨不利的打算，這會兒，這些人很無賴地圍在馬車邊，一邊哀聲求著素年不要走，一邊順便再討要些藥材，什麼百年人參啊，能多來幾支就最好了。

素年是第一次接觸到山賊，果然做山賊最重要的特質就是臉皮要夠厚啊！

她看了看天，已經在這裡磨蹭了近一個時辰，於是，她的耐心用完了。

砰！素年將手裡一些不重要的東西直接往馬車的方向砸過去，撞擊在車廂上，發出很大的響聲。

周圍都安靜了下來，眾人看向素年，卻發現她的臉上依然是笑著的。

墨宋摩拳擦掌，他早受不了了，就等著素年不再忍耐好打一場呢！

結果，魏西攔住了他。「看到她那種笑法了沒？別怪我沒提醒過你，以後，但凡看到她這麼笑，能躲多遠就躲多遠。」

素年端著異常溫和的笑容找到了老釗，這傢伙帶著頭在裡面起鬨。這時大家都因為素年剛剛的舉動而不說話了，於是素年輕輕地開口。「釗老大，人，我已經給你救回來了，現在，咱們可以算算診金了吧？」素年的笑容非常甜美，眼睛彎彎的，裡面似乎汪了清泉一般，嘴角的弧度也恰到好處，嘴邊還有小小的梨渦，像要將人的眼神給吸進去似的。

「診……金？」老釗重複了一下，這個詞，他似乎很久沒有聽過了。

「是呀，小女子是大夫，大夫看完了病，收取診金不為過吧？還是說……你們黑崖寨想要賴帳？」素年眉頭一皺。「那樣的話……」她的眼睛轉向了魏西。

魏西立刻很給力地往前邁了一步。

黑崖寨的人則齊齊地往後退，場面十分壯觀。

這幾日，魏西臉上的表情都很平常，平常到後來都有人覺得奇怪，這個人是不是他們知道的血屠刀？還是說，他只是長得很像的另外一個人而已？然而現在，沒有人懷疑了。魏西只是往前走了一步而已，身上散發出來的氣場，卻足以震懾到無人敢上前，已有人哆哆嗦嗦地要去摸刀了。

素年又笑了起來。「如何？咱們現在可以談談了嗎？」

那就……談吧。老釗用餘光看了一眼魏西，自己真是老了，竟然將這個人給忽略了，怎麼能忽略呢？可是，魏西一副護院打手的模樣，存在感實在不強烈啊！

「別的先不說了，這藥材錢嘛，那支百年人參可是御賜的，得值個千金，不過分吧？」

「……啊？」

「先別『啊』，另外的那些，就算做個添頭，小女子也不是斤斤計較的，就給你們都免了也無妨。還有診金，怎麼也得再給個千金吧？那就這樣吧，二千兩黃金。但鑑於你們黑……黑……黑什麼寨來著？」

「黑崖寨。」魏西面不改色地提示。

「對，黑崖寨！你們黑崖寨和我們魏大哥是舊識，所以小女子也就大方些，再給你們打個對折，就一千兩黃金吧！」

「……啊?!」老釗從聽到素年的話開始，就一直迷迷濛濛的。一支人參一千兩？就算是御賜的，這也太貴了吧？還有診金，去城裡問問，哪家醫館的大夫敢張口就要黃金千兩的？憑什麼呀？別以為有血屠刀在對面站著他們就怕了！老釗憤然地抬頭，看到魏西正冷冷地看著自己，氣勢瞬間又弱了下去。這診金……還是可以商量的嘛……「沈娘子，妳看，我們黑崖寨裡老的老、小的小，這個……是不是太貴了些？」

「貴了？哪兒貴了？釗老大，你出去問問，這種品相的人參，你有千金都沒地兒買去！我這可是咬了牙給你們寨主用了，原本都想擱在家裡供起來的！」一看老釗毫不含糊地張口就還價，素年也不示弱，胡扯起來流利順暢。

「……人參是很貴，這我知道，可診金……沈娘子，妳可不能因為老夫常年不進城就糊弄我，大夫出診的診金，老夫可還是知道的。」

「你知道的那是尋常大夫的診金，身為醫聖柳老的傳人，這診金自然就高了些。」素年才不隱瞞呢，她要將師父的名氣打得響響的，讓他老人家不管在哪裡，都能夠聽得到。

「醫聖……柳老？」老釗又結巴了，這、這誰能證明呀？

「釗老大，你可快著些，魏大哥的耐性不好，我們這還在趕路呢，要是我們自己動手，就有些辛苦了。」

周圍氣氛愈加凝重了。

素年身後是躍躍欲試的墨宋、板著臉一臉正氣的四名護衛，素年的三個丫頭則抱著東西，執意站在素年身邊；而魏西，狀似隨意，可他的身上卻聚集了最多的關注。

老釗額角的汗開始不斷地冒出來。怎麼辦？對面有魏西這樣的麻煩……他心裡最清楚不過了，若是惹怒魏西，黑崖寨絕對會是一片慘狀。唉，這個小娘子不是很仁慈和善的嗎？怎麼突然就變了呢？早知如此，他們還不如剛剛就讓她走掉好了呀！

第一百章　軍營相見

素年坐在椅子上，指尖輕輕地在桌面敲擊，每敲一下，都好像砸在老釗的心上。錢，他們也有，但若是都給了沈素年，黑崖寨這麼多人就要喝西北風了；但若是不給，老釗覺得，這個小娘子也許真的不會那麼輕易放過他們……老釗就是有這種感覺，似乎，他們很遺憾地錯過了什麼一樣。

「釗老大，老大叫你，還有……還有這個女大夫。」一個半大的小孩子忽然跑了過來，解救了老釗的為難。

老釗立刻站起來。「是不是老大有什麼不好？」

「不是不是！老大說，有話要跟你們說。」

素年慢悠悠地起身，慢悠悠地讓小翠她們先去將東西整理上馬車，慢悠悠地說：「若是再有人攔著，別客氣，清王殿下讓你們跟著，可不准丟了他的人。」

四名護衛齊齊應了一聲，當即將腰裡的佩劍抽了出來，護著小翠等人往馬車走去。

氣氛再也沒有之前那樣的隨意，而是劍拔弩張、一觸即發，沒人再敢攔著他們往馬車而去。

黑崖寨裡的人也都是在刀口舐血的，護衛身上散發出來的殺氣他們感受得到，若是再不知好歹地湊上去，他們手中的劍必然會毫不猶豫地刺過來。

魏西和墨宋陪著素年慢慢地來到寨主的屋子裡，他仍然躺著，但精神倒是還不錯。

素年走到床邊，習慣性地用手摸了摸他的額頭，不算太燙，又將傷口那裡覆著的布拆開來看，伸手在旁邊按了按，然後才重新包好，往後退了兩步。

「沈娘子……」寨主緩緩地開口，聲音不是太好聽，粗獷卻虛弱。「我都聽小阿林說了，抱歉，這事，確實是我們黑崖寨做得不地道，我武廣給妳道歉，對不住了。」寨主緩慢，卻堅定地將話一點點說完，態度誠懇。

老釗的臉色有些不好，他也沒想到事情會變成這樣，原本以為小姑娘好說話，就連魏西都很聽她的，可沒想到卻也是個難纏的主。

人家都躺在床上跟她道歉了，素年也不是那麼胡攪蠻纏的。剛剛她只是氣不過，沒這麼欺負人的，給他們點好顏色看，就以為他們都是軟包子好拿捏了？開玩笑，魏西那個什麼「血屠刀」的名頭是叫來好看的嗎？

寨主接著繼續說：「為了表示我們黑崖寨的歉意，和將我從鬼門關拉回來的謝意，小阿林……」

剛剛將他們叫來的半大孩子又跑了出來，手裡捧著一只匣子。

小阿林將蓋子掀開，裡面金燦燦的，都是小金錠。

「既然如此，小女子也不推辭了。你的身子只要好好將養著，應該沒什麼問題了。」素年讓墨宋將匣子接過來，便準備告辭。

「魏西……」躺在床上的寨主忽然奮力用手臂撐起了一點，轉頭看向門口。

魏西正靠在那裡，手臂交抱著，聽見有人叫他也是一副沒什麼感覺的模樣。

「魏西……你果然又回來了……這片北漠，你還是放不下吧……」

魏西一聲不吭，只靠在那裡靜靜地看著他。

素年卻發現，這會兒的魏西，跟平常時候都不一樣，儘管沒什麼表情，可就是莫名地有一種感懷。

從屋子裡出來後，一路暢通無阻，素年上了馬車，順利地離開了黑崖寨。

「魏大哥，給我們說說你的事唄！」這是素年第十三次尋著機會開口。

素年也不是個喜歡八卦的孩子，但這魏西太神秘、太吊人胃口了！血屠刀……雖然略俗，但聽起來還是挺有感覺的。

而且，魏西跟著他們也有好些年了，除了他什麼都好、什麼都無所謂的態度，基本上就是個功夫很好的和氣大哥，找他做什麼事都是滿口答應，平日裡還很合群，比玄毅那種恨不得時時離她們八丈遠的嫌棄態度真是好太多了。

這樣的人，怎麼會有個血屠刀的名頭呢？真是……太讓人好奇了啊！

「前面再走兩天，就能走出黑岩壁了，離我們的目的地相去不遠，大家加油啊！」魏西無奈地轉移話題。

這叫他怎麼說？不是魏西有什麼顧忌不願意讓他們知道，而是總不能開口就是「老子當年大殺四方，那些殘暴不仁的山寨土匪在老子手裡都被殺得片甲不留、哭爹喊娘，打遍北漠無敵手，獨孤求敗妥妥的，才有這麼一個響噹噹的名頭」吧？

就算魏西的性子再放得開，這話他也是說不出來的，太不謙虛了！

「嘖，魏大哥，那你之前也是山賊出身嗎？」

魏西將遠眺的目光收回來，點了點頭。「都是多少年前的事情了。」

果然，是山賊啊！怪不得，素年以前給魏西針灸的時候，見到過他身上有大大小小不等的傷疤，最嚴重的一道在腰際，從傷疤的猙獰足以看出當時的凶險……

素年深知見好就收的道理，注意力很快又轉移到了製作藥丸上面。離蕭戈越來越近了，她需要做些事情來分散一下自己的心思。

出了黑岩壁，周圍開始能夠看見綠色的植物，魏西仔細查看了一下地圖，然後皺了皺眉，選了一條比較遠的路徑帶著他們走。

「魏大哥，這是為何？」

「那條路上有一處十分適合埋伏，馬騰的人說不定會守在那裡，所以我們寧可繞遠一些。這條路雖遠，但地形開闊，一旦有任何動靜，都可以提前做準備。」

素年點了點頭，她沒有任何意見，將地圖交給魏西，自然一切都聽從他的安排，她只是問問原因而已。

魏西選的這條路確實開闊平坦，周圍沒有任何可以隱蔽掩藏的地形，素年他們一路行進，很快地，遇上了一隊帶有麗朝標誌的巡邏兵。

小隊將他們攔了下來，手持武器，全部蓄勢待發。「什麼人?!」

清王護衛之一將腰間的牌子拿出來遞過去。「我等奉清王殿下之命，護送沈姑娘來到兵營，還請軍爺代為通傳。」

巡邏兵接過牌子仔細驗證了半天，見上面有皇家的印記，於是巡邏兵裡的一人走出來給他們帶路，其他人則繼續堅守崗位。

前往跟蕭戈見面的過程無比順利，沒有任何波瀾。

見到素年從車裡慢慢走出來，然後直接跳到地上，蕭戈手裡的一卷戰報被他捏得變形了，他剛剛聽到通傳後，是帶著戰報直接走出營帳的。

素年傻呵呵地笑了笑，然後指著後面的一輛馬車，一本正經地說：「皇上下令，命小女子將這些給蕭大人送來。」

蕭戈的呼吸明顯加深了。「先進來吧。」

營帳裡的擺設十分簡單，而且也沒那閒工夫收拾，挺亂的。蕭戈之前還不覺得，這會兒卻怎麼看怎麼礙眼，但他還算沈得住氣，將閒雜人等都攆出去以後，才問道：「妳來這兒做什麼？」

「皇上下令——」

「行了，皇上會不會下令，我還不知道嗎？為什麼來這裡？」

素年卡殼了，她想了一路，自己都還沒想出個所以然呢，這個問題就不能等等再問嗎？

「大人，您先看看我帶來了什麼東西，能不能用得上？這可是我們一路上緊趕慢趕做出來的呢！」素年繼續顧左右而言他。

「為什麼過來？」蕭戈仍然只問這一句話。

素年的性子懶散，這點蕭戈是知道的，若是沒什麼特別需要的，她能夠待在一個地方天荒地老，可她現在卻出現在了自己的面前。從京城過來，路途遙遠，一路上也沒有客棧之類的落腳處，他們這些大男人就算了，行軍打仗時，餐風宿露都是家常便飯，可素年這種喜好閒適生活的弱女子，是怎麼堅持下來的？

蕭戈沒法兒形容剛剛看到素年身影時的感覺，就好像自己一直在精心照料的一株植物，忽然開出了極為美麗的花朵一樣，心弦從未如此顫動過。

這會兒若不逼著素年回答，也許這姑娘轉眼就能找出若干個充分的理由，不僅要將蕭戈給說服，還能將她自己都給說動，那她這次一路艱苦地過來豈不是就沒意義了？

「……」素年的腦子裡難得的一團漿糊。這人怎麼這樣呢？她人都已經到了，還問為什麼來，那有意義嗎？可蕭戈不管，眼睛一眨也不眨地盯著素年看，看得素年都沒辦法假裝欣賞這裡的擺設了。「我從皇上那兒聽說了，蕭大人會領兵對抗馬騰的原因。」素年也不是個磨唧的人，眼睛看著地上開了口。「雖然保家衛國義不容辭，但小女子十分惶恐，所以特意前來，讓蕭大人明白皇上是多麼的一言九鼎、言而有信……」

蕭戈嘆氣，行吧，他也不能太強求了。素年低著頭，看似很沈穩，只是她的耳尖紅得都快滴血了。這個女子，什麼時候才能坦誠地面對自己呢？

蕭戈不著急。「如此，我們先去看看妳都帶來了些什麼吧？」

這麼容易？素年不敢置信地抬起了頭，她還以為蕭戈會不滿意地刨根問底呢，居然這麼快就蒙混過去了？太好了……素年鬆了口氣，臉上又恢復了自如的笑容，然後顛顛地跟在蕭戈身後，去給他介紹那些藥丸。

「……還有這個，我寫了方子，什麼症狀用對應的湯藥送服。」素年面對藥材的時候，態度輕鬆自然，獻寶一樣地將萬應丸拿給蕭戈看。

「這個很好。」蕭戈拔開瓶塞輕輕嗅了嗅。戰場上戰士們的身子事關重大，有這麼一批常備的藥在身旁，蕭戈安心不少，只不過數量仍嫌不足。

素年也不藏著，很乾脆地將萬應丸的製作方子交給蕭戈，讓隨隊的大夫著手製造大量的藥丸。

「小姐、小姐，還有在黑崖寨做的藥丸，小翠覺得那也很有用呢！」小翠笑咪咪地補充。看著小姐和蕭大人相處得這麼融洽，真的特別好呢！

素年一驚，她對面的蕭戈剛剛眼裡還有些笑意呢，這會兒「唰」地一下就變了，嘴角雖然更加上揚，但眼睛裡卻丁點笑意都不剩下。

「黑崖寨？嗯？這個我怎麼沒有聽說呢？」

這陰陽怪氣的口吻，自己是有多長時間沒有聽過了？素年忍不住抖了一下。「呵呵呵，這不還沒來得及嘛！那也不算什麼事，就是途經了黑崖寨，在他們那裡借宿了幾宿，唉呀，沒想到都是些不錯的人呢，臨走前還非要我們收下盤纏！蕭大人您看，他們真是太熱情了！」素年忙不迭地將那一小匣子金錠捧出來，一臉諂媚。「保家衛國，匹夫有責，這些，就權當是小女子的一片心意了！」

蕭戈沒有接過去，仍然滿臉笑容，笑得素年頭皮發麻。轉頭一看，泥馬的小翠眼瞅著不對勁，早離得遠遠的了！有她這麼坑主子的丫頭嗎？再說了，她遇到黑崖寨跟蕭戈有啥關係啊？她幹麼這麼心驚膽戰的？素年想這麼吼來著，但掃了一眼蕭戈的表情，終究沒敢，她比較識時務，當務之急，是這匣子金子太沈了，再沒有人接過去，她就要舉不動了！

素年細細的小胳膊有些發疲，蕭戈最終也沒忍心，將匣子接過去放到旁邊，看著素年輕輕地揉了揉胳膊。「怎麼進去的？」

得，自己還是老實說吧！蕭戈只要隨便盤問一下清王的護衛，那絕對招得比自己說的還要詳細，於是素年便一五一十地將過程說出來。

「血屠刀？妳的那個護院是血屠刀？」蕭戈對這個十分感興趣的樣子。

「很厲害吧？」素年自豪地睜大了眼睛，也是一副感嘆。「我身邊竟然有這麼厲害的人，真是太有趣了！」

蕭戈皺了皺眉。「很有趣嗎？若是沒有血屠刀，你們怎麼辦？」

「那不是還有四個護衛嘛！」

「黑崖寨是黑岩壁那片最橫行的山寨，清王的護衛確實不錯，可人數上，他們一點優勢都不占，到時候怎麼辦？」

素年想了想。「那就只能將錢財送上了。反正，有魏大哥在嘛！」

蕭戈可沒有這麼樂觀，他只要想一想素年被山賊捉住的畫面，都會覺得心裡一陣虛弱。

「行了，東西送到了，妳可以回去了，我會多派幾個人護送妳回去。」

「唉……別啊，我才剛到呢！」

「這裡是軍營，沒有可玩的，也不適合女子出現。」蕭戈冷著臉，立刻就要叫人來準備。

素年目瞪口呆，她真沒想過會是這樣，蕭戈似乎不歡迎她的樣子，那見到自己的時候幹麼眼睛放那麼亮？

「蕭大人……小女子其實不適合長途跋涉的，這一路走來，已經要到極限了，請容我稍作休息個兩日如何？」素年一想到立刻又要上路，頭都疼了。他們這段日子以來，吃不好、睡不好。

蕭戈看得出來素年臉上有濃濃的倦意，知道她所言非虛，可軍營也不安全啊！剛收到戰報，馬騰的軍隊有些蠢蠢欲動，也許就在近日會有舉動，素年留在這裡，他不放心。

再去看素年，剛到時的興奮勁已經過去了，她的眼睛有些無神，呆呆地盯著一個方向猛看，蕭戈的視線跟過去，發現那是自己的床榻……

「……累了就去睡會兒吧……」蕭戈有些無奈，剛說完，只見素年遊魂一樣地走過去，「撲通」栽倒在床上，沒動靜了。

蕭戈走過去，在旁邊輕輕地坐下來，素年的眼睛閉著，已經睡著了。

一路上一邊趕路，一邊還要製作藥丸，在馬車上睡覺也睡不安穩，還遇上了黑崖寨，饒是心思冷靜淡定的素年，也已經到了極限。見到蕭戈以後，她覺得終於放鬆了下來，眼睛一閉，就陷入了黑甜的夢中。

蕭戈在那裡坐了一會兒，看著素年酣睡的容顏，心底奇異地感到滿足。

他不是個懂得如何表達自己情意的人，也從沒有跟素年表示過什麼，可是他特別坦率，特別正視自己的心，想要將這個女子保護好，就盡自己所能去保護，就算在別人眼裡也許不值得，但他覺得值就夠了。

這次面對馬騰，蕭戈心裡也沒有十足的把握。馬騰被麗朝的軍隊壓制著，提出了和親的要求，結果皇上不予理睬，繼續率兵追擊，馬騰必然會抵死相抗，這種階段爆發出來的力量，往往是驚人和不可預估的。

但蕭戈沒有退縮，他率兵將馬騰攆到這個地方，就是在等著他們做最後的抗爭，也許接下來的一戰會很慘烈，但，那應該也是馬騰最後能夠折騰的了。

可是，素年來了。自己非常努力地壓制著，心底卻有個地方就是不斷地冒著激動的小泡泡，自己已經有多久沒有過這種感覺了？

蕭戈很快地從營帳裡出去，讓小翠她們進去。雖然他能看得出素年不是個拘泥於世俗的姑娘，但她畢竟是個未出閣的女子，自己不能壞了她的清譽。

讓人給素年他們安排營帳，素年就暫時安頓了下來。

在蕭戈那裡美美地睡了一覺後，素年覺得神清氣爽，路途的勞頓彷彿都消失了一樣，這才有精神來觀察一下自己從未見過的古代軍營。

軍營的面積相當大，掀開營帳看出去，外面是一個個錯落的、猶如蒙古包一樣的軍帳，四面各有一個用木頭架起來的哨臺，帶著尖刺的防守柵欄，不時有拿著長槍來回走動巡邏的士兵面無表情地經過。

素年似乎嗅到空氣中緊張的氣味，所有人都抱著拚死的念頭嚴陣以待，因為在他們的身後，是麗朝的百姓們，他們的防禦若是被馬騰打破，那些百姓們將會被無情地踐踏。

古代的戰爭，是用血肉堆出來的，素年身處實地之後，才切實地感受到。她將頭縮回來，深深地呼吸了一下，轉身就看到小翠無聲無息地站在她的身後。

「幹什麼呀?嚇我一跳！」素年拍了拍胸口，繞過小翠，走到一旁坐下來。

「小姐！妳到底是幹麼來了?這幾日都不見蕭大人，妳不是來跟蕭大人表達心意的嗎?」

「噗——」素年用來壓驚的茶水全數噴了出來，坐她旁邊的阿蓮遭了殃，表情十分無辜與茫然。「唉呀唉呀唉呀……」素年一邊放下杯子，一邊手忙腳亂地用絲帕給阿蓮擦拭。

「對不住、對不住，我不是故意的！」

小翠嘆了口氣，上前幫忙。「小姐，難道小翠說得不對嗎?蕭大人對妳這麼好，妳忍著不適，長途跋涉到這裡來，每日就待在營帳裡，小翠為妳著急啊！」

素年一臉黑線地重新坐下。「妳這話就不對了，讓我待在這裡不要隨意走動的，就是蕭大人。這裡可不是京城，想做什麼就能做什麼的，這裡是軍營，一點點騷動都可能會引起不安，我們這樣的，還是老老實實地待著比較好。」

「小姐……」

「而且，誰跟妳說我是來找蕭大人的？我只是來親眼看一看這群最可愛的人。我們能夠過上安穩富足的日子，都是這群離開家鄉、用他們生命守護著我們的戰士為我們創造的，這些人難道不值得我們走那麼遠來看一看嗎？」

「……」

「當然，蕭大人我也是感謝的，順便來跟他道個謝，這我已經在見到他的時候說過了。」

素年義正辭嚴的話讓小翠等人一時都說不出話來了。

「可是小姐……小翠覺得蕭大人好可憐……」

「那是妳的錯覺！」

素年在面對小翠的時候可以如此的正義凜然，但當她只有一個人時，她卻坐在那裡默默地發呆。小翠覺得蕭大人可憐，其實她也有同樣的想法。

蕭大人應該是喜歡自己的吧？皇上說起那些蕭戈曾經為了她所做的事情時，她都不敢去想像，總有種可怕的感覺。

蕭戈從來都讓她覺得十分強大，不管在哪一方面，似乎就沒有他做不到的事情。顧斐覺得困難的事，在蕭戈那裡都不算事，這樣的人，居然會為了她做出那樣的犧牲，素年想一想都覺得惶恐。

然而，蕭戈偏偏遇到了她，這樣一個對感情淡漠的人。她感謝蕭戈，感激他，感激他全家，但這種情緒裡是不是包含除了感謝以外的成分，素年自己也不明白。

經驗太少，她無從分辨，因為看不清自己的心，所以素年無法做出任何回應，這對蕭戈來說，真的是太可憐了。

怪不得小翠會有同情的情緒，素年自己都想同情他一把啊！

第一百零一章　腰側傷痕

這會兒，蕭戈的營帳裡，魏西跟蕭戈正面對面地站著。

魏西越看蕭戈越覺得熟悉，以前還好，現在蕭戈穿上了將軍的戰袍，臉上有被風沙戰火歷練過的痕跡，讓他跟自己深埋在心底的那個人影漸漸重疊上。魏西的手又無意識地摸上腰側，這道傷，有多久沒有隱隱作痛過了？

「血屠刀……我曾經聽我的父親提起過。」蕭戈不緊不慢地開口，態度輕鬆，眼神甚至沒有盯著魏西看。「父親說，他在北漠認識了一個人，一個很有意思的人，年紀不大，卻有一身好功夫；嫉惡如仇，卻對其餘的一切視若浮雲，是個值得結交的人。他還有個很有意思的名號，就叫血屠刀。」

魏西的表情不變，眼珠都沒有多轉一下，只是他覺得，腰側的舊傷似乎有要復發的趨勢，怎麼變得那麼疼呢？

「最後一次見到父親時，他笑著摸了摸我的頭，說他很快就回來，回來以後，要給我帶一些北漠最流行的玩意兒，於是我一直等著，最後卻等來了父親戰死的噩耗……明明只是一次常規的查探，為什麼父親會身中數刀而亡，沒有人知道。帶回口訊的人說，父親是躺在血泊中嚥氣的，屍首還差點沒有搶回來，落入敵人的手中。這些，是我偷偷躲著聽來的。

「父親的遺物裡，我見到了一樣東西，是一個血紅色的石頭，雕成了一把刀的模樣。他說過，血屠刀跟他打了賭，最後輸了，便答應他要雕個刀送給他玩玩，所以我想，父親在北漠一定見過了血屠刀，他說不定會知道我的父親是怎麼死的。那麼，你現在能告訴我嗎？」

蕭戈的眼睛看向魏西，他找了這麼多年，沒想到自己一早便跟血屠刀見過面了。父親的死，在他的心裡一直都是個想要弄清楚的謎，他們說父親是被馬騰的人偷襲致死的，可他不相信，因為父親身邊總會帶著些護衛，怎麼可能那麼容易被偷襲？血屠刀究竟知不知道呢？

魏西走到一旁坐下來，太疼了，疼得他都有點站不住。這鬼天氣，是不是要下雨了？

蕭戈是他的兒子。魏西覺得，自己的眼光還是可以的，他就說挺像的，一樣的冷靜，一樣的果斷，一樣有大將的風範。

自己這種看起來就不很合群的人，當初，為什麼那人要來跟自己套近乎呢？魏西時常會這麼想。若是那人沒有走過來跟他搭訕，可能會一直活到現在吧……

蕭戈的父親，魏西認識。他當初自然而然地成為了山賊以後，便自然而然地跟帶兵來到這裡的蕭然打了起來。兩人居然不分勝負，這讓他們二人均是大吃一驚，於是蕭然很豪邁地讓大家都別動，他要跟魏西單挑。那一場單挑，打了好久，最終以兩人筋疲力盡結束。

從此，蕭然沒事就會來找魏西切磋，魏西煩不勝煩……

「別呀，我們一個官、一個匪，打一打也是很正常的嘛！快快快，我骨頭都癢了！」

魏西只能每次都被動地陪打，蕭然還時常帶一罈好酒來，打完了好喝，這個魏西喜歡，於是兩人漸漸地能聊起來了。

蕭然和魏西的友誼特別的莫名其妙，蕭然作為駐守在北漠的將軍，敢獨身一人來到魏西的山寨，不得不說他的膽子太大了，不說魏西，就是寨子裡那麼些人一擁而上，也足以將他給滅了。可蕭然從來不擔心，因為他知道魏西不會對他怎樣，所以特別有恃無恐，讓魏西相當無語。

從一開始覺得彆扭，到後來的習以為常，魏西慢慢習慣了有這麼一個人，時不時地會出現，跟他打一架，或者一醉方休，或者無傷大雅地打個賭。魏西終於不再是讓人生畏的獨行俠了，他寨子裡的弟兄們都挺喜聞樂見的，儘管老大的朋友是個將軍……

然而，魏西的寨子越來越大以後，遭到了別的山寨的嫉恨，但他們也打不過魏西，於是，其中的一個山寨，想到了一個陰毒的法子——他們打不過，那就找別人來啊！魏西的山寨裡有不少好東西，這些應該挺有誘惑力的，於是，這個山寨找上了馬騰。

馬騰軍在有心人的指引下，躲過了麗朝軍隊，潛了進來，一路摸上了山寨。

這是一場慘絕人寰的災難，在馬騰人的眼裡，麗朝人的命壓根兒就不是命，不管對方是老是少、是男是女，甚至孩童，他們都能眼睛眨都不眨地用刀砍上去。

魏西殺紅了眼睛，一柄砍刀竟然有些捲了邊，全身赤紅，如同修羅一樣，而他的身邊，跟他背對背抵禦的，是蕭然。

蕭然正好在山寨裡，他驚異於馬騰如何能不驚動駐軍而來到這裡，明明他一個人能夠逃脫的，卻在逃出去報了信以後，又折返了回來。

「將他們放到這裡來，是我的失職，我必須要為此付出代價。」蕭然是這麼跟魏西說的，並揮舞著手中的刀，跟他一起將殺到面前的馬騰人擊退。

這是魏西的寨子，他不能退縮，他的身後有他需要保護的人。

魏西和蕭然兩人的身邊總有血花飛濺，蕭然已經放出了信號，他們只要堅持到援軍來就可以。可是，馬騰這次來的人實在太多，就算魏西和蕭然已經拚盡全力，面對這麼多人，也似乎無法全身而退。

一道道傷痕裡，分不清是自己的血，還是敵人的血，滿目見到的都是紅色，彷彿天地間只剩下這一種顏色了。

魏西和蕭然背對著背，他們將自己的後方交給對方，兩人身上都是傷痕累累。

而在他們的身後，是山寨裡的婦女和孩子們，抱成了團，瑟瑟發抖地看著他們一直都感覺不大好接近的老大，硬扛著一刀又一刀，為他們爭取著時間。

寨子裡有血性的漢子們已經都差不多陣亡了，只剩下魏西和蕭然，面對數量依然眾多的馬騰人，毫不退縮。只要他們不倒下，就容不得馬騰人在這裡撒野。

然而，寡不敵眾，就算他們兩人的功夫再高強，面對巨大的人數差距，兩人也已經漸漸地支撐不住了。

魏西當時心裡想的是什麼，他早已經忘記，只是沒想到竟然還有個弟兄陪他一塊兒死，黃泉路上，定然不會太孤單。

渾身是血的兩人頓時豪情萬丈，心裡只抱著一個念頭——殺一個夠本，殺兩個算賺的。就算要死了，他們也要多拖幾個馬騰人下去！

就在這時，麗朝的軍隊終於出現了！

遠處傳來的馬蹄聲，令馬騰人頓時心生退意。他們冒了這麼大的風險過來，竟然連一個小山寨都沒有拿下，還白白損失了不少人，這筆買賣不划算。於是，馬騰人迅速收手，他們可沒打算交代在這裡！

魏西和蕭然將手中的大刀拄在地上，勉強支撐著身子，兩人吃力地抬眼對望，血將他們的視線都模糊了，拿著刀的手在不斷地發抖著，卻沒阻止兩人控制不住地笑出來。

活下來了？他們竟然活下來了？可真是好運啊！軍隊竟然那麼及時地趕來了，真是太好了！

魏西有些虛脫，若是今日沒有蕭然，他是無論如何也活不下來的，更別說他身後這些人老的老、小的小，更是不可能活下來。

軍隊就快要到了，蕭然總算鬆了一口氣，正想跟魏西說什麼的時候，卻猛然間看到他的身後，一個分明不是穿著馬騰人服飾的人，舉著明晃晃的刀往魏西那裡衝過去。

蕭然的力氣已經透支了，動作有些遲鈍，他知道魏西也是一樣，再提醒他絕對是來不及的，於是蕭然想都沒想，也朝著魏西的方向撲過去！

這是魏西失去意識前最後看到的畫面——蕭然突然衝到自己的身旁，然後就是一陣劇痛，接著他便什麼都不知道了……

魏西再醒過來時，躺在一戶農家裡，身邊有個老大夫，似乎在說著什麼，可他聽不清，身體的疼痛感一波一波地侵襲他的精神，讓他的意識極度渙散，但他還記得先前的事。山寨呢？那些婦孺呢？蕭然……呢？

自己的腰側被砍裂出了好長的一道傷口，腸子都流了出來，老大夫說，若是他醒不過來，那也就是他的造化了。現在魏西醒了，卻也只能躺在那裡，感受到疼痛的折磨而已。

老大夫是誰找來的？這裡是哪裡？魏西都不知道。他只能躺著，時而清醒，時而昏迷，就這樣過了一段時間，魏西終於見到了除了老大夫之外的第二個人。

那應該是麗朝大軍的人，他身上的服飾魏西見蕭然穿過。那人沒有走進來，只是站在門口，因為背著光，魏西偏著頭，看不清他的樣子。

「蕭將軍死了，是被混進你山寨的奸細所殺，他的刀穿過了將軍的身體，砍在了你的身上，你能夠撿回一條命，但將軍卻死了。為了救你，他竟然那麼不愛惜自己的命……是我把你偷偷弄出來的，否則，你也要死。我不想將軍的死毫無意義，可我也不想再看見你了，你傷好了以後，最好不要再出現在北漠，出現在我的面前……」

傷好後，魏西用這條命，將當初把馬騰放進來的山寨找了出來，隻身一人化身為血屠刀，之後便離開了北漠。

到哪裡都一樣，做什麼都無所謂，他又是孤身一人了。也許窮極一生，人只可能遇見那麼一個合心意的摯友，對魏西來說，就更加難得了。

這條命是蕭然救回來的，他會努力活著，就如同那個人說的一樣，不能讓蕭然的死變得毫無意義。

可魏西究竟想要活成什麼樣，他自己也不知道。做做捕頭也行，做做護院也無所謂，只是魏西從沒想過，有一天，他還會再回到北漠來，還能遇見蕭然的孩子站在自己的面前問他，蕭然到底是怎麼死的？

魏西將他所知道的全部說了出來，一絲不漏、完完全全。他沒有隱瞞的資格，那柄用一顆難得的血紅色石頭雕成的刀，此刻就在蕭戈的手裡。

這顆石頭很漂亮，但是出奇的堅硬，當時蕭然跟他吹噓，說他在雕琢方面是好手，自己不相信，於是兩人便打了賭，看看誰的雕工更厲害，結果明明是自己贏了，蕭然非要死皮賴臉地讓他雕個來玩玩。

「雕什麼？」

「刀啊！你不是叫血屠刀嗎？石頭是紅色的，雕個刀，以後誰敢惹上你們，你就直接拿一個丟過去，就當作是你的印記了！」

「……那我後半生可以光用來雕這玩意兒了。」

蕭戈聽著魏西說完，營帳裡安靜得令人窒息。他的父親，最後還是從馬騰手上保護了麗朝的人民，保護了他認同的摯友。作為麗朝的將軍，父親做得很對；可是作為一個父親，蕭戈的心底卻遺憾他不能陪著自己。

蕭戈將紅色的石頭小刀遞過去。「這個，還是物歸原主吧。」他對魏西並沒有任何怨恨，父親的性子，自己從小就知道，他只要覺得值得，那就一定值得。

魏西伸手接過，小小的石刀，似乎變得無比沈重……

蕭戈將地方讓給魏西，也許他此刻更需要靜一靜。他自己則是走到了素年的營帳，隔著一段距離，他就聽到了裡面傳來小翠崩潰的聲音——

「小姐！我不要嫁！小翠說過了，小姐什麼時候嫁人，小翠就什麼時候嫁人！小姐要是著急，就自己嫁到清王府去！」

蕭戈的臉一黑，這又是什麼情況？

「小翠啊，我要嫁過去了，那玄毅多可憐？玄毅想娶的人可是妳，妳想想，妳叫了那麼些年的『玄毅大哥』，妳忍心讓他失望嗎？」

「……忍心。小姐都忍心讓我們失望了，小翠有什麼不忍心的？」

素年一滯，這小翠，自己也調教得太好了，完全才思敏捷、冷靜細心嘛！

「小翠啊，妳要這麼想，玄毅從小便沒了爹娘，顛沛流離的，好不容易這會兒對家有了渴望，想要將妳娶過去，這麼一個小小的心願，妳真能忍心不成全他嗎？」

「……小姐妳別說了，小翠就一句話，小姐不嫁人，小翠就陪著妳！清王那裡……小翠只能說是無福消受了。」

「妳怎麼就這麼死腦筋呢！我嫁不嫁人跟妳有什麼關係？」

「怎麼沒有關係？妳要是不嫁人，小翠走了以後，誰來伺候妳？」

營帳裡又沒了聲息。蕭戈在帳外摸著下巴，認真地想了想，然後邁步走了進去。

「蕭大人。」一旁的刺萍和阿蓮首先發現了蕭戈，連忙低頭請安。

至於素年和小翠，還在那裡大眼瞪小眼，都是毫不示弱的表情。

素年瞪累了，眨了眨眼睛。「蕭大人有什麼吩咐？」
「你們在這裡也休息了幾日，是時候回京了。」
素年點點頭。「確實，這段日子勞煩蕭大人了，我們立刻啟程。」
「小翠不走！」小翠偏著頭，眼裡有從未有過的固執。她知道小姐回去以後，肯定會著手進行將自己給嫁出去的事。
素年的臉沈了下來。「理由？」
「小翠不要回去，回去了以後，小姐就不要我了！」小翠的嘴癟了幾次，硬是忍住了，盯著地上的某一個方向，眼睛一動也不動。「小翠知道，就算小翠不在，也有刺萍，也有阿蓮，也有別的人會照顧小姐，但她們不是小翠。小姐不成親，沒有仰仗，小翠放心不下，若是小姐又要過回曾經在牛家村的日子，沒有小翠在身邊，可怎麼辦……」
素年看著小翠側著的臉上，一顆顆淚珠滑了下來，順著下巴滴在地上。小翠從來沒有這樣在眾人面前哭過，委屈，又充滿了擔心。素年也想哭，為她能有這麼一個人陪在身邊而大哭一場，可蕭戈還在一旁看著，這麼哭似乎不大好，於是素年走過去，慢慢將小翠擁住。她還是找個人嫁了吧，這樣小翠才能安安心心地嫁給玄毅。
為什麼古代的女子都不相信她就算是一個人也能活得很好呢？素年有些無奈，但她沒辦法用一生的時間去證明自己能做到，因為現在她身上背負的不是她自己一個人的未來。小翠的觀念是沒法兒改的了，有這麼一個忠心的丫鬟，素年覺得，壓力山大啊……
站在一旁的蕭戈面不改色，看到素年無奈的表情時，卻突然有些心喜，是機會嗎？素年打算嫁人了？那自己很合適啊，無論哪方面都很合適！不錯不錯，回去以後他決定要給小翠添一份重重的嫁妝，這個丫頭果然很貼心啊！

素年小聲地安慰著小翠。「好了好了，我知道了。蕭大人看著呢，多不好啊，還以為我苛待了妳們，別哭了啊！」

小翠忙擦乾淨眼淚，抽抽噎噎地站到一旁去，雖然情緒還沒有完全平復下來，但是小翠覺得蕭大人待小姐很好，所以她不能給小姐抹黑。

「軍營不比其他地方，凶險異常，我會立刻安排人護送你們回去。」蕭戈又提了一次。他雖然挺想素年待在自己身邊的，但這裡不行。

素年點點頭，正想讓刺萍和阿蓮幫著收東西時，卻聽到帳外有聲音傳來——

「報告將軍，馬騰突襲！」

第一百零二章　敵軍偷襲

激勵人心的號角聲長長地吹響，戰鼓隆隆，素年甚至覺得自己腳下的大地都在顫抖，鋪天蓋地的壓迫感伴隨著戰鼓的聲音將她們吞沒。

蕭戈已經離開了，只交代了讓她們待著別動，轉身就走了出去，轉身之前的那一剎那……確切來說是聽到馬騰突襲的時候，素年發覺，蕭戈，已經變成了她完全不認識的人了。

之前嫁不嫁人的話題彷彿是另一個空間的話題一樣，面對生命的威脅，所有事情都將不是問題。

忽然，有人掀簾而入，是魏西，他臉上也是無比凝重。「是馬騰，不過蕭戈也有準備，應該沒有大礙。」

沒有大礙？談何容易？素年知道魏西只是在安慰她們，戰爭裡怎麼可能會沒有大礙？不是你死，就是我亡，對半的生存率，如何能夠沒有大礙？

但素年也沒有驚慌，越是危急，越不能亂。這裡應該是安全的，所以蕭戈才會將她們留在這裡，可是，聲聲戰鼓好像捶在心上般，遠處隱約還能聽見兵戎相接，殺聲陣陣。

蕭戈應該在那裡吧？聽多了馬騰人的凶殘善戰、奸詐殘暴，素年忽然想起，她似乎都不知道蕭戈的功夫如何？他是將軍，應該不用衝鋒陷陣吧？

營帳裡靜悄悄的，每個人臉上都是嚴肅的表情，凝重的氣氛幾乎讓人窒息。

魏西一直低著頭，手上似乎擺弄著什麼東西，有一絲紅光從素年的面前閃過。

「魏大哥，那是什麼？」素年想要緩解一下大家的情緒，神經繃太緊了不好。

魏西攤開手，掌心上放著一個小小的、紅色的石刀。「這是一個已故的人留給我的。」

素年湊上去看了看，真是稀奇，魏西對什麼都是興趣缺缺，卻在擺弄這個，應該對他有不一樣的意義吧？

掀開帳簾，魏西走了出去，這裡只留下了一小部分守護的兵馬，其餘的，都被蕭戈調出去對抗馬騰了。

馬騰……魏西又開始覺得腰際的傷口在發疼了，手也隱隱作癢，多想也拿起刀衝出去……魏西用左手握住右手，閉上眼睛讓自己平靜下來。

「敵襲！」

突然，軍營裡傳出了刺耳的聲音。

素年猛然將簾子掀開走出去。敵襲？在這裡？

軍營裡留守的士兵立刻戒備起來，離軍營不遠的地方，出現了一小波馬騰兵！

刀槍的聲音彷彿就在耳邊，魏西讓她們別出來，從一旁拿起一把刀，也衝了過去。

「小、小姐！」阿蓮的聲音中都帶著哭泣，整個人抖成一團。

刺萍還好些，扶著阿蓮，不讓她倒下去。

小翠則是站得很穩。「沒事，山賊都遇過了。若是我們真落在敵人手裡，這裡有幾把匕首，是魏大哥給的，每人拿一把……」

素年接過匕首，短短的，卻重重的，她將匕首握緊。如果真落在馬騰人的手裡，拚死也要自盡……這句話怎麼那麼矛盾呢？

匕首似乎給了素年勇氣，她並不覺得待在這裡有多安全，因為留守的兵馬數量一定不會太多。她立刻帶著小丫頭去找蕭戈的營帳，門口守衛的人已經投身戰鬥了，素年鑽進去，在蕭戈的案桌上，將看起來重要的東西統統都帶著，如果這裡失守，馬騰人也別想從這兒獲取什麼情報。揣了滿懷的素年，帶著這些東西悄悄地往前面摸，在軍營的入口處，她才真正見到了什麼是戰爭！一條條鮮活的生命，就在離她不遠的地方，讓刀槍殘忍地了結，血花噴濺在地上，將泥土浸潤，每個人的臉上都十分猙獰，想殺死對方，想活下去，什麼是真正的煉獄，就在素年的眼前上演。

素年捂著嘴，她害怕自己叫出聲。那些用自己的身體將刀槍抵住、斷了隻胳膊仍舊用另一隻揮舞著大刀的人……素年覺得好可怕，為什麼會這樣？為什麼要這麼犧牲？

魏西的身影也在裡面，他手裡一柄長刀，殺得周圍無人敢接近。素年覺得很哀傷，修羅一般的魏西，臉上的表情卻好像要哭出來一樣……

這時，從這一小隊馬騰人的後面，又有殺聲傳來，莫非是蕭戈發現了情況，派了人手來支援了？素年這才緩緩吐出一口氣。

馬騰的人並不多，大概也只是打算偷襲，魏西出現的時候，他們就預感到似乎此次偷襲已經失敗了，於是就想著撤退，可退路卻被另一群人給截斷，這下前後被人夾擊，馬騰人被順利地殲滅了。

只是，素年看到魏西站在一片屍首中茫然無措，他手裡的長刀正在往下滴血，全身通紅，血屠刀名副其實。

等到後來的那一小隊人馬出現，素年才發現，哪兒是援軍啊，那分明是他們在黑岩壁上遇見的黑崖寨的人啊！為首的，還是那個瘸腿的老釗。

黑崖寨眾人離得遠遠的，老釗洪亮的聲音隔著老遠在吼。「沈娘子！沈娘子妳在不在？」

是叫自己？素年茫然了，然後慢慢地站了出去。

看到素年出現，老釗才放了心的樣子。「沈娘子，妳沒事吧？妳要沒事了，幫我給蕭將軍轉告一聲，讓他沒事不要來黑崖寨了，我們膽子小得很吶！」老釗一通亂吼，然後也不等素年回答，掉頭就帶著弟兄們離開了。

素年怔怔地站在那裡。蕭戈？他去了黑崖寨？那麼他們這次出現，到底是不是偶然？還有，為什麼老釗非要將自己喊出來？

呻吟聲讓素年迅速回神，地上躺著不少還沒有斷氣的士兵，素年的眼睛猛然睜大。「快！快將他們抬出來！小翠，我做的那些裝在小瓶子裡的、外面用朱砂標了一個圈的藥，都取來！」素年忍著害怕，一個一個地看過去，傷到腹部和頭部的，腸子混著血液流出來，素年的眉頭皺成了一團，她無能為力，為什麼她會這麼沒用！

這些自己幫不上忙的勇士，素年只能強忍著略過。止血，是最首要的一步，素年知道止血的穴位，然後隨便從身上或哪裡撕一些布條，當作止血帶。不能讓血再無止境地流失，素年蹲著，挨個兒盡力地為他們止血。

「小姐，我要怎麼做？」小翠抖著聲音，眼睛都不敢看這些恐怖的傷口。

素年對著小翠豎了個大拇指，小翠認得，這是小姐想要誇獎人卻找不到詞語時慣用的，她心底頓時有了些勇氣，按照小姐所說的，將這些瓶子裡的藥粉往傷口上撒。

戰場上沒有任何能夠清理創口的條件，好在都是冷兵器，沒有硝煙，感染的機會相對性要小一點。

小翠從一開始不敢正視，到後來麻木到敢湊近了，認認真真地撒上藥粉。

可她們只有兩個人，效率仍舊不高。

這時，刺萍白著臉也走過來。剛剛她在旁邊看著小翠的做法，也想走過來幫忙的，可卻腿軟得根本不像是自己的。明明是豁出命保護了她們的人，有什麼不敢的？刺萍不斷地在心底罵著自己，直到她發現自己的腿不抖了、可以往前走了，立刻便抖著手去拿那些藥瓶，幫著小翠給這些士兵上藥。

阿蓮……素年就不指望了。小丫頭年紀還小，來她身邊的時間也太短，膽子沒練出來也是正常的。素年讓阿蓮去煮薑湯，越多越好。

生還的士兵一部分幫著素年給他們止血，一部分去將弟兄們的遺體從馬騰人的屍首裡搬出來，挖坑、深埋。

素年打算救治的人，有一些在她還沒有來得及做急救之前就斷了氣，有的就算她止血了，也漸漸停止了呼吸。可是，素年甚至連傷感都來不及，她揉了揉用勁過度的胳膊，繼續醫治下一位傷患。

蕭戈回來時，看到的就是素年蹲在那裡，衣裙上布滿了污漬和血跡，背對著他，正專注地給面前的傷患救治，偶爾側過來的臉上，腮幫子咬得緊緊的，跟平日裡的閒散完全不一樣。就是這個女子啊……蕭戈心想，也許這世上，就只有這麼一個女子，能夠如此讓他心動了。

「蕭大人回來了！」軍營裡響起了歡呼的聲音，等他們得知蕭戈大獲全勝，甚至斬獲了馬騰裡的一名王族將領時，呼聲更加震耳欲聾。

似乎沒人記得這裡之前發生過什麼，他們都在為戰勝馬騰而歡呼。他們心中對生死並非淡漠，只是這個消息用來祭奠拚死守住這裡的戰士們，是那麼及時。將戰勝的呼聲傳得更遠吧，讓他們都聽得見……

素年聽到了蕭戈安然回來的消息，甚至知道他就在自己的身後，心裡不知為何鬆了口氣，手卻沒有停下來。她沒有時間去看一眼蕭戈，在她的面前，還有一些傷患需要她去搶救。

隨隊的大夫們跟著出現，人手一下子多了不少，素年這才算終於放鬆下來。她的手無力地垂下，素淨瑩白的雙手已經被染成了紅色，帶著黏膩的觸感，素年記得，自己碰到這些液體的時候，它們還是溫熱的。

素年閉著眼睛，大口大口地呼吸。空氣中瀰漫著濃重的血腥味，但素年已經無暇顧及，彷彿只有拚命呼吸，才能讓她感受到生命。
很快地，素年從地上站起來。這就是戰爭，從古至今，沒有人能夠阻止的戰爭，充滿了殘酷與驚心。這些為了保家衛國的勇士們，用他們的血肉將外敵阻擋住，素年從心底湧出無盡的敬佩。
傷患被抬走妥善安排了，素年才筋疲力盡地轉過身，在她的身後，蕭戈一直站在那裡，默默地看著她，素年的眉頭卻皺了起來。「蕭大人，你……受傷了？」
周圍聽到這句話的士兵們，動作都停了下來。蕭將軍受傷了?!
蕭戈笑了笑，輕輕地抬了抬手。「無礙，殺敵的時候用力過猛了。」他的手上有一道小傷口，周圍的血液已經凝住了。
大家這才釋然，這個醫娘真是太謹慎了，這點小傷口而已，嚇死人了！所有的人都笑了笑，繼續手裡的活。
只有素年，皺著的眉仍舊沒有鬆開。
不過也是，蕭戈是將軍，是所有士氣的根源，他若是受了傷，麗朝軍隊必然士氣大減，因此素年只能忍著，然後默默地跟在蕭戈的身後回到了營帳。
蕭戈大馬金刀地坐著，他的面前是四位將領，他們正在商談的事情素年聽不懂，也不想聽，可她又想知道蕭戈的傷勢如何，只得小媳婦一般地縮在角落裡，百無聊賴。
會那麼在意，素年將之定位為身為醫者的慈悲。自己可真是個好大夫啊！素年在心底默默給自己點個讚，又不免有些奇怪，蕭戈不是將軍嗎？哪有將軍需要衝鋒陷陣、上陣殺敵的？他不是只要調兵遣將就好了？眼前這幾個將領難道都不可靠，才需要他身處險境？想著想著，素年的眼光就不對勁了。不是說古代的將領個個都身手不凡、如神兵一般，怎麼麗朝的就這麼弱呢？

蕭戈面前正在大聲說著什麼的將領之一，聲音慢慢弱了下來，因為他明顯感受到待在一旁的小女子眼中散發出來的不信任和鄙視……這什麼情況？這女人是誰？

其餘人也注意到了。

蕭戈偏過頭，看到素年靜靜地待在那裡，秀氣的眉毛微微皺著，一點而潤的嘴唇輕輕嘟起，像是很不滿意的樣子。

蕭戈無奈地笑笑，揮了揮手，讓他們先出去。

素年看見他們動了，忙精神一振。談完了？談完了就輪到她了！

最後一個離開的人，手裡的簾子還沒有放下呢，餘光就瞥到小娘子急吼吼地往蕭將軍的身上撲！這這這……那人趕緊將簾子放下。怪不得對他們不滿，現在的小娘子都這麼急不可耐嗎？真是……真是太讓人羡慕了！

素年走過去，開始動手剝蕭戈的衣服，蕭戈也不阻止，直到他身上的鎧甲被解開，衣袍散落，露出後背一大片瘀傷。

素年雖然猜到他傷到了筋骨，但沒想到竟然傷得這麼嚴重！這樣的傷，他竟然還能坐在這裡聽手下彙報軍情？素年伸手輕輕碰了碰。「疼嗎？」

「嗯。」蕭戈輕輕應了一聲。已經麻木了。

這到底是什麼東西重擊造成的？素年硬著頭皮按壓周圍，裡面已經腫起充血，血管肯定是爆了，不知道有沒有傷到骨頭？摸完後，素年火速衝了出去，然後又火速衝了回來，將懷裡還藏著的各種文書戰報什麼的往外拿出來。「呃，就是暫時替你保管一下……」素年低著頭，確定全都拿出來了，這才又衝了出去。

蕭戈看著案桌上放得亂七八糟的東西，心裡暗笑，用僅剩下的、還可以動作的右手，將它們慢慢地擺放整齊。這些，都是些無關緊要的文書。

蕭戈沒有想到，素年在親眼見到如此慘烈的局面時，竟然還能給那些受傷的士兵治療；他沒想到素年在那麼危急的情況下，還能想起來自己的營帳，將這些都藏起來。越是跟素年待在一起的時間長了，他越覺得自己對這個女子瞭解得甚少，但每瞭解多一些，就會讓他更心動一點……

右手努力搆了搆自己的左肩，一陣鑽心的疼痛，讓蕭戈差點窒息，平復了半天才慢慢回過神。這傷，也就素年能看得出來了。這是他的傳令兵來向他報告後方營地遭襲的時候，他腦子裡控制不住地亂了一下，才被人用鐵錘給砸傷的。

馬騰王族的身邊，那都是精兵啊！就算是蕭戈，也容不得大意，他心裡擔心著素年，結果就被砸中了……

素年過了很久才回來，手裡拿著一個銅盆，裡面是小半盆液體，小翠跟在她的身後，也端著個盆，裡面只是清水。

素年一言不發地將盆放下，然後用柔軟的布巾蘸著她盆裡的藥水，輕輕地給蕭戈擦拭。

這是用白芷、活血珠、接骨丹、牛膝、沒藥、乳香等煎煮出來的，擦拭完以後，又投了巾子給他冷敷。其實熱敷更能激發藥性，但蕭戈皮下出血得嚴重了，熱敷會讓血管張開，所以只得冷敷，等過一天以後再用熱敷吧。這裡是戰場，沒有冰塊，也只能這麼將就著了。

然後，素年在蕭戈的血海穴進針，配上合谷、足三里，幫助活血化瘀。

看蕭戈的樣子，應該已經傷及筋骨，這需要長時間的休養，可是，還是那句話，這裡是戰場……素年知道蕭戈不會因為自己受傷而有所休止，所以她只能盡力地給他治療，幫他加速恢復，多一點勝算，也是好的。

小翠和刺萍她們幫著照料受傷的士兵，將阿蓮熬出來的薑湯分發下去，萬應丸有軍中大夫們在努力趕製，素年也已經無法分神去管了。

素年用當歸、生地、桃仁、枳殼、赤芍、牛膝等，煎成血府逐瘀湯，又用麝香、三七、紅花、丹參等等，煉出麝香活血化瘀膏，端著這些走進蕭戈的營帳時，那些將領們自動閉了嘴。

又來了，濃重的藥味飄了進來。幾位將領的目光轉到蕭戈的臉上，將軍竟然真的受了傷，他們還是後來才知道的。

蕭戈面不改色地將藥汁一口氣喝下去，然後自覺地將衣服脫下來，讓素年換藥。

這種場景，幾位將領最近幾日天天見到，起初他們一個個見慣了大場面的大老爺們目瞪口呆，覺得將軍也太豪放了，更豪放的是，這個小醫娘也是面不改色，直接就給光裸著的將軍抹藥、針灸……然後又給他將衣服穿回去！這個女子不簡單啊……所有將領心中都是這麼想的，至少跟蕭將軍的關係不簡單。莫非……是將軍的房裡人？不然她為什麼那麼自然？

「咳……將軍，馬騰那裡已經亂成一團，我覺得，這時最好乘勝追擊。」一名將領回過神，咳了一聲後又繼續之前的話題。

蕭戈光著半邊身子聽著，詢問其他人的意見，然後討論、分析。

素年就專心致志地塗藥、按摩、熱敷、施針，她發現蕭戈身上有不少地方都有淺淺的傷痕，有些地方顯然不是他自己弄傷的，這些傷疤好像勛章一樣，遍布在他的全身。

按了一會兒後，素年停了下來，蕭戈習慣性地就打算將衣服穿起來，素年趕忙制止。「還沒完，歇一會兒。」給蕭戈按摩，比給魏西按摩還累！肌肉越是緊實，她就越需要花力氣，素年這時才意識到，她有多沒力勁，兩隻手都要抽筋了！沒事長這麼結實幹麼？

休息了一會兒後，素年才繼續給蕭戈按摩，捏完了以後，將銀針起出來，這才讓蕭戈把衣服穿好。

這些將領商談軍事機密的時候從來不避著素年，反正素年也聽不懂，她在這方面智商有限，她辜負了穿越大神的期待，沒能成為一個全能的女主角，真是心中有愧。

素年將托盤端出去後，一個將領偷偷摸摸地問：「將軍，這位沈娘子成親了沒有？」

蕭戈的眼光立即掃了過去。

將領驀地打了個顫。「不、不是，我就問問，就問問……」將軍好可怕啊，果然是將軍身邊的人，可他們聽說將軍還沒娶妻呀！難道沈娘子是將軍的妾室？這麼一個面對馬騰都沒有膽怯的女子，做人妾室……似乎有些可惜呀！

素年回到自己的營帳，見只有阿蓮在，小翠和刺萍還在忙碌呢！

說到刺萍，素年覺得自己又撿到寶了，這丫頭的適應能力十分強大，本以為她長得嬌弱秀美，心性也可能會嬌弱一些，沒想到，刺萍的膽子倒是不小。從之前跟著小翠給傷員上藥開始，刺萍慢慢地不怕了，現在整日面對斷胳膊、斷腿的傷殘血腥，不僅能面不改色地換藥、餵藥，還能笑著軟言溫語地安慰。

在素年的影響下，幾個小丫頭對於駐守在邊疆保衛百姓的士兵們，都產生了濃濃的敬佩。她們都是好姑娘，面對為了抵抗外敵而拋頭顱、灑熱血的戰士們，皆恨不得生出八隻手來照顧。

阿蓮略弱一些，她也想盡心，無奈看到血就抖得跟個篩子一樣，素年也不強求，暈血這種事是沒辦法的，但阿蓮也不甘落後，肩負起煮藥的大任，小規模的煎藥是行不通的，這裡煮藥都用大口的鍋，熬煮一些活血化瘀、促進癒合的藥湯。

這麼一來，素年她們回去的計劃又往後拖了。

第一百零三章　護送回城

素年原打算將蕭戈的傷治好再走，然而，蕭戈卻自己提了出來。

「這裡也有大夫，而且，兵營裡有女子很不方便。」蕭戈說得毫不客氣。得先將她們送到安全的地方再說。

「我知道了。」素年知道蕭戈的意思，她也不是胡攪蠻纏的人。這裡還算好的了，有些軍營裡還有忌諱，女子在營中會導致戰敗什麼的迷信，所以她很能理解，再說確實不方便。

蕭戈點點頭，便去安排人將她們送出去。

「蕭大人，魏大哥可以加入軍隊嗎？」素年忽然問了一句。

馬騰軍偷襲被殲滅以後，素年看到魏西在馬騰人的屍首中站了很久很久，一個人，孤零零地站在那裡，渾身浴血。

素年知道，魏西是有故事的，儘管這個故事她不清楚，後來，她也經常發現魏西會望著軍隊出神，或是看著馬騰的方向發呆，不知道心裡在想什麼。但是，一個男子對軍隊的憧憬，素年自信還是能夠看得出來的，魏西想上陣殺敵。那日，素年看著魏西整整喝了一瓶的烈酒，她沒法兒出聲制止，因為他的身上散發著濃烈的哀傷。

營帳中的魏西抬起了頭看過來，臉上有著詫異。

「如果他願意，沒有問題。」蕭戈很輕易地應了下來。

魏西又是一陣難以置信。他確實想進入軍隊，他想要殺到最前線。這麼些年來，自己得過且過地混過來了，可之前手刃馬騰人的時候他才發現，原來，有些東西一直被他隱藏得很好，只是自己裝作沒發現。

自己的命，若是這樣隨隨便便地過完，蕭然一定不會放過他的吧？是他犧牲了他的命將自己救回來的，到了下面，若是蕭然問起，他要怎麼回答？

魏西想著，應該是他振奮起來的時候了，把蕭然想要守護麗朝的想法背負在自己的身上，那樣的話，也好跟蕭然交代了。那傢伙，最擅長抓到自己的一點點把柄就不放……

魏西打算先護送素年等人回北漠，然後再來蕭戈這裡報到。

臨走之前，素年將所有的藥材都留下，還開了幾個應急的方子，她知道這裡也有大夫，但她就是想做點什麼。

「到了北漠以後，等我，等我大勝馬騰之後，一起回京。」蕭戈在離開的時候，跟素年鄭重地說。

素年聽了並沒有任何表示，異常乖順地坐上了馬車，離開了營地。

「小姐小姐……」才離開一會兒，小翠就迫不及待地湊了過去，臉上是看起來有些猥瑣的笑容。小姐對蕭大人的話沒有排斥的痕跡，是不是蕭大人英勇的身姿俘獲了小姐的芳心？

素年瞥了一眼小翠，她要說的話都已經寫在臉上了。素年嘆了口氣，要說自己對蕭戈沒有一點想法，也是不可能的，她雖然淡漠，但又不是瞎子。在軍隊裡面待過的男子，都會有一種特別的氣質，這種氣質很容易讓人沈醉，特別又是蕭戈這樣的長相、這樣的氣度，素年有時候都要小小地掐自己一下，才能壓抑住想要花癡的心情。

但是，重要的是這個「但是」，素年真的做好了準備，要跟這個時代的人成親、生子，跟小妾、婆婆鬥智鬥勇嗎？素年想一想又覺得頭疼。

她是打算乾脆找個人嫁掉算了，但如果可以，最好對方是個沒什麼能力也沒什麼背景的人，這樣自己就不用操心那些有的沒的了，那樣的男人也不會有娶小妾的機會，多好。

素年低著頭，打算讓招婿的提議重出江湖，這樣也不錯啊，招一個白白淨淨的小白臉，她可以養著，既解決了成親的難題，又不會有那麼多麻煩，多好啊！沒想到自己還有做富婆的潛質吶！正想得歡實，忽然，靠著車窗的小翠驚呼了起來。

「小姐，那人怎麼那麼眼熟？……夏將軍，是夏將軍！」

素年一愣，夏將軍是蕭戈身邊四大將領之一，在平日的戰術商討中有些沈默，但每每說出的意見，都會讓蕭戈思考很久。蕭戈說過，此人帶領的隊伍，他從來不操心，除了戰術，在日常對練中，夏將軍甚至是唯一能夠有機會擊敗蕭戈的。

他怎麼會在這裡？素年讓魏西去問一下。

魏西回來以後，攤了攤手。「說是蕭大人囑咐的，要看著妳安然地到達北漠城。」

素年將簾子放下來，剛剛暢想得無比歡快的招婿計劃，這會兒說什麼也想不起來了。她粉粉的小拳頭用力砸在軟軟的墊子上，一點聲響都沒有，這算什麼事啊……

一路上平平安安，馬車到了北漠城門之後，夏將軍便掉轉了馬頭。

「魏大哥，你也去吧，一路上有夏將軍跟你作伴，我也能放心。」素年催促魏西也跟過去。「記得，你的身子還是要少喝酒，不要因為我們不在身邊就放開了喝，對你的身子不好。還有，要注意不要受到濕寒。另外，我在你的包袱裡放了一些藥，你吃慣的那種，別忘了吃……」素年嘰嘰呱呱地說了一通後，就讓趕車的夥計繼續往北漠城走，她則是從車窗外將頭縮回來，把機會留給小翠。

「魏大哥，保重身體啊！千萬別死了，我們在北漠等著你！」小翠的頭也縮回去了。

魏西騎在馬上，看到馬車的車窗裡伸出一隻胳膊，上上下下地搖動，那應該是素年吧，只有她才會經常做這種毫無意義卻讓人心裡滿滿的事情。

魏西看著馬車漸漸變小，才抬起頭，仰面盯著天空一陣子，然後腿下一夾，將馬頭掉轉，朝著邊界趕去。

順利進入城內，馬車一路來到了清王府，清王府的門口，大管事淚眼汪汪地守在門口，看見素年從車上下來，連忙上前兩步。「沈娘子……您可回來了啊……」

素年嚇了一跳，嘴角直抽。怎麼回事？自己才一段時間不在，玄毅就被人吞了不成？

等到走進清王府，看到仍舊是寥寥無幾的人在打理著偌大的王府，素年才能稍微體會到大管事的心酸。

一路上趕路，素年已經筋疲力盡，當務之急是大家全部都睡一覺，一切事務，等睡醒了再說。

大管事早已安排好了屋子，連沐浴的水都已經準備好了，十分妥貼。他知道素年主僕對於清王的重要性，所以絲毫不敢怠慢。

等素年一覺醒來，玄毅早已等了多時了，不過，有小翠在一旁陪著，素年醒不醒，其實都沒多大的關係。

素年走出屋子，就看到玄毅面無表情地坐著，小翠正在眉飛色舞地說著什麼，臉上有感嘆和驚奇。傻丫頭，妳沒發現玄毅放在下面的手都握成了拳頭嗎？

「在說什麼呢？」素年在玄毅的對面坐下來。

阿蓮代替小翠伺候素年起的床，她這會兒正規規矩矩地站在素年的身後，對於小翠能在清王面前坐著，仍然很不適應。

「小姐，我才說到黑崖寨呢！」小翠十分得意，她連山寨都進過了，還見到了馬騰人被麗朝的戰士們殲滅，這輩子，也許她再遇到什麼都不會害怕了！

素年抬眼去看玄毅的表情，然後「呵呵呵」地笑。「殿下千萬別聽小翠的，哪兒有那麼凶險了？說是黑崖寨，也就是攔路打劫的罷了，有魏大哥在，他們都不敢近身呢！」

玄毅的拳頭有稍微鬆懈的跡象，他聽說了，魏西有一個血屠刀的名頭，凶煞得很。

「小姐說得輕巧，怎麼不凶險啊？妳沒見到黑崖寨後來來殺馬騰人嗎？刀刀不落空，殺得馬騰落花流水，厲害得很呢！唉呀，小翠都不敢抬頭看了呢！要是我們遇到的那會兒，他們也凶悍起來就不好了！」

知道不好了妳還說個毛啊！素年真想狠敲一下小翠的腦袋。玄毅的臉繃得比剛剛更緊了，盯著自己的眼神也十分的詭異，關她什麼事啊？她不是把小翠完好無損地帶回來了嘛，這不就完了？素年被盯得十分無辜，但礙於小翠仍然毫無知覺地在一旁，她也不好說什麼，只能繼續裝傻。

小翠早已將她們會暫時住在這裡的情況告訴了玄毅，玄毅覺得甚是妥當，然後讓人去收拾安排，結果，府裡的人又開始將事情往小翠這裡彙報了，就好像剛開始來到這裡時，小翠幫著管事的時候一樣。

「殿下，您看……這小翠是我的丫頭……」素年委婉地跟玄毅抗議。

結果玄毅只是冷冷地看了她一眼，啥都不說，然後就這樣離開了！那些管事該向小翠彙報還向她彙報，搞得素年只得無奈嘆息，玄毅這是在讓小翠實習做個當家主母咩？

大管事感動得次次見到素年和小翠都有淚水漣漣的趨向，太感謝了，她們不在清王府的日子，真真是不堪回首啊！清王不知道為什麼，愣是不做任何人員的調整，說什麼會不適應？誰不適應啊？現在大管事算是知道了，原來是怕小翠姑娘不適應啊……

反正不管如何，那些瑣碎的事情終於不需要自己一把老骨頭去操心了，大管事很是欣慰，並且給小翠提供了一本小冊子，上面是他記下的一些重要的地方，比如說哪兒的人手有些問題，需要做什麼調整，記錄得很是詳細。

於是小翠回歸的第一件事，就是進行大規模的整頓，一些採買或是油水豐厚的差事上，立刻有人被換了下來。

這些人當然不願意，他們不情不願地跟著清王來到北漠，卻發現居然還不錯，清王壓根兒不管這些事情，就算他們從中狠撈一筆，清王也好像沒有看到一樣，清王的態度讓這些人欣喜若狂，更加肆無忌憚了。可沒想到，他們的差事現在竟然讓一個小丫頭給免了！這怎麼成？這個臭丫頭哪來這麼大的權力？於是，這些人哭訴到大管事的面前。

大管事表情不動。「是清王殿下將任免的權力給小翠姑娘的，我也管不了。」

這些被換下來的人驚呆了，大管事都不管？那、那、那……難不成要跟清王殿下哭訴？小翠直接找人替代了他們的差事，王府依舊運轉如常，彷彿少了那些人並沒有什麼不同，這怎麼可以？於是，有人硬著頭皮去找了清王，不找不行，他們丟了差事以後要怎麼辦？小翠只罷免了他們，卻並沒有給他們安排別的差事，難道……他們會被趕出府？

這倒不是小翠狠心，是她壓根兒沒有注意到，她只是找人將差事頂了下來，至於被頂下來的人該幹什麼去，她還沒來得及想到呢！

清王面無表情地看著在地上跪了一排的人，他們老淚縱橫地訴說自己有多麼忠心耿耿，沒有功勞也有苦勞，為清王府兢兢業業地做事，到頭來卻被一個小丫頭找人將差事給奪了，一個壓根兒就不屬於清王府的人，憑什麼這麼擅作主張啊？

「擅作主張？誰告訴你們是擅作主張？本王將一應事務都交予小翠了，她作出的決定，就是本王的意思。」玄毅聲音平靜。「你們做的那些事，本王不是看不到，是懶得管，現在正好，不想老老實實做事的，都給我滾出去。」

冷冷的聲音讓跪在地上、臉上還掛著淚水的眾人心中一跳，再看旁邊都有人要上來將他們往外攆了，趕忙一個個趴在地上不肯起身。若是真給趕出去，他們在北漠人生地不熟的，要如何營生？

玄毅可不管他們，有能耐做出欺上瞞下、消極怠工、吃裡扒外的事，就要有能耐承擔這麼做的後果。

這些人哀嚎著被拖了出去，卻在半路被人攔了下來，是小翠。她聽說了這事，急急忙忙地跑了過來，讓玄毅的護衛先慢一步，她走了進去跟玄毅商量。

「小姐讓我將這些人都保下來，她知道你很生氣，可是她說，若是這些人被趕走了，雖然是他們活該，卻也會寒了一些人的心，不如隨便找些差事將他們安排了，一來讓他們做個例子，不好好做事就是這種下場；二來，也能安撫其他人，清王府不是沒有情義的。」

小翠轉達了素年的意思，她其實有些不理解，小姐向來實事求是，也特別不喜看到這種事情，若是按照小姐的性子，這些人早就被趕出去了，但這次，小姐為什麼又要將他們都留下來呢？

玄毅看著小翠有著些微不解的表情，心想，素年會不放心也是在情理之中。小翠對這些事情是真的不精通，這麼大一個清王府，以後都交給小翠的話，保不齊這丫頭會被那些惡奴蒙蔽欺負，所以，素年在給她鋪路，告訴她，這種事情應該怎麼做。

那些人終究是留了下來，小翠隨便找了個別院打發了過去，讓他們過過清苦的日子，而清王府裡的下人們則全都警醒了起來，並且對小翠都很是敬畏。那麼些人說撤就撤，連理都沒地兒說去，這樣的主子，他們還是小心謹慎為上。

「這樣就對了。」素年抓緊時間給小翠解釋。「左右玄毅慣著妳，在北漠，就沒人能夠比他還霸道，有他做妳的後盾，妳完全不用束手束腳，看不順眼就換掉，有意見妳就讓他們找玄毅說去啊，那保准死得更快！」

小翠似懂非懂地點點頭。

「妳不用理會他們說什麼，只要妳覺得是對的就行了，就算最後不是對的，反正我想，玄毅也不會那麼倒楣，這麼快就沒了權勢，所以也無所謂。」

小翠黑線。「小姐……小翠難道就這麼笨嗎？」

素年認真地點點頭。「這可說不準。」

刺萍和阿蓮已經知道小翠即將成為清王的王妃，她們兩人心裡由衷地覺得好似是在作夢，一個丫頭、一個王爺，這……這怎麼可能嘛！但現實讓她們不得不承認，看看清王對小翠的態度，看看小翠如今在清王府裡的地位，完全就是個正妃的架勢啊！

除了她們倆，也有其他人瞧了出來，那感覺，就更夢幻了。

清王難道有什麼不可告人的把柄落到小翠姑娘的手裡了不成？就算是她的小姐沈娘子也要更像王妃得多，可怎麼就落到小翠的頭上了呢？

無數侍女心裡暗暗含淚咬手絹，她們也是丫鬟來著，也長得不錯，還比那個小翠更加伶俐聰慧啊，怎麼清王見到她們，眼睛都不會歪一下呢？

這種濃烈的氛圍中，只有素年苦惱地托著腦袋，靠在美人榻上發呆。小翠這倔脾氣她是相當瞭解了，這孩子，到這個時候了，還是一副自己不嫁她就不嫁的態度。

雖然說吧，素年是打算將自己嫁了來成全這個對自己掏心挖肺的丫頭，但這個人選，不是還沒有著落嘛！一時半會兒的，她上哪兒去找人成親啊？

小翠神神秘秘地說：「小姐，我上次問了魏大哥，他說馬騰軍潰敗之期應該不遠了呢！」

素年抬頭看著她，小翠也睜大了眼睛回望，兩人默默無語地對視了半晌，素年率先移開目光。唉……玄毅這個不給力的，怎麼就沒讓小翠死心塌地哭喊著要嫁過去呢？

素年離開的這段時間，玄毅在北漠已經站得住腳了，素年也沒刻意去問，單看玄毅心情不錯，也知道結果很好。

官銀應該是都拿回來了，那些銀子關係到北漠的建設發展，這會兒沒出什麼亂子，想必很是順利，至於守城的將領那裡，素年見過那些人在清王府裡走動，說明玄毅還是挺厲害的……這不廢話嗎？也不看看玄毅是誰的兒子，遺傳基因還是很科學的。

不過，玄毅也不是完全沒有煩惱。

「小翠，你打算什麼時候娶回去？」素年乾脆直接地問道。

玄毅的臉皺了起來，他反用疑惑的眼神看向素年，意思是——這事不應該是妳來搞定嗎？

素年都無奈了。「見過人成親沒有？我這裡都同意了，你是不是應該有所舉動呢？比如下個小定什麼的？」

玄毅這才恍然大悟，喔，原來是這樣？他不懂啊，沒人教過他這個，他一切都指望著素年呢！現在有了提示，玄毅便立即託人去辦！

可是，小翠那裡死都不鬆口。

「小姐……」

「知道了、知道了，我成親還不行嗎？我答應妳，一定會成親，所以妳就先嫁了吧，聽話啊！」

「……小姐，妳不是打算隨便找個人糊弄小翠吧？小翠雖然不聰明，但也是個倔強的！」

這很值得驕傲嗎？素年無語了。不過，她當初真這麼想過，只是現在稍微清醒了一點。

小翠說完，忽然恍然大悟。「喔，對了，蕭大人還沒有回來呢！」

……這跟蕭大人有什麼關係啊?!

第一百零四章　加急軍情

日子一天一天地過著，關於馬騰的情況，玄毅這裡也能夠得到消息，於是，素年知道蕭戈又打了勝仗，將馬騰軍向後方壓制了許多，也許只要再一波，就能夠將馬騰拿下。這裡的消息傳送得並不迅速，等素年知道的時候，已經是發生了好久之後的事情了，素年只能一邊看著這些好消息，一邊祈禱蕭戈凱旋而歸，這樣麗朝百姓就能夠安心了……嗯，就是這樣。

又到了該是軍情傳遞過來的日子，素年一直等著玄毅來她這裡，玄毅每次收到了前方的情報後，都會到她這裡來，將情報丟在桌上，讓她自己看。

可這次時間都已經過了，玄毅卻沒有出現。

怎麼回事？素年心裡犯起了嘀咕，是玄毅被事情絆住了嗎？還是軍情遲了？素年搖了搖頭，右手撫上胸口，這天氣壓抑得太厲害了，氣壓太低，心都有些不舒服了。

誰知，當晚深夜，玄毅卻出現在素年的院子裡，他親手將兩卷文書一樣的東西交到素年的手裡。「綠色封口的，是蕭將軍給妳的書信。」

素年先將另一卷以黃色封口的文書放在一邊，打開蕭戈的信看。信寫得很簡短，素年見過蕭戈的字，這明顯有些凌亂，看來是倉促之下寫成的。上面說了他現在安好，不過有重要的情報需要帶給皇上，那卷以黃色封口封住的，就是要帶給皇上的密報。他不相信其他人，希望素年能幫他將這卷情報親手送到皇上的手裡。

素年放下手裡的卷軸，看向那卷密報，心想，他送過來的時候不是挺相信送信的人嗎？怎麼就不能讓他直接送到京城裡去呢？

不過，蕭戈很難得請自己幫忙做事情，於情於理，素年都沒有拒絕的理由。因為蕭戈的語氣似乎很著急，素年立刻就讓玄毅幫著安排。

素年本打算將小翠留下來的，都到這個地步了，自己再將小翠帶走就不對了，小翠怎麼說也應該要留在玄毅的身邊才對。但沒想到的是，玄毅竟然拒絕了。

「從這裡一路到京城，路途遙遠，有小翠在妳身邊會好一點。」

可玄毅之前才不是這種態度呢，怎麼又變了呢？小翠要是跟自己回去京城，之後再過來，這一來一回要花費很長時間的，玄毅怎麼會肯呢？

素年還想說什麼，小翠卻已經收拾好了東西，笑咪咪地湊了過來。「小姐，等蕭大人凱旋歸來，小翠再來北漠吧，那樣剛剛好呢！」

什麼剛剛好？素年都不想問了，轉頭就上了馬車。

玄毅一言不發地站在那裡，看著素年跟他道別，看著她們的馬車慢慢地駛離自己的視線。

在玄毅的案桌上，還躺著另外一卷文書，也是蕭戈的字跡，內容是希望自己能夠立刻將素年送回京。馬騰以後應該是不會再對麗朝產生什麼威脅了，但是蕭戈能不能回來，只能看老天開不開恩了……

從北漠回到京城的路上，素年百無聊賴，渾渾噩噩地走了一路，在素年快要撐不住之前，終於看到了京城。

這次，素年沒有打算先稍作休息，而是馬不停蹄地趕到皇宮，手裡拿著玄毅的權杖，要求覲見皇上。蕭戈給她的這卷文書說是很重要，所以她們一路上也沒有絲毫的耽擱。素年打算先完成任務之後，再痛快地休息休息。

很快地，有人將她帶入宮中，順順利利地，素年見到了皇上。

皇上看到素年的樣子，有些驚訝。「沈娘子憔悴了不少……」

雖然沈素年被加封為明素郡主，但早已喊慣了她沈娘子，因此皇上私下也就沒改口了。

素年苦笑，如何能不憔悴？她這會兒看見漢白玉的地磚都是在繞圈圈的。

將那卷文書拿出來，皇上見狀，臉色一變，也顧不上讓太監去呈遞，直接走上前將卷軸接過去。三兩下地將卷軸打開後，皇上的眼睛盯在上面，眉頭卻一點一點地縮成了一團……

素年有些無力地扶住一旁的花几，頭有些暈得厲害，她趕緊伸手到耳垂後面的翳風穴按住，頭微微後傾，根據自己呼吸的頻率時輕時重地按壓著。

皇上的眼睛已從卷軸上挪開，看向了一旁明顯疲憊不堪卻強撐著的沈素年。

「皇上，蕭大人……是否有什麼事情？」

素年覺得奇怪，皇上也是這種表情。此刻的皇上，就好像當初將自己送走的玄毅一樣。那個時候她並沒有來得及想太多，可現在，素年覺出了不對勁。是不是有什麼事是他們都知道，卻只有自己不知道？這種感覺素年很討厭，她寧可知道真相，哪怕是最壞的事實。

皇上輕笑起來，蕭戈這傢伙猜得可真沒錯，這一封洋洋灑灑的信裡，總結起來就一個意思——讓他把沈素年留在京城。

蕭戈甚至想到了沈素年會有什麼樣的反應，想到了她不喜歡被瞞著，不喜歡被蒙在鼓裡。蕭戈呀蕭戈，朕怎麼也沒有想到，你對一個女子用情起來，竟然會是這麼一個模樣……

「蕭戈這會兒也許已經被敵軍抓住了，他在信上說了當時的情況和原因，以及有可能會發生的後果。另外，蕭戈讓我將妳留在京城，他擔心妳若是還在北漠，說不定會衝動地找過去。他說，若是他回不來，希望妳也……不要忘記他。」

素年只覺得眼前出現了一片白芒，她的指尖用力地摳住花几，直到傳來刺痛感才讓她慢慢地回神。所以，玄毅才會執意讓小翠跟著自己回來？所以，那日的玄毅才會那麼晚出現？

素年覺得胸中有一團怒火，他媽的是誰讓自己等他的？姑娘都已經將招婿這種美好的計劃給作廢了，他就給她這麼一卷破文書？還不要忘記他？老娘永遠記著你就可以下崽嗎？自己累死累活地趕回來，就讓她聽這個?!

素年重重地呼吸著，這大概是她來到麗朝以後最不淡定的一次了，腦子裡一片混亂，她需要冷靜，可這會兒能冷靜下來就見鬼了！沒有皇上的吩咐，素年卻很自覺地找了張椅子坐下。

皇上看沈素年沒有任何悲傷的情緒，完完全全是隱忍的、快要爆發出來的憤怒，心想蕭戈也是神了，他竟然在信裡寫了，若是素年氣憤難忍，做出了什麼不得體的事情，希望自己能原諒她。氣憤難忍？皇上一度不理解為什麼蕭戈會這麼說，現在看來，果然還是蕭戈看中的人，果真是氣憤難忍啊……

揮了揮手，讓一旁想要開口提醒她的太監閉嘴，皇上的臉色凝重著。蕭戈在最後的關頭竟然還想著要給沈素年安排，他若是真的戰死了，自己讓沈素年去陪葬的話，他晚上會不會來找自己？很有可能啊！蕭戈的脾氣自己是知道的，還是算了……

「皇上，是馬騰嗎？應該不是吧？馬騰已經苟延殘喘了，蕭大人不會那麼不小心，他不會露出這種破綻。是什麼人？」素年忽然開口了。

皇上剛剛走了神，再看回來的時候，發現沈素年的臉上竟然完完全全平靜了下來，她的語氣裡有著從沒出現過的冷靜。

「猜得很對，不是馬騰，是萊夷，一個早就依附於麗朝存在的小部落，一直以來，對麗朝都是十分順從，沒想到這次竟然是他們動的手。」皇上咬牙切齒，看樣子恨不得立刻派人去將這個小部落剿滅了才好，他也真這麼做了，當著素年的面就下令通傳了其他將軍來見他。

素年下跪行禮，然後恭敬地打算退出去。

「沈娘子，朕提醒妳一下，蕭戈讓朕將妳護在京城，妳應該不會讓朕難做吧？」

素年抬起頭，眼睛很不合禮數地直視皇上，然後忽然漾出一個笑容，有些迷離的樣子。

沈素年退下去之後，皇上還有些愣神。什麼意思？這個沈素年什麼意思啊？她不會這麼離經叛道吧？一個女子，老老實實在一個地方待著才是應該的啊！

「皇上，小姐她……不是一般的女子。」延慧宮中，慧嬪，也就是巧兒，正一邊給皇上斟茶，一邊笑著說道。

慧，靈巧也。巧兒在學習了宮中禮數之後，被封為慧嬪，可是她依然改不了對素年的稱呼，皇上也聽之任之。

「如何不一般？」

巧兒放下茶壺，抬頭想了想，便挑著一些從前的事情說來與皇上聽。

「……總之，小姐的想法每每都讓臣妾和小翠覺得驚奇，偏偏小姐認為很正常。」巧兒說著，甚至有些懷念起之前和小姐一起生活的時候，那個時候，自己似乎時時都是快樂的。

「沈娘子不打算成親？巧兒，妳說的是真的？」皇上只聽到了其中一點就有些發愣了。那蕭戈知不知道？蕭戈的情路……不會這麼坎坷吧？

巧兒點了點頭。

皇上嘆了口氣。「照妳這麼說，沈素年應該是不會乖乖地聽話了……巧兒，妳就稍微照顧著些吧，朕已經下令將她看守起來了，蕭戈那麼鄭重地拜託朕，朕怎麼能讓他失望呢。」

巧兒順從地應聲。小姐一定很難過吧？雖然她很少在她們面前表露出難過的樣子，但人怎麼可能會強大如斯呢……

素年如今又回到了柳老給她購置的那處宅子中，她筋疲力盡，刺萍和阿蓮在她進宮的時候已經先回來將院子收拾了一下，因此素年回到家後，二話不說倒頭就睡。

等她一覺醒來，立刻又吩咐小翠她們，再去一趟北漠。

「小姐……」小翠的語氣有些躊躇。「咱們院子外面圍了許多官兵。還有，慧嬪娘娘一會兒會來咱們這兒。」

慧嬪娘娘？素年立刻想到是巧兒。至於院子外面的官兵，那應該是皇上阻止自己離開京城的意思吧？沒想到動作還挺快的。素年也沒說什麼，她知道應該也不會這麼容易，而且，她也需要時間詳加打算，冒冒失失的，就算到了北漠，估計也只是平添無奈而已。

很快地，巧兒來了，她動作迅速地阻止素年行禮，揮手將身後跟著的人遣出去。

「小姐……巧兒好想妳……」巧兒眼淚汪汪地拉著素年的手，就算她滿頭珠釵、一身綾羅綢緞，素年依然是她的小姐，永遠也不會變！

素年明白巧兒的想法，伸手摸了摸她的頭，就好像以前一樣。

巧兒眼睛裡蓄著的淚，頓時就傾瀉了出來。原來她比自己想像中還要想念從前的日子，見不到小姐的時候還好，可是當那種過去的感覺都回來的時候，巧兒心裡就湧起了無盡的想念。

小翠安靜地看著巧兒抱著小姐流淚，也難忍地擦了擦眼角。巧兒在宮裡一定也不容易，小姐說了，一入宮門深似海，就算是會鳧水，也危險重重。

巧兒好不容易平靜了下來，兩隻眼睛已腫成了桃子，素年讓小翠去取冰塊給她敷一敷，省得回去給皇上看到，還以為自己對巧兒做了什麼呢。

「小姐，皇上說，妳是不能離開京城的，所以才讓我……」思及小姐不喜歡拐彎抹角地說話，巧兒乾脆直截了當地說了。

「嗯，我知道了，我暫時不會亂來的。」

巧兒眨了眨眼睛，小姐說的是「暫時」。這種程度，巧兒已經很能理解，也就是說，小姐現在只是還沒有到必須離開的時候，否則，皇上的想法，那是不在她的考慮範圍內的。

雖然說有些對不起皇上，但巧兒心裡神奇地已經有了決定——若是小姐到時候需要自己的幫助，她估計也是不會考慮皇上的。意識到這點，並沒有讓巧兒覺得惶恐，也許從前的她會的，但現在，相比較於當慧嬪，她更加希望自己還是當初的那個巧兒。

委婉地讓素年知道了自己的決心後，巧兒便回宮了。

小翠一邊收拾著，一邊偷偷地看著素年的表情。小姐已經若有所思了一段時間了，是在想蕭大人的事情吧？小翠輕手輕腳地離開，不敢去打擾到她。

素年坐在那裡，呆呆地看著遠處，這裡沒有高樓大廈，一眼能看到很遠的地方，天空異常的高。她想著，自己能做什麼呢？素年想了許多種可能，皇上說，蕭戈說不定已經落入了萊夷的手裡，他們會怎麼對待蕭戈，素年想像不出來。

也許，這會兒蕭戈的屍體都已經涼透了……一想到這種可能，素年只覺得心臟一陣痙攣，連帶著呼吸都開始不穩了。

從什麼時候起，蕭戈對自己竟然有這麼大的影響？素年都覺得不可思議。

她以為自己在感情方面是涼薄的、是冷靜的、是冷血的，她甚至在心底描繪出自己傲然拒絕任何人時的冷冽模樣。

可她沒有想到，自己竟然連想一想蕭戈已經死了的勇氣都沒有。為什麼？難不成她喜歡上蕭戈了？這不可能啊！素年覺得她一直以來對蕭戈的態度都很正常，怎麼會突然就不正常起來了？這蕭戈究竟是給自己下了什麼蠱？素年咬著牙，全身摸了一遍，什麼發現都沒有……

素年不想、也不敢跟這個陌生的時空有太多的交集，她始終覺得她並不屬於這個地方，也許說不定什麼時候，她「嗖」地一下，就又回去了也不一定，所以她不敢。她小心翼翼地不敢接受任何心意，劉炎梓也好，顧斐也罷，她都知道，可她始終邁不出那關鍵的一步。

若是自己沒心沒肺的就好了，說不定這會兒孩子都會走路了……素年無奈地對著天空嘆息，她輸了。

輸給了蕭戈的心意，輸給了一直都不要求自己回報，卻總是在她不知道的時候，為她做了那麼多的人。如果是他的話，自己會不會更勇敢一些？但前提是，蕭戈得活著。

素年認為，一直以來對麗朝依順著的小部落，會突然回過頭來將麗朝的將軍抓住，應該不是為了殺了對方這種沒有任何動機可言的事情，他們必然有什麼原因，而且，這個原因很有可能會成為蕭戈活著的保障。

皇上之前傳喚了數名將軍，素年不覺得他真是打算剿滅萊夷，若是真那麼頭腦衝動，估計皇上也不會是今天的皇上了。

萊夷定然會有所動作，儘管不知道他們真正的企圖，這也是素年沒有立刻魚死網破地要去北漠的原因。待在京城，也許能更快地掌握情報。

「小翠，這才什麼時辰，怎麼就已經擺飯了？」素年很奇怪地看著小翠忙忙碌碌，這丫頭，太急躁了吧？

小翠比素年還疑惑，愣了半晌才說：「小姐，我們一直都是這個時辰吃飯的呀！」

是嗎？素年抬頭看看天色，好像是的。為什麼一直都是這麼平靜？怎麼一點消息都沒有？萊夷這部落也太不可靠了，有什麼要求你倒是提呀，你不提，我們怎麼知道要怎麼做呢？

素年的焦慮雖然壓制得很好，可小翠她們還是察覺到了。小翠一面擔憂素年，一面又有些期待，衷心地希望蕭大人能夠有驚無險，那樣的話，以小姐這種反應，日後她和蕭大人的事呀，那必然是能成的！

日子就一天天地在愈加焦慮的氛圍中過去，終於有一日，從宮裡來了一個小宮女，給素年帶了口訊來，說是萊夷那裡，有消息了。

這宮女是巧兒派來的，素年想著，皇上應該也沒什麼心情顧及自己，所以拜託了巧兒，這會兒得到了消息以後，素年鬆了口氣。萊夷會有動作，就說明蕭戈現在有很大的可能是安全的。那麼剩下的問題就是，她要如何得到更加詳細的資訊？

藉口進宮看巧兒，然後找機會跟皇上見一面，然後胡攪蠻纏？素年覺得這個想法不錯，而且，似乎也是唯一能夠說得通的。至於跟皇上胡攪蠻纏之後會有什麼下場……這個就到時候再說吧，素年覺得這不是她能夠預想得到的。

決定了計劃後，素年就打算實施，她讓小翠去給巧兒遞消息。

誰知小翠才想要出門，就又返回來了。「小姐、小姐！宮裡來人了！」

素年一愣，心想，難道是巧兒跟她心有靈犀？那真是太好了！往裡面遞消息，然後再等待巧兒傳她入宮，中間需要很長的時間，如果能夠省去，就再好不過了！

誰知道，素年一看來人，立刻就否定了之前的猜測。竟然是個公公，還是皇上身邊常能見到的身影，也就是說，這是皇上派來的人？

「沈娘子，皇上讓咱家來請您進宮，這就走著？」公公笑容滿面，卻好似趕時間一般，一點都不容許素年耽擱的樣子。

素年自然不矯情，她習慣這種素淨的模樣了，也沒什麼可準備的，於是立刻就隨著公公前去。

一路上，素年不斷猜測皇上的用意。在素年的印象中，皇上可不是個這麼體貼的人，會得到了消息後第一時間通知她？別傻了！除非有必要的原因，否則，他巴不得自己能多焦慮一會兒呢！必要的原因……素年想著，她有什麼出眾的地方呢？也就那麼一個吧——自己會醫術。所以，是有需要自己出力的地方嗎？有人病了？很重要的人？是誰？不會是蕭戈吧？他發生了什麼事嗎？素年胡思亂想了一路，自己都沒察覺眉頭揪成了一團。

小翠在一旁看著，卻默不作聲。

第一百零五章　異邦聖女

來到了皇上所在的宮殿前，素年的心莫名其妙地揪緊，她被自己在路上想的那些假設給嚇得有些止步不前，生怕裡面出現讓她接受不了的場面。

帶著素年來的太監再次出聲提醒，素年才深呼吸了一口，緩緩地跟在後面，走了進去。

這是個偏殿，皇上卻是盛裝，在他的面前，跪著三名穿著異族服裝的人，那應該就是萊夷的使者吧？素年心想。可也不對呀，萊夷不是將蕭戈抓住了嗎？那他們應該趾高氣揚地過來談條件才對，怎麼是一副匍匐在地的卑微樣子呢？

素年想不通，她慢慢地跪下行禮，皇上卻以從未有過的親切口吻讓她起來，聽得素年相當不適應，甚至偷偷抬頭看了皇上一眼，這又是演哪齣啊？

皇上瞪了她一眼。這個女人，怎麼這樣呢？然後又迅速恢復成和藹親善的模樣。「沈娘子無須多禮，妳可是醫聖啊！」

素年還沒有反應過來，跪在地上的三名萊夷人已齊唰唰地抬起頭，眼中綻放著她完全不能理解的光芒，熱烈得讓她覺得駭然。

醫聖？她？那是她師父柳老的名號，皇上也不老啊，怎麼就糊塗了呢？皇上明顯是故意的，是說給這三人聽的。素年想著，也許需要大夫治療的，就是萊夷裡的某位重要人物了。

可是，他們抓了蕭戈，是打算用他來做交換？為了找人去萊夷給他們的人治病，所以用蕭戈作為人質？素年的思緒又卡住了，以萊夷跟麗朝長期和睦的交情，這事壓根兒就不是事，為什麼要這麼麻煩呢？素年自然不會戳穿皇上，一副淡定的表情。

皇上見狀，心裡終於舒坦了些。蕭戈看上的女子性格不怎麼樣，腦子倒是還能用。

「醫聖……是醫聖?!」

「沒錯沒錯，《聖言》裡說了，聖潔比仙異邦女，就是她！」

「夷主有救了！」

素年從頭到尾都保持著淡定，完全是高人的風範，這讓那三人更加篤定，她就是他們想要找的人！

在皇上的允許下，這三個萊夷人又再次跪著，將他們的請求說了一遍——

萊夷的夷主，不知道為什麼，突然不定時地會頭疼，疼起來無比慘烈，那場面，讓人看著就心驚。不只如此，還經常會說一些奇怪的話，情緒不安、時清時迷。

萊夷的夷主是個沒有野心的首領，他只希望能讓族人過上安穩寧靜的日子，這樣的首領，也許對一些人來說並不是個稱職的首領，但對萊夷大多數的族人來說，他們想要的，也就只是這樣的日子。不用心驚膽戰地擔心被麗朝或是其他外族侵擾，不用讓族裡瀰漫著戰火，不用讓他們族裡的青壯年在戰事上犧牲，而是可以陪著家人。

所以，儘管夷主被其他的外族嘲笑怯弱，萊夷族人對他卻十分尊敬和推崇，夷主現在出現這樣的狀況，族人們心裡無比擔憂。

然而，萊夷有一個十分神奇的巫師群體，他們世世代代以占卜為業，並著有一本代代相傳下來的《聖言》，裡面記載了從前那些巫師占卜出來的內容，其中，就有關於這一任夷主的。《聖言》裡說了，麗朝裡有能夠拯救他們夷主的人，是個十分美麗聖潔的、從異邦而來的女子，她有能力將他們的夷主治癒，只是，將這名女子請來還不夠，若是想讓夷主恢復，還需要將麗朝的一位將軍同時請過去。

你們這是請啊？你們萊夷都管這種舉動叫做請啊?!他媽的有沒有這種請法？趕明兒也讓皇上將你們萊夷的那個夷主請來玩玩！素年在心裡狂吼，特別是看著這些萊夷人滿臉無辜的表情時，她打人的衝動都有了！皇上怎麼還能沈得住氣呢？這完全不能忍啊！趕緊出兵弄死他們、弄死他們！都什麼玩意兒啊！

努力將情緒壓制住，素年才沒有做出當眾發飆的失禮之事，可她的臉色已經快繃不住了。

這段時間以來，毫不客氣地說，自己真心是茶不思、飯不想的，她幾時有這麼魂不守舍的時候？可這一切歸根究柢，卻是因為這麼個荒唐的原因？

素年接受不了，這誰能接受？敢情蕭戈是被人請過去的？那到底是蕭戈沒說實情，還是萊夷的手段確實粗暴得讓人誤會？

這些都不重要了，重要的是，蕭戈應該不會有危險了，而素年，則必須要去一趟萊夷。救人治病，素年從來都覺得義不容辭，可這次，她為啥會那麼不情不願呢？

素年看著皇上，臉上糾結的表情明確地表示出了她不爽，非常不爽，感覺像被耍了一樣，而且還不知道具體是被誰耍了！這憋屈，簡直無處發洩！

「咳……萊夷跟麗朝交好已久，夷主出現了這種情況，朕深感沈痛，既然沈娘子能夠幫得上忙，本朝也義不容辭……」

素年面無表情。

「……希望能夠對夷主有所幫助。」皇上直接就下了決定。

萊夷三人自然是感恩戴德的一陣謝恩。

素年則是繼續面無表情。

等那三人恭恭敬敬地退下去以後，素年才木然地抬起頭。「皇上，您不是答應蕭大人，要將小女子留在京城的嗎？還派了護衛守在小女子住處外？」

「嗯，朕已讓他們撤去了，也給妳安排了最好的馬車和護衛，妳就放心地去吧！」

「皇上，小女子才回京沒多久，身子有些虛弱……」

「無妨，朕也給妳準備了幾名隨隊的太醫，有他們在，沈娘子必然不會有恙。況且，沈娘子自己可就是醫聖，應該也難不倒妳吧？」

「……皇上，小女子只是醫聖的傳人。」

「朕說妳是醫聖，妳就是醫聖。君無戲言，想必沈娘子是知道的吧？」

素年覺得今天自己的狀態不佳，再加上她又沒打算真不去萊夷，所以壓根兒說不過皇上，但就這麼委屈地接受安排，素年覺得實在憋屈得慌。

但再憋屈也沒辦法，於是素年低頭謝恩，然後慢慢地退出偏殿，退到門口的時候，她忽然抬頭，幽幽地說：「皇上，巧兒這段時間請您多寵著點，這丫頭，有了身子都不知道……

太醫院的那些太醫們，小女子還真不敢信任他們。」

皇上盯著已經空無一人的門，恍惚了好久才反應過來。巧兒有身子了？是真的嗎？沈素年應該不會拿這種事情開玩笑，那麼就是真的了！這、這真是……

素年回到了院子，果然門口那些護衛都已經消失了。

刺萍和阿蓮等得十分焦急，見到了素年的人，兩人才放下心來，可是素年的表情不對勁啊！小姐走的時候，明明是很緊張的，怎麼現在好似過眼雲煙一樣，臉上還透著隱隱的悲憤？在宮裡遇到了什麼事情嗎？

小翠偷偷將兩人帶到角落裡，將情況說了。

刺萍點點頭，她已經能夠摸清楚小姐的脾性了，這種事情，確實會讓她鬱悶一陣子。不過，真是太好了，蕭大人還活著！不管怎麼樣，再也沒有比這個更好的消息了。

素年的房門關著，她一個人安靜地坐在屋裡，沒有人來打擾她，她自己拿起桌上的水壺，自己倒了一杯水，然後一口氣喝下。

幸好還活著，若是蕭戈真死了，自己會怎麼做？這個問題，素年在進宮的路上想過，她沒有想到答案，因為她從來沒想過蕭戈會死。在見到萊夷人之前，她以為萊夷是想要以蕭戈為人質換取更多的利益。

那樣的話，自己也許會去萊夷一趟吧，即便她只是個肩不能扛、手不能挑的弱女子，她也會去一趟的，哪怕沒有全身而退的可能。

素年也不知道為什麼自己竟然這麼有決心，她向來怕麻煩，可是，她沒法兒依照蕭戈為她安排的那樣，安然地待在京城裡，過著安逸的日子，沒事的時候會想起他，緬懷感慨一番……她做不到。也許是因為蕭戈為她做得太多了，多到自己沒法兒償還，有句話不是這麼說的嗎？愛，從感恩開始。也許並不恰當，但也差不多了，素年是這麼說服自己的。

去吧，去萊夷見見蕭戈，最終確定一下自己的心意，若是大差不差，那就抓緊時間，玄毅那兒還等著小翠呢！

素年抬手揉了揉臉，走過去將門打開。「小翠，晚上我想吃水煮魚，一大盆那種的，好久沒吃了，怪想念的！」

小翠從廚房探出頭來，舉了舉手裡收拾到一半的一條大魚，憨憨地笑了笑，又縮了回去。

素年心裡那個感慨啊！多貼心的小棉襖，真是便宜了玄毅，她捨不得啊！嗚嗚……

小翠哼著歌，剔魚骨、片魚肉，整個人都輕快起來。真好，小姐又變回原來那個小姐了，還是這樣的小姐自己最喜歡！

萊夷族人擔心他們夷主的身子，一刻都不願意耽擱，好不容易等到了第二日，就急不可耐地上路了。

皇上倒沒有騙素年，給她準備的是品級十分高、極為舒服的馬車，並撥了一隊看起來就很高強的護衛，還有好幾名太醫。

這些太醫自然不是給素年準備的，他們也是要去瞧瞧萊夷夷主的症狀。雖然他們的什麼《聖言》上說了素年能夠治好，但萬一這《聖言》出錯了呢？皇上可不希望白跑一趟，不管是誰，怎麼著也要將夷主給治癒了！

不過，這些太醫裡，竟然有兩個是曾經跟素年相當水火不容的，她可是指著他們的鼻子罵過的！皇上是故意的吧？她不就是質疑了一下太醫院的醫術嘛，至於這麼小氣嗎？素年現在可是有個明素郡主的頭銜在，這些太醫在她面前也是要低聲下氣的，所以她不擔心，只是覺得好笑，堂堂一國之君，竟然跟她計較這個，真是……

這一路上行進的速度並不慢，萊夷族人想要盡快，能多快有多快，可隨行的太醫就不樂意了，他們一個個怎麼說也是朝廷命官，而且都是上了年紀的，平日裡又並不出遠門，哪能適應這種節奏？再說了，不過一個小小的萊夷，有什麼資格讓他們麗朝的太醫們跟著趕路？於是，這些太醫便開始有了意見，慢吞吞的，打算拖後腿。

素年火了，小說裡還有沒有能信的東西了？不是說太醫院裡的太醫個個都心懷慈悲嗎？這會兒趕著救人呢，能稍微心急一些嗎？但她也不說，她才沒那個閒工夫呢！

「小翠、刺萍、阿蓮，妳們分頭去那些太醫們的馬車上，『好好地』給他們灌輸一下這一路上可能出現的危險，什麼黑崖寨啊、這個寨那個寨的，描述仔細了。」

素年又讓人將萊夷的幾人叫來，讓他們加快速度，只要自己能接受都可以。她就不信了，她的身體已經弱爆了，還有人能比她更弱的？

「那……那些太醫們呢？」萊夷族人有些不確定地問。這幾日就是他們死活不讓馬車快走，才耽誤了不少時間。

「太醫們身子矜貴，慢慢走也無妨，你們夷主可等不了，我們加快速度就成。」素年的意思很明白了——要是不想走，那你們就慢慢磨著唄，我就先走一步了！不過，這一路說起來真是挺危險的，那些護衛可是皇上特意撥來給她的，自然是要跟著她離開。

既然沈素年這麼說了，萊夷族人也擔心夷主，於是一咬牙，速度加快了起來。

素年的馬車緊跟其後，那些護衛都護著她的馬車，只剩下太醫們的車輛孤零零地被落下。

原本太醫們還不相信沈素年會這麼做，那些小丫頭肯定是說來嚇唬他們的，可誰知，沈素年當真說走就走，完全沒跟他們打任何招呼，直接就帶著護衛離開了！這、這……這可如何是好？

眼睜睜地看著自己的馬車被落下，太醫們立刻也不矯情了。邊疆的險惡他們也是略有耳聞，沈素年這個臭丫頭還真的能做得出來，他們要是真在這裡被劫了，估計就是叫天天不應、叫地地不靈啊！

「趕緊追啊！」

車夫一愣神，身後催著的是前些天死活不讓自己加快速度的矜貴太醫們。他嘆了口氣，揚起了手裡的鞭子。

「看到了吧？哪有做不到的事？只有不想做而已。這些老人家在京城裡待得太安逸了，出來鬆鬆骨也是好事。」素年靠著窗邊，看到後面追上來的兩輛馬車，丟了一顆梅子在嘴裡，悠哉地枕在軟枕上。

到萊夷，並不會路過北漠，而是往另一個方向，這一路上竟然也遇見了不長眼要攔路打劫的，好在皇上給的護衛能力出眾，而且人手也不少，無驚無險地度過了。素年還故意讓小翠她們再去「慰問慰問」眾太醫們，並且好心地勸他們，若是身子當真扛不住，就別勉強了，慢慢地行進也是可以的。

見識過了山賊後，太醫們的頭搖得一個比一個迅速。「哪兒就那麼嬌貴了？況且還有病患等著呢，我等能支持得住！」

素年在車廂裡笑得眼淚直流，笑聲讓馬車裡的太醫們齊齊地黑了臉，但又能如何？沈素年如今已經是明素郡主了，還是皇上親口封的「醫聖」，他們也只能當作沒聽見，默默地在車廂裡畫圈圈……

素年本以為萊夷是個游牧民族，跟馬騰一樣善騎射、四處遷徙，但沒想到竟然不是。

隨隊的太醫中，也有很不一樣的，其中，有個年歲最小也是資歷最淺的，名叫莫子騫，他在眾太醫們不贊同的眼神中，沒事就會來素年這裡聊天。

這是個十分善談開朗的小夥子，想法也和那些太醫們大相逕庭，素年覺得跟他說話特別不費事，用來打發路上的時間再好不過了。萊夷的情況，就是莫子騫告訴她的。

萊夷跟游牧民族不一樣，他們有固定的居住地，比起放牧更擅長耕種，有著跟麗朝人不一樣的信仰。

「他們信奉一種鳥樣的圖騰，我曾經在跟著父親出診的時候見過。」莫子騫很積極地找來一張紙，憑著印象想將那個圖騰畫出來給沈素年看。

素年原本不大在意的，圖騰嘛，大都是十分抽象的，以她的藝術鑑賞水準，不一定能夠欣賞得來。可是，等莫子騫畫完後，素年卻突然將那張紙搶了過去。

鳥類圖騰？確實挺像鳥的，可在素年的眼裡，這分明就是一架飛機的簡筆畫！機翼、尾翼，甚至飛機前面好像兩個眼睛一樣的機窗，是那麼的眼熟。沒有見過飛機的人，很容易會將這幅畫認成奇怪的鳥，可素年看著，她敢確定，這絕對是一架飛機！

為什麼萊夷的圖騰會是飛機？難道說，萊夷的祖先也是穿越過去的？還是，他們的祖先曾經占卜到了很遠很遠的未來，看到了飛機的樣子？

素年忽然很激動，她恨不得立刻趕到萊夷去！她很想見見他們的巫師，想知道自己是不是還有機會回去？她有多麼地想見到她的父母，想告訴他們，自己活得很好，自己很想他們……

莫子騫抓了抓腦袋，有些不知所措地退了出去，明素郡主真奇怪，一幅圖騰而已，她怎麼好像看得都失神了？

異邦女子。素年一直都擔心皇上會問她什麼，可是沒有，她藏在心底最深處的擔憂，皇上提都沒有提。可素年知道，皇上並不是沒有注意到，她的身分，也許有一天會成為一個頭疼的問題。

異邦人……可不就是異邦嘛！素年倚在軟枕上，看著封閉的車廂。她是一縷從未來飄飄忽忽來到這裡的魂魄，好運氣地多獲得了一次生命，這要真說出去，那估計得立刻讓這裡的人當作妖物，抓起來燒死吧？

心裡揣著事情，素年在期待的心情中，終於到達了萊夷，這個小小的外族部落。

萊夷離麗朝竟然並不遠，就好像一個附屬國一樣，他們的領地外有重兵把守著，部落外有用籬笆圍著的、一塊塊開墾好的墾地，靠著河流邊，讓素年莫名地想起了樓蘭古國，應該也是這麼一幅世外桃源的景象吧？素年想著。在萊夷族人的帶領下，他們的馬車駛入了萊夷城中，並直直地朝著裡面一幢最大、最宏偉的建築駛去。

素年知道，萊夷的夷主和蕭戈，他們應該都在這個建築中了。

莫名地，素年覺得自己的心在狂跳，她也不知道是為什麼，要說是激動吧，也不明確，除了能確認蕭戈還活著以外，似乎有什麼別的事情即將發生一樣，是一種說不清、道不明的直覺。素年整理了一下心情，她深呼吸著，慢慢地讓自己冷靜下來。不管是什麼，她都不會怕，沒什麼好怕的。

建築的門慢慢被打開，幾輛馬車魚貫而入，車停了下來，素年慢慢從車上下來。這是跟麗朝完全不同的建築，充滿了異域風情，卻處處讓素年覺得違和。

這裡處處都讓她生出一種十分熟悉的感覺，跟麗朝完全不一樣，卻跟她曾經生活過的世界十分相似，相似到素年都覺得可怕！到底為什麼？這裡到底是什麼樣的時空？

萊夷族人迫不及待地帶著素年去見他們的夷主，這麼長時間過去了，不知道夷主如今怎麼樣了？

素年安靜地跟在後面，穿過一個個奇異的門樓，走過一根根廊柱。素年看見前方，有一個高大的身子靠在那裡，聽見了聲音，那人慢慢地轉過了頭，眼睛在看到素年之後，閃出了明亮的光。是蕭戈。素年看到蕭戈的眼睛一動也不動地鎖在自己的身上，她難得地沒有避開，避不開啊！素年從不相信一個人的眼睛能夠有這種魔力，明明離得那麼遠，卻好似能讓人深陷其中。

「蕭大人。」走得近了，素年才確認這是個活生生的人，她緩緩低身，動作如行雲流水。

「我想著，你們也差不多該到了。」蕭戈笑了笑，眼神卻仍然沒有挪開。多幸運，他居然還活著，還能夠見到素年。

在得知打著援軍旗號的萊夷人突然對他們展開突襲行動的時候，蕭戈立刻用最快的時間為素年做了打算，那個時候，自己從沒那麼後悔過，他甚至都沒跟素年表露過自己的情意。不過，這樣也好，素年這個沒心沒肺的丫頭，這樣應該會更容易地繼續活著吧？現在再見到素年，蕭戈覺得這就是天意，既然是天意，那他就不需要客氣了，不然，上天也會懲罰他的吧？

素年終於還是移開了視線，一段時間沒見，蕭大人怎麼似乎多了流氓的氣質呢？從前他可不會這麼赤裸裸地盯著自己看啊！情緒外放成這樣，這不好、這不好！雖然自己做了心理準備，但那主要是在她主動的情況下，若是蕭戈自己動手……素年覺得，她還需要什麼準備啊……

「咳，蕭大人，我先去看看夷主的情況吧！」素年的小拳頭放在嘴邊咳了一下，然後繼續跟著萊夷人往裡面走。

「嗯，是該好好看看。」蕭戈很自然地跟在素年身邊。「他們說，要治好夷主的病，還必須要我在這裡，妳知道是為什麼嗎？」

「不知道，不過我猜想，會不會是夷主的病需要什麼藥引子？比如說麗朝將軍的肉啊、血啊什麼的？」

蕭戈一愣，隨即笑了起來，將他嚴峻的臉色軟化了許多，看上去十分賞心悅目。

素年目不斜視。蕭戈似乎消瘦了不少，被風沙、戰爭磨礪得更加有氣概，乍一看都讓人不敢直視，渾身上下散發出冷冽的鋒利感，可是也讓他更加有魅力。

素年都想抽自己兩下，她都多大的人了，怎麼還會有花癡的表現？可是沒辦法啊，這麼一個成熟帥氣、渾身都充滿魅力的人，她只能硬逼著自己不要伸爪子去摸一下。自己本來就是個顏控，這真是有些可悲……蕭戈的一笑，差點讓素年破功，幸好，夷主的屋子就在前面了，她的注意力好不容易收了回來。

推開門，這是一間十分寬敞的屋子，沒有什麼華而不實的擺設，當中有一個挖凹下去的坑，中間堆著正在燃燒的柴火，有一人坐在凹坑的旁邊，背對著他們。

「夷主。」帶著素年一路走來的萊夷人對著那人開口。

素年一愣，這是夷主？不是說病得很嚴重嗎？怎麼不是臥床不起，竟還能好生生地坐在這兒烤火？

那人站起，緩緩地轉過身。

這是一張素年並不認識的臉，可奇怪地，素年卻打了個冷顫。

第一百零六章　表露心意

萊夷族人上前，半跪在夷主的面前說著什麼，素年和蕭戈兩人站在後面，靜靜地看著。這個夷主長得竟然有些溫文爾雅的感覺，一點都不凶狠，果然如同他們說的，沒什麼野心。可不是說他病了嗎？素年瞧著，很正常的樣子啊！

「我見過夷主發病的樣子。」蕭戈忽然開口。「跟妳現在看到的，幾乎不是同一個人，雙眼赤紅，頭疼欲裂，咆哮著想將周圍的一切都給毀掉。」

幾乎不是同一個人？素年心裡一驚，思及萊夷人先前描述過的，莫非，是精神上的問題？素年雖驚奇，卻不動聲色，畢竟這會兒人家正常著，她自然也瞧不出什麼。

不過，隨行而來的太醫們可就沈不住氣了，他們跟來是幹什麼的？是為了搶功啊！他們堂堂太醫，竟然還不如一個小丫頭？這說給誰聽，誰都不答應！

所以，皇上雖然是想讓他們作為後備方案，他們卻一個個跑得比誰都快。若是能趕在沈素年之前將人治好了，這個小丫頭恐怕就再也得意不起來了！因此，這會兒見到了正主兒，幾名太醫一擁而上，將沈素年隔除在外，紛紛表示想要為夷主把脈。

夷主也是好脾氣，知道他們是麗朝的太醫，便溫順地坐下，將手腕伸過去，嘴裡還不停地說著「勞煩了」，態度好得一塌糊塗。

「妳不去看看？」蕭戈側著頭，看著站在原地的素年。

素年嘆了一口氣，看著那些太醫對她一臉防備，笑了笑。「還是算了吧，要是他們能夠治好，那就再好不過了，省得我勞心勞力。」

素年沒說的是，如果真是精神上的問題，在病人未發病的時候診脈是沒有用處的，她才不去湊這個熱鬧呢！

「一路累了吧？若是現在不用診斷，先去歇著吧。從離開北漠趕回京城之日起，妳應該就再沒有好好地休息過。」

素年抬頭看了他一眼，又迅速低下。笑什麼笑？笑那麼好看幹麼？自己這麼辛苦是因為什麼？不帶這麼賴皮的！美人計對姑娘來說……還是有那麼一點作用的……

素年在萊夷族人期待的眼神中，往給她安排的住處走去。

「你們夷主這會兒好好的，如果出現異常的話再來告訴我。」素年說完，慢慢地離開了，背影看來無比鎮定。

蕭戈卻在她身後無聲地笑了很久。

素年回到屋子裡，恨恨地捶了一下桌面，自己真是太沒有定力了……

不過，那個夷主素年看著神清目明，絲毫沒有任何不對的地方，一點都讓人想像不到他會出現族人描述的那些狀況。對此，素年一點頭緒都沒有，也只能夠等他發病的時候再說了。

萊夷的食物跟素年平常吃的差不多，他們擅長耕種，也會放牧，有米飯也有肉，素年覺得十分滿足。

吃了點東西以後，她撲在床上，打算美美地睡一覺，將精神養足了。之前提心吊膽，緊趕慢趕，一點都沒有放鬆過，這會兒終於能夠輕鬆地休息了！

等她睡足了以後，發現那些太醫們還沒有從夷主那裡離開！

要不要這麼拚啊？素年很能理解他們的想法，但從他們的表情裡就能夠看出他們也是一籌莫展，只是仍舊不肯放棄，七、八個人，就開出了七、八個方子。

萊夷的人如何願意這麼輕易地嘗試？看到素年出來了，忙圍了上去。

「沈娘子，還請您來看看吧。」

太醫們的眼神「唰唰唰」地朝著素年射過去。

素年無比淡定，慢慢地走過去，她來這兒也不是為了來玩的。

夷主被這麼「騷擾」著，竟然都沒有怨色，還是一副好脾氣的樣子，讓素年驚嘆不已。

她的手指輕輕搭在夷主的手腕上，果然，並沒有任何不妥之處。

「大人，您發病之後是否還能記得發病時的事情？」

夷主將手腕收回去，有些疲色地揉了揉眉角，然後搖搖頭。「並不記得，所以才覺得可怕，似乎那並不是我一樣，一點意識都沒有，只是聽族人們描述才能知曉，那些……並不是我能做出來的事情。」

不記得啊……素年沈思了會兒。「大人的異常，是從什麼時候開始的呢？」

「似乎有一段時間了，也有五、六年了吧……」夷主苦笑。「一開始並不嚴重，相隔很長時間才會發病，可最近，居然頻繁了起來。」

素年點點頭，五、六年，時間確實不短。但為什麼會頻繁發作？是有什麼原因誘發了病症？

「沈娘子……如何？」萊夷族人迫不及待地詢問退下來的素年，滿臉擔憂的神情。

素年搖了搖頭。「尚不清楚，還是要等症狀發作的時候才能看出。」

「哼哼，醫聖？」

從一旁傳來陰陽怪氣的聲音，素年扭頭一看，那兩個太醫的情緒壓根兒就不藏了，輕蔑的神情十分明顯。

「嗯，醫聖，皇上金口御封的。大人對皇上的決定有所質疑嗎？這無礙，小女子日後會向皇上轉達的。」素年瞇著眼睛，笑得無比甜美。

小巧的梨渦看得太醫一陣怒氣攻心，差點沒厥過去。他們是這意思嗎？他們是在質疑素年的醫術啊！

素年十分「善解人意」地衝著他們直笑，笑到兩人再也堅持不住，憤怒地轉頭就走，素年這才甘休。

「沈娘子，妳果然也沒有什麼發現？」莫子騫這時湊了上來。他剛剛也給夷主診過脈了，絲毫沒有覺出異常。

素年點點頭。「沒有，十分正常。」

「這真是奇了怪了，哪有人要發病前沒有任何徵兆的？除非……」莫子騫偷偷摸摸地挨近素年的耳朵，壓低了聲音。「是邪症……哎喲！蕭大人?!」莫子騫忽然覺得衣領一緊，還以為被那些太醫們抓了包，回頭一看，才發現竟是蕭戈。「蕭大人，您這是？」莫子騫指了指蕭戈還抓在自己領子上的手。

蕭戈鬆開手。「剛剛上面有隻飛蟲。」

飛蟲？莫子騫微驚，將衣領拉開些，仔細地瞧著。據說萊夷這裡有一種毒蟲，被咬了的話有可能會喪命的！

蕭戈沒再理他，而是看向在一旁若有所思的素年，她似乎在想什麼事情，有些出神。從一開始，蕭戈就知道素年對男女之間有著一種很隨興的態度，她從來不會避諱跟陌生男子接觸，也從來不會介意其他人的看法，清者自清，素年就是這麼一個女子，她只要自己站得住，其餘人怎麼想她，她才不管。

這本是蕭戈十分欣賞的，可剛剛，看到莫子騫神經兮兮地跟素年湊那麼近，他身體裡有個地方卻開始燃燒了。素年又不聾，有什麼話不能好好說啊？鬼鬼祟祟的像什麼樣子！偏偏素年還一點自覺都沒有，仍自顧自地在想著事情。

蕭戈嘆了口氣，自己前途堪憂，不需要皇上說他自己都能意識到，看來，他還有很長一段路要走啊……

邪症，素年一直在想這個問題。她記得，柳老成為了她的師父以後，第一個傳授給她的針灸之法，就是鬼門十三針。

這是一套針對癲、狂、邪有奇特療效的秘法，師父還特意叮囑她，這套針法，不到萬不得已的時候，最好不要使用，因為這是一套禁針，涉及因果，所以素年即便對針法爛熟於心，她也從來沒有使用過。

若真是邪症，那麼，這套鬼門十三針，豈不是正好能夠用得上？

素年抬眼，冷不丁地看到蕭戈那張稜角分明的臉，一下子愣住了，血液不受控制地往臉上湧，他什麼時候跟自己靠得這麼近了？

「蕭大人，你有什麼事嗎？」素年連連後退兩步，站穩了身子才語氣有些僵硬地問。

結果蕭戈什麼話都不說，看著素年漸漸泛出粉暈的小臉，剛剛那些不爽的感覺早已煙消雲散了。素年跟自己離那麼近，和跟別人離那麼近，完全是兩個反應，察覺到這點的蕭戈，十分得意。

素年翻了個白眼，轉頭就走。蕭大人近來越來越無聊了，好好的沒事跟她離這麼近，不知道男女有別啊？

這會兒，只能等著夷主發病了。聽萊夷的族人們說，他們夷主現在發病的間隔，約莫是半個月左右，距離上一次，才過了沒幾天，也就是說，他們可能還要等個十多天左右。

只能夠等待，素年卻在晚上等到了蕭戈。

小翠開了門，看到是蕭戈，十分熱情地往裡請，請到一半，身後傳來隱隱壓抑的咳嗽聲，才忙不迭地反應過來，象徵性地攔了一下。

「蕭大人，小姐她……呃……歇息了。」

「是嗎？那可惜了，我在萊夷的這些日子，尋到了一本萊夷的密醫孤本，本想給妳們小姐瞧瞧的，如此，我還是去找找太醫們，看看他們有沒有興趣了。」

「小翠呀，是誰啊？怎麼一直在門口站著？還不快請進來！」素年的聲音特別的熱情。萊夷的密醫孤本，不知道跟她所知的醫術有什麼樣的區別？好期待、好好奇呀！

小翠一臉黑線，眼角抽動了兩下，對著蕭戈特別不好意思地笑了笑，才讓開身子。「蕭大人，裡面請。」

蕭戈不在乎地回以一笑，慢慢地走了進去。只見素年衣著整齊地坐在一張椅子上，手邊是萊夷特產的一種金黃色果實，皮薄肉厚，且果核小，味道甜如蜜，看樣子素年已經吃了不少顆，桌上還擱著一本夾了書箋的書，哪兒有一點點在歇息的樣子？

「蕭大人，這麼晚了，您有何事？」

蕭戈看見素年的視線在自己手上來回移動，心生好笑，但還是沒讓她失望，將手裡的一個布包放在桌上。

「在這裡的這些日子，他們並沒有苛待我，反而將我奉為上賓，並對請我來的方法有些愧疚，這本密醫孤本，就是那時作為補償贈與我的。」

素年看著布包。若是補償，怎麼也不可能送蕭戈醫書，很顯然，這是蕭戈特意為自己要來的。一想到這個，素年的爪子就伸不出來了。這不只是一本密醫孤本，更是蕭戈的一番心意。

小翠帶著刺萍和阿蓮悄悄地退了出去，將房門掩上，將空間留給小姐和蕭大人，門關上之前，她偷偷地朝著蕭戈的背影比了一個加油的手勢。
不想給素年瞧見了，衝她撇了撇嘴，這丫頭，背叛得太乾脆俐落。
「呵呵，呵呵呵……多謝蕭大人。」素年傻笑著，還是沒有耐得住好奇心，伸手將布包打開。裡面是一本泛黃的醫書，由於有些時候了，紙張有些發脆。素年迫不及待地翻開醫書，迫不及待地看了起來。
蕭戈就知道，看到了醫書的素年，那絕對是已經到了另一個空間的，估計她此刻應該已經忘了他還在屋子裡這件事。
「沈娘子，這本書遲些時候再看也無妨。我今日來，是想找妳說些話的。」
素年的手無端地抖了一下，她如此專心致志，不免有想要以此擺脫尷尬氣氛的因素在其中，可蕭戈也太光明正大了，人家都這麼說了，她再裝呆，也就不大好看了。
素年極不情願地將書放下，又是滿臉傻笑的模樣。「蕭大人說得是。不知蕭大人找小女子，打算說些什麼？」
素年在害怕，這個發現讓蕭戈有些茫然，雖然素年在微笑，強裝鎮定，可她身上的每一寸都能讓自己感覺到她的情緒。並不是在怕自己，似乎是在怕接下來自己會說的事情。
蕭戈長時間的沈默，讓素年愈加緊張。有什麼……你倒是趕緊說啊……
「沈娘子，妳如今芳齡幾何？」
素年一愣。「……這個，可能要問小翠了，我今年十八還是十九來著？」
蕭戈的表情僵硬，自己的年紀，她都不記得了？還要問自己的丫鬟才能知道？就算她再迷糊，也應該不可能啊！

可素年並沒有敷衍他的意思，她是真不記得了。她很珍惜地過著每一天，但對她的年紀，卻很不上心。管她多大呢，有一天過一天就行。

素年似乎對此也很不好意思的樣子。「要不……我叫小翠進來問問？」

「這倒不用麻煩，無論是十八還是十九，都已經不小了，沈娘子有想過找個好人家成親嗎？」

素年吞嚥了一下。太直白了！這種事情，跟她一個黃花大姑娘說，蕭戈是怎麼想的？不過，素年想一想也對，她如今連師父也失去了，沒有任何長輩能給她作主，在世人的眼裡，是非常可憐並且會受人輕視的孤兒，這種事情，不跟她說，能跟誰說呢？

「蕭大人，小女子這種身分……」

「明素郡主的身分？」

呃……素年都給忘了。

蕭戈忽然笑了起來，臉上表情是很稀奇的柔軟，素年竟然一下子看得有些發愣，可真好看呀。

「沈娘子，我如今並未娶妻，也並不介意妳的醫娘身分，官位也不算低，日後定然不會有不長眼的人欺負我的妻子，家裡光是俸祿，也足夠揮霍，而且我對花天酒地並沒有興趣，也不拘泥於要開枝散葉、傳宗接代，所以以後家裡清清靜靜的，不會有妾室通房，不知沈娘子對於我的妻子這個位置，可有興趣？」

這次，素年是徹底當機了。她本以為，蕭戈是來向她坦露自己的心意，頂多說他對自己有意思，可沒想到，有意思算個毛線啊？人家一上來就直接求婚了！是求婚啊！素年兩輩子加在一起，也只經歷過這麼一次求婚，人家說得還特別誠懇，特別讓人動心。

意思是，他又有錢，又有權，人又專一不花心，可問題是，他還沒說他喜歡自己呢，怎麼就莫名其妙地求婚了呢？素年不樂意了，哪有流程跳著來的？

「蕭大人為何會選中小女子？以蕭大人如今的地位，想必要嫁入蕭家的名門貴女們，能從京城一直排到北漠吧？」

「因為沈娘子和別的女子不一樣。」

他媽的哪裡不一樣，你倒是說啊……素年糾結了，她總不能厚著臉皮問說她好在哪裡吧？這也太不矜持了，正求婚呢，還是要嚴肅點。

說實話，蕭戈剛剛十分樸實無華的話語，真讓素年很動心。並不是有錢有權的原因，而是他向自己保證了只會娶她一人為妻，並不會出現其餘女子，這個保證，對一個生活在這裡的男子來說，真是千金都換不來的。

先不說他到底能不能做到，單是這份決心，就足以讓素年動容。素年沒想過若是他以後反悔怎麼辦，反悔了就離婚唄……喔，這裡似乎叫和離？反正都一個意思，她定然是不會委屈自己的。

素年敢肯定，能說出今生只娶一人這種話的男子，全麗朝都找不出幾個，嘿，還這麼狗屎運地讓自己給碰上了，那麼，她到底要不要珍惜一下呢？

素年都覺得自己很磨嘰了，來的時候想得好好的，如果蕭戈真喜歡自己，嫁就嫁了，這會兒怎麼又糾結起來了？

因為，素年看到了萊夷族的圖騰，那個極其像是飛機的圖樣，還有在這裡見到的一些眼熟的景物，這才又拿不定主意了。若是她真嫁給了蕭戈，卻又發現了她能夠回到原來的時空，那她到底走還是不走呢？這個選擇可真難啊！素年的眉頭不自覺地又皺了。

第一百零七章　邪症發作

蕭戈看在眼裡，不大明白素年究竟在堅持什麼？但他有足夠的耐心等待。

從一開始遇見素年，到如今，也有許多個年頭了，她是能夠撥動自己心弦的唯一女子，為了她，自己甚至做了許多他曾經想都不會想的事情。

蕭戈知道有不少男子都對素年抱有好感，比如說那個姓劉的狀元，彷彿比自己更早認識素年，那是個相當正直的人，他的學識必然會對麗朝做出貢獻。所以，蕭戈特意在先皇和皇上面前提起劉炎梓，讓他更早地出現在他們面前。這樣的人才，無論是先皇還是皇上都不會放過，而讓他娶公主，是能夠籠絡住他的最好方法。

蕭戈不否認自己有些卑鄙，但他卑鄙得光明正大。自己守了那麼久的花，要是讓別人給採去，那他才是腦袋上長包了！

至於素年那個從小就訂了親的顧斐，哼，那就更好打發了，蕭戈都沒好意思動手。顧斐幫著素年忙前忙後地收集佟家的證據，可素年似乎只拿他當兄弟看，得知素年居然打算要跟顧斐結拜的時候，蕭戈還默默地回房，一個人偷偷笑了好久呢！

「沈娘子，這其實是個很好的選擇，我這次回去，估計又要升官了，到時跟皇上要個誥命，妳的地位便牢不可破，沒人會欺負妳，我在京城中是個什麼地位，妳在那些夫人中就是個什麼地位。」

素年想像了一下，感覺確實不錯，她也掙扎了一下子，並且給自己找好了退路，但，蕭戈就真的不打算跟自己告白一下？就直接求婚了？

「咳！」素年不甘心，厚臉皮就厚臉皮吧，要是成親之前就聽不到甜言蜜語，成親之後就更別指望了！「蕭大人，小女子只是不明白，為何大人會挑中我呢？」

蕭戈一愣，視線移到素年已經紅到幾乎滴血的耳尖上，這才恍然大悟，原來自己一直都沒說啊！怪不得，他本以為素年的性子是不在乎這些的，這才跳過去，直接說了重點。

「沈娘子傾國傾城的容貌早已印在了蕭某的心裡，加之善良大方有氣度，溫婉可人心玲瓏，樂善好施，慈悲心腸……」

「夠了夠了夠了……」素年急忙叫停，看著蕭戈面不改色，連思考都不需要地往外蹦出一個又一個的形容詞，素年只覺得身上的雞皮疙瘩都要落下來了。

蕭戈疑惑地挑了挑眉毛，他還沒說完呢，這種詞要多少有多少，且安在素年身上都說得通，這才說了幾個，她就不想聽了？

「嗯……蕭大人可能對小女子瞭解得不深刻，這種事情，小翠她們應該深有體會。素年並沒有蕭大人說的那麼好，相反地，素年身上還有許多不足之處，這個……要不，蕭大人再考慮考慮？」素年小心翼翼地提出來。

她說的是實話啊！自己雖然大多數時候都是無所謂的態度，很好說話，然而但凡觸及她底線的，那絕對是吹毛求疵、絲毫不讓步，倔強起來誰都攔不住。現在是蕭戈沒有做出自己不能忍受的事情，他以後一旦做了，就沒有可以挽回的機會。

素年是覺得，一旦無可挽回了，自己必然不會忍氣吞聲，那只能和離，到時候，蕭戈這個黃金鑽石王老五就要變成二手的了，這種風險，還是盡早讓他知道的好。

素年斟詞酌句地將她的擔憂說出來。

蕭戈聞言，臉就黑了一半。這還沒有成親呢，素年竟然都已經考慮到和離的問題了？蕭戈一隻手無力地撐住額頭，是不是他表達有問題？

「蕭大人，還是謹慎點為好，畢竟是關乎大人的終身大事，可不能馬虎了。」素年在一旁，還替他擔憂了。

蕭戈更加無力了，眼瞅著素年又要張口，他腦子一熱，深怕她的小嘴裡又會說出莫名其妙的話，大手一撈，托著素年的腦袋，臉就湊上去了。

素年只感覺到一片溫熱貼在嘴唇上，然後就看見蕭戈垂著的睫毛近在眼前，一根根濃密纖長的睫毛如同小扇子一般，可真好看呀！要是他們以後生個女兒，應該就能遺傳到了吧……素年不著調地想著，忽然，嘴唇開始被啃咬。

蕭戈沒想到素年這個時候還能發呆，就算不慌亂、不掙扎，那也不應該是發呆啊……

素年這會兒才反應過來，天哪，她被吻了，還是被強吻的，被蕭戈這個一貫冷著臉、沒有太多情緒的人給強吻了！素年的心臟有些承受不住，這、這……這怎麼那麼刺激呢！

素年兩輩子，這也是第一次跟人接吻，什麼好似棉花糖一般溫暖甜膩，她一點都感覺不到，心裡滿滿的都是震驚。蕭戈的嘴唇看起來挺薄的，沒想到軟軟的、熱熱的，素年輕輕咬了一下，還想著別將人給咬疼了，結果，就這麼一下，引起了蕭戈的強烈報復。

帶著狂野粗暴的深吻，說實話，素年還挺沈醉的。看著向來沈穩，甚至有些冷酷的蕭戈在自己面前失了冷靜，確實十分有成就感。

身體的熱度隨著吻的漸漸加深而提高，忽然，蕭戈雙手扶著素年的肩，將他們倆的距離拉開了一些。

蕭戈垂著頭，氣息不穩。

素年看不見他的表情，她覺得很奇怪，不過，素年可不是單純如白紙的孩子，基本的理論知識還是具備的。於是素年低下頭看了看，立刻又抬起了頭，默默無語地盯著屋頂。

蕭戈在極力平緩自己的情緒，他曾經多次跟還是太子的皇上出去應酬，都是些男子，選擇的地方免不了醉生夢死、花天酒地，大家心知肚明，有美人作陪不啻為一件樂事，但蕭戈對那些酥脂軟玉般的女子從來都提不起興趣。那個時候，太子還很照顧他情緒地、偷偷婉轉地問過他，是不是他那方面稍微不行？蕭戈的表情都沒有動一下，仍自顧自地繼續喝面前的酒。對著那些女人，蕭戈是真的沒有任何想法，不過是長得嬌弱一些、陰柔一些、皮膚滑一些罷了，跟自己都一樣兩條胳膊、兩條腿，有什麼稀奇的？蕭戈毫不在意，繼續淡定地在穿著暴露的女子中間喝酒，並且一度對自己的自制力很欣慰。

可是這會兒蕭戈才明白，對男人而言，自制力就好像是個笑話，區別只在於，有沒有遇到能讓自己失了方寸的人。

蕭戈差一點控制不住，掌心下素年的肩膀纖弱溫暖，他必須用所有的力量才可能克制住自己想將面前這個女子擁住，用力地揉進自己身體裡的衝動。

太可怕了，原來自己也沒想像中那麼清冷嘛，衝動起來，簡直慘絕人寰……

「蕭大人？」素年看蕭戈長時間地低著頭，還以為他怎麼了，忍不住出聲提醒了一下。

蕭戈抬起頭，就看到素年被自己吮吸到嫣紅的嘴唇，心中又是一陣悸動。無奈地嘆了口氣，他又不是毛頭小子，怎麼這麼禁不住誘惑呢？

對於被強吻，素年倒是沒什麼想法，前世她雖然沒試過，但電視上天天播放，這會兒感覺還不賴。

但蕭戈，卻已經定了心，素年是跑不掉了，她都被自己印上了印記，這輩子，只可能是自己的人了吧？正想發表點感想時，忽然，外面傳來了小翠拍門的聲音。

「小姐、小姐！夷主那裡出大事了！」

蕭戈的手鬆開，素年也換上了疑惑的神情。怎麼會？不是說還有十多天的嗎？兩人對視一眼，立刻拉開門走了出去。

素年住的地方離夷主的院子還有一段距離，來通知她的人焦急地在前面帶路，素年也無比嚴肅，愣是假裝看不到小翠偷偷摸摸求證質疑的眼神。

她的嘴唇一定很紅吧……那不是廢話嗎？怎麼可能會不紅！這夜色竟然遮不住嗎？小翠的眼睛也太好了點！強忍著想要跟小翠解釋的衝動，素年硬著頭皮視而不見。遠處，夷主的院子外面已經圍了好些人，麗朝的太醫們正探頭探腦地往裡察看情況。

「怎麼都沒有人進去看看嗎？」素年無語了，不是說發病了嗎？這個時候圍在外面能看出個什麼來？

太醫們難得沒有跟素年針鋒相對，而是無聲地讓出了一條路。他們當然也想進去看看，但這種情況……實在是進不去。

素年穿過太醫往裡走，經過莫子騫身邊的時候，他很小聲地說——

「當心點，小心別傷著自己。」

素年還想問清楚，蕭戈卻從後面擠了過來，不得已，素年只能繼續往裡走。

等走進了院子，素年才明白這些人是什麼意思。一柄明晃晃的長刀，朝著她的方向飛了過來，蕭戈的手一伸，將刀打落在地。

院子裡一片狼藉，白日裡見到的那些整潔安逸，彷彿是一場夢，各種破碎物件散落在當中，中間站著一個人，垂著頭，肩膀耷拉著，頭髮散亂，步履十分不穩地左右輕微搖晃著。

忽然，那人抬起了臉。

素年吃了一驚，這是夷主？是那個就算十分疲倦也仍然保持著微笑、溫文爾雅的夷主？這怎麼可能是同一個人？雙眼赤紅，裡面除了狂亂沒有其他的神情，脖子上暴起根根青筋，原本柔和的五官，扭曲到猙獰的模樣，他的一條胳膊正在不斷地往外湧著鮮血，似乎是被自己給弄傷了，但此刻的夷主彷佛感覺不到任何疼痛，他的眼睛好似魔鬼，正直直地盯著素年的方向。那柄長刀，就是夷主扔過來的。

「沈娘子，夷主在出現這種樣子的時候，沒有人能夠接近，只要離他近了，他都會無意識地攻擊，很危險。」一萊夷的族人站在素年的身旁，輕聲地給她解釋著。

不接近如何能夠看出端倪？素年很感謝他的好意，從現在這情況看來，她已經十分肯定夷主必然是精神方面的問題了，比如說雙重人格之類的，兩種面貌反差十分巨大，而且，他也說了不記得發病時的情況。

素年看了蕭戈一眼，剛剛他擋下長刀的英勇身姿，自己還是覺得挺有安全感的。

在眾人擔憂的眼神中，素年慢慢地往發狂的夷主身邊移動，蕭戈緊跟其後。

萊夷的其餘族人也都在戒備中，他們要保護好沈素年，更重要的是，他們要保護好夷主。

讓所有人都心驚膽戰的攻擊，卻出乎意料地沒有出現，夷主雖然手裡已經沒有武器，但以往的經驗告訴大家，對發狂中的夷主來說，武器壓根兒不重要，他的每一處肢體，都可以化身為武器。

但神奇的是，夷主卻沒有如同往常一樣暴躁地朝著沈素年撲過去，他赤紅的眼睛一眨也不眨地盯著素年，就那麼一直盯著。

院子裡充滿了寧靜的壓抑，所有人都等著，等著夷主什麼時候會爆發。

然而，直到素年走到了非常近的地方，近到那雙紅色的眼睛就在她跟前，夷主都沒有動作。

素年靜靜地看著他，正打算讓蕭戈將人控制住，她好來檢查一下的時候，萊夷的夷主卻突然張口說了兩個字，特別特別的輕，輕到似乎只有素年能聽得見，隨後，他眼睛閉上，猛地往後栽倒。

「夷主！」萊夷族人迅疾地撲過去將人接住，免除了夷主後腦勺栽地的可能，然後手忙腳亂地將人抬進屋子裡。

這種表現，通常是夷主已經從異常狀態中脫離的徵兆，但這次有些快了。之前的情況下，每次發病，都需要一天左右的時間，而現在還不到小半夜呢！

院子裡的人忙碌了起來，太醫們見人昏迷了，沒有殺傷力了，紛紛又冒了出來，排著隊給夷主診脈；萊夷的族人們則開始收拾著被夷主弄得一團糟的院子。

凝滯的氛圍又鬆緩了下來，然而，素年卻沒有感受到。

素年還保持著剛剛那個姿勢，靜靜地站在那裡，周圍有什麼樣的動靜，她一點都感受不到，她的腦子裡不停地有「嗡嗡」的聲音，奪去她全部的思想，最終變成了兩個音節——

安素。

安素……這是素年前世的名字，在來到這個時空以後，素年一次都沒有提起過。安素已經死了，現在活著的是素年，沈素年。只有這樣想，素年才能全力以赴，勇敢地活著。沒有安素了，再也不會有了，她是沈素年，沈家遭到劫難以後僅存的女兒。

素年以為，自己都快要將她的前世給忘了，沒想到竟會再次聽到這個名字。她如同被亂棒敲中，滿頭金星。為什麼夷主會對著她說出這個名字？素年暫時還沒來得及想，只是兩個字，就讓她從心底溢出滿滿的悸動，眼睛裡的淚水，止不住地滴落下來。

蕭戈在旁邊安靜地陪著，他看到素年不知道為何落淚，眼中洩漏出來的哀傷，讓他看了都心驚。不過一個十幾歲的小姑娘，她心裡為什麼會有這麼悲傷的情緒？到底她曾經經歷了什麼，才會散發出如此的傷感？

蕭戈也聽到了「安素」兩個字，可他不明白這代表了什麼，甚至覺得這只是夷主發狂之中無意識的低喃。但，對素年來說顯然不是。

素年伸手將臉上的淚水抹去，找了萊夷族人，希望能見一見他們的巫師。

萊夷的巫師，終生是不能夠見外人的，這會讓他們的巫力減弱，是對巫神的不敬，所以萊夷族人一聽到素年的要求，立刻拒絕了。

「沈娘子，您還是先看看夷主吧？《聖言》裡說，只有您才能夠將我們的夷主解放出來。」

「那你們的《聖言》上有沒有說，想要救你們的夷主，就一定要讓我見到巫師？」

素年的反問讓萊夷族人說不出話來。

素年知道自己有些強人所難，但她也沒辦法，她迫切地想見到萊夷的巫師，看看他們是不是真的能夠通神靈、知未來？

這樣的素年讓蕭戈覺得很陌生，明明剛剛還那麼接近，現在卻因為一個莫名其妙出現的名字，他明顯地感覺到素年跟他之間，又存在著看不見的隔閡了。

萊夷族人面對素年的要求，正不知道如何是好的時候，一名身穿純白服飾、臉上蒙著白布、只露出兩隻眼睛的人走到了院子裡，周圍的萊夷族人立刻全都恭敬地半跪下來。

看起來是個身分尊貴的人，素年正打算著要不要入境隨俗時，卻見這人徑直來到了她的面前。

「小娘子，巫師有請。」

院子裡一片譁然，半跪在地上的萊夷族人驚訝得連連抽氣。這不可能，萊夷巫師不見外人，這可不是他們為了敷衍沈素年才說出來的，是真的有這個規定！

一旦成為了巫師，就必須過著與世隔絕的日子，終生都將侍奉巫神，直到終老死去。

而現在，巫師竟然要召見沈娘子？這可是他們萊夷這麼多年來，從未出現過的事情！難道剛剛沈素年說的，她要治療夷主就必須見到巫師這話，也並不是隨便說說的？

素年當然是隨便說說的，只不過他們不信，她還在發愁接下來要如何創造條件呢，沒想到事情就這麼水到渠成了。如此一來，素年就更想見見這名神奇的巫師了。

蕭戈也想跟過去，卻被白衣人攔住。「巫師大人說了，只見小娘子一人。」

素年想了想，覺得自己有義務安撫一下蕭戈的情緒，便轉過身，露出一個甜甜的笑容。「別擔心，我去去就來。」素年很難得這麼正兒八經地安慰人，她覺得自己做得很棒，很有誠意，卻沒想到，蕭戈的表情突然一變，當著眾人的面就伸手將她拉過去擁住！

嘖嘖，蕭大人還真是……沒什麼顧忌啊！素年在心裡默默吐槽，卻也沒有將他推開。他們這狀態，應該算是熱戀吧？那抱一抱很正常嘛！

可是在古代，這就一點都不正常了！

小翠的手抖得好像中風了一樣，幾次探出去想將人拉開，都又抖了回來。她是希望小姐能夠對自己的感情上點心，但也不用突然間豪放起來呀！這裡所有人都已經震驚呆了！雖然小姐以後應該會嫁給蕭大人，可她現在還是個閨中女子，這麼摟摟抱抱的……忽然，小翠的臉一白，都這樣了，小姐日後不會還說什麼不嫁的話吧？應該……不可能吧？可是，如果是小姐……小翠不敢往下想了，手又跟抽筋一樣地抖著伸過去。

素年微笑著主動推開蕭戈，再次瞇著眼睛對他笑了笑，這才隨著白衣人離開了院子。

蕭戈站在原地，看著她離開的身影，一動也不動。

就在剛剛那一瞬間，看到素年對著自己笑的時候，蕭戈忽然有一種十分不好的感覺，素年就像一股青煙，彷彿隨時都可能消散了，所以他才忍不住抱住她，感受著她溫熱的身子，如此才能夠確定她不是虛無飄緲的，是有血有肉的、活生生在自己懷裡的人。

蕭戈從沒有如此焦躁過，什麼萊夷？什麼夷主？什麼巫師？哪兒有這麼麻煩的事情，真是麻煩透了！

「蕭大人……」小翠弱弱的聲音在蕭戈身邊響起。

蕭戈轉過頭，擰著眉看著素年這個寵得不像樣的小丫鬟。

小翠如今已經不是皺著眉就能夠嚇退的了。「蕭大人，您會對我們小姐負責的吧？」

蕭戈眉頭一鬆，理所當然地點了點頭。

小翠鬆了口氣，至少先確定了蕭大人的想法。不過……「蕭大人，若是小姐不想對您負責的話，還請大人務必多多包涵，我家小姐，呃……這方面有些遲鈍……」

蕭戈剛鬆下來的眉頭又給皺上了，不僅皺上了，臉也綠了！不想對他負責？這怎麼可以？抱也抱了，親也親了，他可是堂堂麗朝的大將軍，怎麼著也不能讓她始亂終棄吧！

第一百零八章　一縷幽魂

素年跟在白衣人的身後，一路往萊夷的另一個方向走，她發現這裡的防禦比夷主周圍的還要嚴密。通過了層層防守後，兩人終於來到了一處空曠的場地，四周都豎著木架子，上面紮著許多銅鈴，十分靈異的樣子。

在這片空曠之地的中央，孤零零地立著一處院子，白衣人領著素年來到院子門口後，便恭恭敬敬地彎著腰，倒退著離開了。

素年感覺到偌大的空間裡，似乎只有她一人，站在這當中，她從未覺得自己如此的渺小。在這個名叫萊夷的小部落裡，竟然有著這樣的一片地方，不得不說，就算之前對他們的巫師抱著將信將疑的態度，現在，素年心底卻是十分肅穆的。

院子的門開著，他們的巫師應該就在裡面等著自己，素年定了定神，緩緩地抬腳走了進去。

這處院子跟萊夷的建築沒什麼區別，素年跨過了一道柵欄，只聞耳邊忽然鈴聲大作，充斥周圍，從四面八方威壓而來。

素年皺了眉，幾乎要用手去捂住耳朵，卻在這時，她聽到面前這間屋子裡有人聲傳出，隨後鈴聲便停歇了下來。

揉了揉耳朵，素年推開了門，看到當中也是一團燃燒著的火焰，火焰的對面，一個人面對著自己坐在那裡，聽見聲音後抬起了頭，一個十分慈祥的老爺子正笑咪咪地看著她。

「您是萊夷的巫師大人？」素年先確定身分。

「謔謔謔，老朽正是！來來來小姑娘，來讓我瞧瞧，果然是來自異世界的靈魂，能親眼瞧見，老朽也不枉此生了！」老爺子十分熱情，盯著素年的眼睛都放光了。

素年卻是手腳僵硬，巫師可真不是隨便亂說的，直接就將她的來歷看穿了？那會不會將她抓起來研究，或是乾脆燒死？

「謔謔謔，小姑娘莫怕，老朽也只是好奇而已，只在占卜中見到過的奇異世界，竟然能碰到活生生從那裡來的靈魂，老朽激動得都不知道怎麼辦才好了，謔謔謔謔！」

素年的嘴角有些不自然地抽動，這「謔謔謔」的聲音太傷神了，她聽得腦仁都疼，可奇怪的是，剛剛緊繃到一定程度的神經，卻不知道為何放鬆了下來。

按理說，現在有人看出了她是穿越來的，她應該震驚、應該恐懼、應該崩潰……可統統都沒有，這個屋子裡面溫暖的火、老爺子臉上慈祥的笑容、他眼睛裡單純的好奇心，交織出了濃厚的氛圍，讓素年奇異地卸下了心裡的防備。

在老爺子對面盤腿坐下，素年對著他笑容滿面。「大師，您真能占卜到未來嗎？您看到的都是什麼樣子的？」

老爺子摸了摸鬍鬚。「謔謔謔，這應該由妳來說給我這個老頭子聽吧？來，快說說，那都是怎麼樣的？」

在巫師的追問下，素年慢慢地回想起她曾經生活過的那個世界。她本以為這麼長時間，自己應該已經都忘了，卻不承想，這些都只是深深地藏著而已，只要稍微翻攪一下，沈睡著的碎片便全部都被喚醒了。

老爺子一邊聽，一邊還插話提問，他占卜中曾經出現過的破碎畫面，終於能夠得到一次徹底的解釋了。

原來真的存在著那麼神奇的世界，人能在天上飛，能飛到特別特別遠的地方去，甚至是他們每晚能夠遙遙望見的月亮上，似乎沒有什麼是做不到的。真是太美好了，可惜，自己是見不到了……

老爺子終於滿足了，他長長地嘆了一口氣，雙手向後撐在地上，兩隻腿交盤著，望著面前的那堆火出神。

滿足了巫師，素年也覺得挺有成就感的，但她來這裡，有更重要的事情要問。

「大師……」

老爺子忽然擺了擺手。「妳不用說了，我知道妳要問什麼。是的，就是妳心裡想的答案，夷主的病，只有妳能夠治得好。」

素年一陣恍惚，「安素」原來真的叫的是她嗎？從遙遠的未來，有人還在惦記著自己？這份惦記，竟然穿越了時空，出現在自己的面前。

素年又想哭了，她吸了吸鼻子。鬼門十三針有了用武之地，可她不明白，為什麼非要蕭戈也在這裡呢？

老爺子盯著素年看了半晌，才幽幽地說：「小姑娘，妳剛剛說的那麼稀罕的世界，若是有機會能夠回去，妳會回去嗎？」

素年一愣，下意識地就想點頭，老爺子卻還沒有說完。

「回去了的話，妳在這個世界裡的所有痕跡都會被抹滅，一丁點都不會剩下。」

這是什麼意思？素年努力揣摩他的意思。被抹滅……是指從一開始就不存在嗎？那麼，沈素年這個女子，也許就會在牛家村裡香消玉殞？那麼師父呢？小翠呢？巧兒呢？劉公子呢？……蕭戈呢？他們統統都不會碰到自己？那樣的話，如今，又會是一個什麼樣的情況？素年想像不到，這種如果，她真的設想不了。

自己的頭有些點不下去了，她還能這麼瀟灑地走嗎？可是，她有多想回去啊！去看看為自己操碎了心的父母、去看看一直鼓勵著自己的摯友，那才是她熟悉的世界，不是嗎？

有些恍惚地從巫師那裡走出來，走到半路素年才回過神來，怎麼她覺得好像見了一趟巫師，光給他介紹未來了，她自己究竟問到了什麼？素年想了想，似乎……什麼都沒有。

對於自己的疑問一無所獲，這讓素年十分沮喪，她當機立斷，打算轉頭回去重新問一問，可剛剛還暢通無阻的路上，已經站了幾名面無表情的守衛，看樣子，是不準備讓她過去了。

如此只能作罷了。

素年悶悶不樂地回到了夷主的院子裡，裡面的太醫們還沒有散去，還圍在仍然昏迷著的夷主身邊低聲討論著什麼。

蕭戈站在那裡，看到素年回來卻沒有立刻上前，而是站在原地，只眼神跟著她轉。

「沈娘子！」莫子騫發現了素年，立刻第一個湊了過來。他對素年的印象很好，對她的一手針灸神技更是十分推崇。

「夷主現在的情況如何？」素年問道。

莫子騫搖了搖頭，夷主從倒下去以後，就一直昏迷著，從脈象上也瞧不出到底是什麼問題，再加上他之前如同入魔了一般的舉動，其他太醫們也都一頭霧水，束手無策。

「邪症吧……」

「……嗯，觀其舉動，是邪症無疑了。」

「嘖嘖，年紀輕輕的，可惜了……」

邪症是無解的，是涉及了因果報應的，他們這些救人治病的大夫，已無出手的餘地，或許，請個大師來驅驅邪，還能夠起點效果。太醫們搖了搖頭，這不是他們能夠診治的範圍，就是開了方子、喝了藥，也不會有什麼幫助的。漸漸地，這些太醫都退了下來，退到一邊，將眼光轉移到站在一旁的沈素年身上。

不是說只有沈素年才能夠治得好夷主嗎？那就趕緊讓她試試呀！皇上親口御封的「醫聖」，沒想到還是個精通於跳大神的大師？這可怎麼說的，莫非，她以前治病也都是求了神仙相助？太醫的眼神裡大都是看好戲的嘲諷，他們活了半輩子，也見過不少邪症，若是真能夠以藥石治癒，也就沒那麼多話本裡描述的淒慘之事了……

素年在眾人的注視中走上前，站在平躺著的夷主身邊，他的臉上有許多因為剛剛的狂躁而微血管迸裂浮現出來的小血點，看上去十分瘮人。

夷主神情平靜，除了那些小血點，一點都看不出他剛剛竟然狂風驟雨一般地將院子橫掃成一片狼藉，剛剛還拿著刀對著別人。素年想想都好笑，可她笑不出來。

安素。這個名字在自己心底再次默唸了一遍。師父說了，不到萬不得已的時候，不要輕易嘗試鬼門十三針，傷陰德。可現在就是萬不得已的時候了，素年想知道夷主的邪症從何而來，想知道跟自己究竟有什麼關係？折壽就折壽吧，她不在乎。

素年從走進這裡開始，就一直能感受到落在自己身上的視線，萊夷族人期待的眼神、太醫們看好戲的嘲謔、小翠等人的擔心。但，這些都及不上蕭戈眼光的熱烈。

蕭戈到現在，一個字都沒有跟素年說過，甚至沒有走近，可素年知道，他對自己的擔心，絕對不比其他人少一絲一毫。

素年轉過頭，眼睛明亮地看著蕭戈。她很抱歉，她對蕭戈的感情，遠遠不及蕭戈對她的，素年知道，可她暫時改變不了。她若想嘗試著接受蕭戈，接受這個時空，就老老實實地待下去，但現在，從前的記憶被翻攪出來了，她剛剛才作出的決定立刻就支離破碎。

素年忽然揚起了一個笑容，在並不明亮的屋子裡竟然美得驚心動魄，讓人的呼吸都凝滯住，似乎所有的光，都從她的臉上綻放一樣。

「我現在會為夷主診治，但我希望，這個屋子裡，除了我和夷主，沒有第三個人在。」

素年清涼的聲音，將眾人喚回神。

萊夷族人的臉上迸發出希望，素年提的要求壓根兒就不是要求，她就算提出要萊夷人放血割肉作為藥引子，他們都在所不辭，更何況只是清場。

厲害的大夫一般都會有些怪癖，更別說是醫聖了，不想讓其他人看見她的醫術，那太正常了！只是，這些等著看戲的太醫們，臉色卻一個比一個難看。怎麼著，還怕他們偷師？萊夷族人已經開始將人往外請了，太醫們再不願意，也不得不挪動腳步往外走。

「小姐，小翠可以留在裡面幫妳的。」小翠苦著臉，小姐為什麼連她都要趕出去？

素年笑著搖搖頭，摸了摸小翠的腦袋。「別擔心，我可是很惜命的。」

小翠的臉更苦了，果然是要做什麼危險的事情嗎？但小姐一直用溫柔的眼神看著自己，小翠只得癟了癟嘴，淚眼汪汪地帶著刺萍和阿蓮，磨磨蹭蹭地退了出去。

那些萊夷族人很不客氣地挨個兒趕人，卻跳過了蕭戈。蕭戈那裡，沒人敢過去跟他說話，而且《聖言》上說了，要能救得夷主，是需要蕭戈的。

素年無奈，只得自己走過去。「蕭大人，還請你迴避一下，我一會兒要針灸，容不得半點分心。」

「我就在一旁看著也不行？」

「大人……」

蕭戈點點頭，身子動了起來，只是他先走到了素年的身邊，從身上拿出一個東西給素年繫上，然後，才慢慢地退出了門外。

素年低下頭，看到那是一個小掛件，她親手繡的一只小靴子。這個自己還修補過，有些年頭了，竟然還在。

小靴子被保存得很好，嚴格來說，這可是她送給蕭戈的第一個東西，能算得上是定情信物了吧？素年摸了摸小靴子光滑的布料，笑了笑，沒想到她也浪漫了一回。當初只是沒什麼可送的，正好拿它湊數而已。

屋子裡靜悄悄的，夷主仍舊安靜地躺在那兒，素年走過去，手裡，是師父留給她的柳氏金針，她一般都不捨得用的，也就給先皇針灸的時候拿出來用過一次。

素年先用大拇指和食指掐住夷主中指根部一節的兩側，微微閉上眼睛，指尖傳來非常強烈的跳動感，素年舒了一口氣，鬆開手指，開始取針。

鬼門十三針，是專門用來懲治邪症的，古代的針灸書籍幾乎都引用了這套針法，十三鬼穴為鬼宮、鬼信、鬼壘、鬼心、鬼路、鬼枕、鬼牀、鬼市、鬼窟、鬼堂、鬼藏、鬼臣和鬼封。

其中鬼宮、鬼藏和鬼封三穴，即人中、下極和舌底，這三處為封穴，素年是不會輕易去碰的。先取一毫針，從夷主的左側拇指末節外側，距離指甲零點一寸下針，少商即鬼信，由外向內直刺三分。

下針之後，原本昏迷著的夷主忽然發了一下抖，隨後慢慢地睜開了眼睛。

少商穴是鬼門十三針裡最溫和的穴位了，素年退後兩步，看著夷主坐了起來。

安素這個名字和巫師的話，雖然讓素年心裡有點大概的想法，可她仍然沒有底，畢竟夷主之前犯邪症的樣子太恐怖，就這會兒，臉上還有許多紅色的血點做裝飾呢！

素年滿心戒備，看著夷主並沒有其餘的動作，似乎已經是盡力了，只是將臉轉過來，看著素年，然後又喚了一聲——

「安素。」

素年渾身一顫，有多久了，有多久沒有聽到這個名字？素年彷彿作夢一樣，在這裡的這麼些年，是不是自己的夢境一場？等她夢醒了，會發現自己還躺在病床上，等著下一次的治療吧？

「素素，我的孩子……妳還好嗎？媽媽好想妳……」

夷主的表情和他的口吻極度不相符，好似一齣無比滑稽的鬧劇，可素年卻因為這一句話，淚如雨下。

是媽媽！對呀，除了她的父母，還有誰對她的惦念能穿過時空，神奇地來到自己的身邊？除了父母，還有誰會對她這個病入膏肓的人如此想念，甚至超越了自己的想像？素年的身體不住地顫抖，她用力點了點頭，眼淚一顆一顆掉落下來。她很好，她沒有自暴自棄，她很勇敢地在這個完全陌生的時空中活到現在，可是，她也好想他們！埋藏在心底的思念，素年透過淚眼矇矓的雙眼，完完全全地爆發了出來。

「素素，我就知道，我的女兒，那麼善良的孩子，怎麼會就那麼死掉？素素，媽媽好想妳，想得都要發了狂……」夷主的手輕輕往前伸，伸向還在不停落淚的女兒。

這是自己心心念念著的母親啊！素年下意識地就想伸手，腦中卻驀地響起了一陣銅鈴聲。

一個蒼老的聲音憑空出現——

『萊夷的巫師可以借助巫神的力量感知神秘的領域，卻不小心碰到了妳的母親。小姑娘，這是老朽的失職，對妳的母親，也對萊夷的夷主。《聖言》裡早有預言，妳將成為解決這一切的人，如果妳想要回去，老朽即便燈枯油盡，也必然達成妳的心願。』

素年聽出來了，這是她剛剛見過的那個巫師的聲音！她真的有機會回去，回到父母的身邊？她抬起袖子，將淚水擦掉，緩緩地，往前邁了一步。

忽然，她的腰間有個東西掉落，素年低頭看去，那只稍顯舊了些的水藍色小靴子，正靜靜地躺在自己的腳邊。

回去了的話，妳在這個世界裡的所有痕跡都會被抹滅，一丁點都不會剩下。

素年記起巫師之前跟自己說過的話，她離開了，所有的一切將會煙消雲散，包括……這只水藍色的小靴子吧？

「媽媽只要看見妳好，就滿足了。」夷主的眼睛溫柔得不可思議，她看著女兒，眼裡同樣是淚水漣漣。這是她的女兒，是她的這一縷魂魄在這個陌生的時空裡尋尋覓覓了這麼久，想要見到的人。

素素雖然跟原來長得不一樣，但自己的女兒，她是不會認錯的。那麼健康、那麼精神、那麼充滿了生命力，就好像，自己心中一直盼望的那樣。

見到了，她就已經心滿意足，做媽媽的，也許只要求這麼一點點就足夠，看到自己的子女健康，她的全部心願就已經被滿足了。

女兒的猶疑，沒有人比她這個母親更能看得懂。素素的性情，能讓她產生遲疑，足以說明讓她放不下的那個人，是多麼的優秀。

儘管不在自己的眼前，儘管隔著時空，但女兒能夠找到一個人，陪著她走完以後的路，沒什麼比這個更重要的了，畢竟就算是父母，也不可能陪著她終老。

「素素，那人說，媽媽可以回去了，妳也能同我一起回去，可我只希望妳能夠幸福，妳幸福了，媽媽才會幸福。那個人……他會好好待妳的，對吧？」

素年猛然抬起頭，掌心的小靴子被她用力地捏在手中，她看到夷主臉上帶著欣慰的神情，正看著自己。

素年很少有迷茫的時候，就算在最艱苦時，她都能夠堅定自己的想法，而現在，她徹底迷茫了。是跟著自己的母親回去，還是繼續留在這裡，留在這個已經跟自己有了許多交集的古代？

巫師的聲音再次響起——

『小姑娘，時間不多了，夷主的身子也禁不住這麼長時間，是要下決定的時候了。不過，若是妳選擇回去，萊夷的夷主將會因為承載過多的魂魄而成為一具軀殼。』

素年一驚，下意識地想到，那樣的話，蕭戈他們會怎麼樣？將萊夷的夷主弄成了屍體，萊夷還能將他們輕易地放回去嗎？這個……怎麼也不可能吧？所以說，自己要想離開，就需要這些人的命作為代價？素年深吸了一口氣，眼中的迷茫更甚了……

「素年！沈素年！」

這時，屋外忽然傳來了喊叫聲，素年微微側頭，看著緊閉的房門和窗戶。那是蕭戈的聲音，喊得這麼大聲、這麼用力，他此刻會是什麼表情？這可不是他一直以來的風格，讓皇上見到的話，一定又要大吃一驚了吧？

「沈素年，回到麗朝，我們就成親吧！八抬大轎，鳳冠霞帔！我蕭戈，定然不會讓妳後悔今日的決定！妳聽到了沒有？」

素年看著房門，眼裡的淚，又再次落了下來。蕭戈，那麼驕傲的一個男子，此時卻隔著門窗在外面大聲地喊著，沒了一貫的冷靜和傲然，全然的霸道和毫不顧忌。

自己何其有幸，能夠遇見一個這樣的人。

轉過頭，夷主臉上已經露出了笑容，那麼安心、那麼感激。他緩緩地倒了下去，眼睛直直地望著屋頂。「就是他吧？真好，我的女兒，一定會很幸福、很幸福……」

素年在淚眼朦朧中，親手將她的母親送走，如若不然，夷主的身子就真的無法再支撐下去了。

風府穴，即鬼枕，在頸部，當後正中髮際直上一寸，枕外隆凸直下，兩側斜方肌之間凹陷處，從外向內，毫針入。

夷主的眼睛緩緩閉上，喉部猛地顫抖了一陣後，呼吸漸漸平緩。

手裡的針無力地滑落，素年滑坐在地上，抱著膝蓋，將頭埋在兩膝之間，周圍的一切都歸於平靜，只剩下她，深深地、深深地哀傷著……

第一百零九章　當眾求娶

院子裡大部分人的視線都集中在蕭戈的身上，可他似乎毫無察覺，又或者察覺了，卻毫不在意。

麗朝雖無男女大防，但這種當眾表達感情或是求娶，也壓根兒是沒有先例的，太醫裡已經傳出了「傷風敗俗」的聲音，卻也不敢讓蕭戈聽見，誰都知道蕭將軍有多麼受到皇上的器重，那必定是沈素年的錯，肯定是她勾引了蕭將軍呀！看看，連長相都是一副狐媚相！

萊夷的族人們則是十分驚嘆，原來麗朝的民風開放如斯，簡直佩服。

小翠則是帶著刺萍和阿蓮，站在離蕭戈不遠的地方，震驚於蕭將軍聲音裡的顫抖。

蕭大人跟小姐認識的時日不短了，小翠自然也是一路看著的，蕭大人什麼時候這麼失態過？不管什麼事，他都必然是胸有成竹、信手拈來的，沈穩得每每能讓小姐在背後咬牙切齒。

然而，剛剛的蕭大人，卻讓小翠感受到了心驚的恐懼，是恐懼——這種情緒竟然出現在蕭戈的身上？小翠不禁看向屋子，裡面到底怎麼樣了?!

此時，之前將素年帶走的白衣人又再次出現了。「巫師大人發話，夷主已安然無恙，對於蕭大人，他感激不盡，萊夷會永遠記著蕭大人和沈娘子的恩情。巫師大人讓我囑咐蕭大人，若是今生蕭大人負了沈娘子，巫師他老人家必定不會放過您的，因為這是沈娘子放棄了一切作出的決定，還望大人憐之、惜之、重之！」

白衣人的這番話，說得面無表情，蕭戈卻是臉色凝重地朝著他深深作了揖，然後直起身，大步地朝著緊閉的房門走去。

小翠等人顛顛地跟在後面，小跑著過去，透過蕭戈推開門的手臂，看到了蹲坐在地上的素年。

「小姐！」小翠驚叫一聲就想衝過去，卻怎麼也比不上蕭戈的長腿。

蕭戈兩步就走了過去，長臂一撈，直接將素年抱了起來。

素年這才渾渾噩噩地抬起頭，眼睛慢慢聚焦，看到了蕭戈，臉上卻疲憊地做不出任何表情。

這個人，是自己留在這裡最重要的理由，這點她不會否認，若是剛來到這裡的時候就知道，有朝一日她能夠有機會回去，素年一定不會跟蕭戈有任何交集，那樣的話，是不是她就不會有這麼多顧忌了？

緩緩地將腦袋靠在蕭戈的懷裡，素年溫順得好似一隻耳朵耷拉下來的兔子。自己一直堅強著，一直覺得不依靠任何人就能夠活得好好的，可現在，就讓她軟弱一會兒吧，有個人能靠著，真好……

懷裡素年的眼睛已經閉上了，蕭戈微微收緊了手臂，素年毫無防備的依賴讓他虎軀一震，從心底蔓延出來的酥麻感覺差點讓他整個人都不好了。原來是這樣的，原來那些生死相依的俗套故事，不全都是騙人的。

蕭戈抱著素年大步走了出去，這是他以後要拚盡全力保護的人，此刻就在他的懷裡，還有什麼比這個更加讓人心醉？

蕭大人您不能這樣啊！小翠在蕭戈身後，空著的手抖如篩糠。那是她的小姐啊，他怎麼抱得那麼順手？他是當著眾人的面求娶了小姐沒錯，可小姐還沒有答應啊！這麼理所當然是要怎樣？

小翠愁眉苦臉的，又顛顛地一路小跑追上去。小姐說了，她才是最貼心的小棉襖！

素年從睡夢中醒來，她記得自己似乎是在夢裡哭了，可伸手摸了摸臉頰，卻沒有摸到任何水跡，果然是作夢嗎？

素年嘆了口氣，剛想從被子裡爬起來，冷不丁看到一旁竟然坐了個人，眼睛正直勾勾地盯著自己看！她倒抽一口冷氣，一個翻滾就往床裡面滾過去，結果距離感沒有找好，撲在了被子上面，開始掙扎。

小翠太想吐槽兩句了，小姐現在好似一隻裹著被子的烏龜，四隻爪子胡亂揮舞著卻找不到使力的地方，可她笑不出來。這是小姐的閨房！小姐是尚未出嫁的女子！蕭大人坐在這裡是什麼意思啊？

掙扎了許久，素年終於從揪成了麻花一樣的被子裡脫身，她將被子擁在身前，滿臉防備地看向蕭戈。他怎麼在這裡？小翠被他滅口了嗎？居然將男子放進她歇息的屋子裡？再一轉臉，素年看到了小翠一臉鬱悶地站在不遠處，眼睛冒著火星，直盯著蕭戈的後背。

素年看懂了小翠的鬱悶，憨笑著開口問道：「呵呵呵，蕭大人，你怎麼在這兒？」

「等妳醒。」

「呵呵呵，有勞蕭大人了，小女子已經醒過來了，您看……」

素年笑得有些假。她要起來更衣啊！這蕭戈怎麼一點都不講究？在他的心裡，隨隨便便闖入姑娘歇息的屋子裡，難道是很正常的事情？

蕭戈站起來，素年睡了兩天，整整兩天，連萊夷的夷主都恢復得比她快。他當然知道自己在這裡有多麼的不合適，素年那個丫頭的眼神都恨不得將自己給戳穿了，但沒辦法，他想知道素年到底什麼時候會醒過來，因此愣是厚著臉皮裝作沒看見。

蕭戈走出了屋子後，小翠立刻鼓著臉代替了蕭戈的位置。「小姐妳都不知道，蕭大人他……」巴拉巴拉巴拉，小翠一邊服侍素年起身，一邊喋喋不休地抱怨蕭戈這兩天有多麼的過分。

即使不出意外的話，蕭大人會成為小姐的夫君，那也不能這麼沒有禮數啊！小姐可是清清白白的黃花閨女，蕭大人不能仗著他官位高、氣勢足，就欺負自己不敢抗爭啊！

素年忍不住伸手戳了一下小翠氣鼓鼓的臉頰，覺得甚是柔軟有趣。

小翠原本說得好好的，一下子突然停了下來，呆呆地看著素年。

咦？素年歪了歪腦袋，她就戳了一下而已，怎麼跟開關一樣，這就不說話了？

好一會兒，小翠才低下頭，用袖子揉了揉眼睛。小姐回來了，真是太好了……

小翠不知道應該怎麼跟小姐說話，在看到小姐滿臉疲憊與傷心地昏睡在蕭大人懷裡以後。那樣子的小姐，是小翠第一次見到，就算是柳老去世的那段時間，都沒有這樣好似身體裡所有的情緒都被抽光了一樣的情形。

所以，小翠拚命嘰嘰喳喳，以此來掩飾自己的不知所措。

幸好，小姐恢復了，不只是身子，全部都變回了原來的小姐。小翠吸了吸鼻子，頭上小姐的手慢慢地摸著她的頭髮，她頓時感到幸福無比。

讓刺萍和阿蓮伺候素年洗漱，小翠小跑出去，將她熬的小米粥端過來。

萊夷的夷主在素年之前就恢復了意識，除了虛弱一些外，並沒有任何的異常，夷主還說，神清氣爽了不少。

於是，萊夷上下對素年是無比崇拜和感激，當小翠提出想要熬點粥的要求時，他們簡直熱情得恨不得將房子燒了讓她煮粥！

估摸著素年快醒了，小翠這粥熬得剛剛好，她將小瓦鍋端上來，旁邊還有幾碟看上去就很清脆爽口的小菜，清清爽爽的顏色，讓素年一下子覺得胃中空空如也。

一次不能吃太多，素年只喝了小半碗稀粥，全身痠軟無力的感覺稍微好了一些，這才慢慢地走出她的小院子。

剛踏出去，素年就嚇了一跳，在她院子的門口，密密麻麻地站著許多萊夷族人，見到她出來時，那眼睛裡都放出了噬人的光芒。

剛剛吃飯的時候素年真沒覺得外面有人，他們這是打算……做啥啊？

「沈娘子，感謝您的大恩大德！」一片嘈雜聲中，這些萊夷族人紛紛跪了下來。他們之中有許多都是老人、孩子和婦女，因為對萊夷的夷主十分愛戴，對素年是打心眼裡感謝。
素年端莊地笑著，好像散發著慈祥的光芒，她讓大家都起來後，這才往夷主的院落走去。
「不行了，裝不下去了……」素年的「慈祥」垮了下來，臉都僵硬得不行了。萊夷族人可真容易衝動，誰知道夷主十天、半個月以後會不會再發邪症啊？這麼早就給她道謝，萬一到時候又復發了，可怎麼辦？
素年的這個想法，其他人不是沒有，站在夷主院子裡的那群太醫們，那是跟她想得一模一樣。
「喲，沈娘子……喔不，醫聖，您來了呀？」
「那是當然的，得趕緊看看去，要是夷主過段時日又發病了，沈娘子，您可怎麼辦吶！」
陰陽怪氣的話語伴隨著太醫們如刀一般的眼神投射過來，素年笑了笑。還是這種樣子，當初跪在皇上殿前聲淚俱下地譴責自己師父的時候，她就已經領教過了。
「太醫們是希望小女子治好了呢？還是希望治不好呢？」素年沒像平常一樣視而不見，而是停下了腳步，面帶微笑地問道。
「瞧您說的，那肯定是希望能夠治得好，這樣也好向皇上交代呀！」有人皮笑肉不笑地回答。
「也是，眾位太醫們千里迢迢地來到萊夷，卻什麼忙都沒幫上，要是我再治不好，我們麗朝的臉……嘖嘖，要往哪裡擱啊？」

「妳！黃口小兒，莫要囂張！就是妳的師父也不敢在我們面前猖狂！」

「師父那是不屑跟你們這些老頑固浪費精力！他老人家的時間很寶貴的，要用在治病救人上，而不是整天吹噓自己多厲害、官位有多高，卻什麼都做不到！」素年的口氣咄咄逼人，絲毫不落下風。

他們周圍也有不少萊夷族人，起初還覺得為什麼麗朝的人之間會有爭執，慢慢地，卻也從話中聽出了什麼。

太醫們的臉脹得通紅，這個女人，一次次地讓他們太醫院難堪，先前有位大人看不下去，想要懲治她一下，卻被牽扯得連官職都給丟了！也不知道這個女人到底怎麼做到的，竟能夠得到劉炎梓大人的青眼，非要追查到底。

素年看著眼前這些大部分年紀都足夠做自己父親的太醫，下巴揚得高高的。她現在可不是能夠隨意欺負的人了，且不說明素郡主這個名頭，光是靠關係，她也很有底氣。

正這麼想著，蕭戈從一旁優哉游哉地走過來了，太醫們的氣焰頓時消下去不少。素年一扭頭，看吧，有關係果然就是不一樣！

在蕭戈面前，太醫們一個字都不敢說，蕭戈的身分那不用多說，捏死他們這些老傢伙都用不著找理由，況且，蕭戈身上有股讓人莫名畏懼的力量，蕭瑟煞氣，鋒利如同刀刃。這樣的人，那天夜裡竟然隔著窗戶大聲地求娶沈素年，在那麼多人面前，沒有任何顧忌地以他尊貴的身分，求娶沈素年這個在太醫們看來沒有任何禮義廉恥的女子。

太醫們啞了聲，看著蕭戈晃蕩到沈素年身邊，沈素年隨意地行了禮，然後兩人一路相伴著往裡面走。

「蕭大人真是被迷住了……」

「那個女人簡直是個狐媚胚子，居然讓蕭大人都神魂顛倒的！」

「唉……蕭大人一代豪傑，可惜了……」

「可惜什麼呀可惜？」莫子騫聽不下去了。「我覺得沈娘子挺好的呀！人長得又漂亮、又溫柔，脾氣也很好，蕭大人對沈娘子動心，那是情理之中的事。」

「她溫柔？」

「她脾氣好？」

「你瞎了呀！剛剛是誰氣勢凜然地指責我們，你沒看到？」

莫子騫搖了搖頭，他能待在這群老頭子當中，不過是靠著一顆渴望追求醫術的心，他們也確實醫術了得，卻已經習慣了高高在上，拒絕接受有人挑戰他們的權威。那……就沒什麼好說的啦！莫子騫也往夷主的屋子裡走，他還要去看看夷主恢復得怎麼樣了呢！

「他們欺負妳了？」蕭戈走在素年的身側，不經意地開口。

欺負了嗎？素年想了想，應該……不算吧？好像自己的氣勢比較足。

「若是有人欺負妳，妳大可以拿我的名頭出來壓他們，那樣我會比較高興。」

「……多謝蕭大人好意，只是仗勢欺人這種事情，素年做起來有些不大熟練，下次，下次我會試試。」素年有些不大自然地笑笑。這個吧，她確實不熟，她都是一路自己奮鬥上來的，當然，「仗勢欺人」這個詞聽起來就很有感覺，要不，下次當真試試？

蕭戈的臉上又浮現出笑容，素年看得一陣心跳。真的，對誰都冷峻成熟的人，只在自己面前微笑，這種感覺真的是太妙不可言，會讓人上癮的，而且還笑得那麼好看……

夷主的屋子外面有人守著，一般人是不讓進去的，畢竟夷主的身子也需要休養，但守著的人一看是沈素年，立刻恭敬地讓開。「沈娘子請。」

「沈娘子、沈娘子！」

身後突然傳來聲音，素年回頭一看，只見莫子騫跑了過來。

莫子騫雙手扶著膝蓋，狠喘了幾下，才抬起頭說：「沈娘子，能讓我也進去瞧瞧嗎？我想再診診脈。」

素年笑了笑，向那些守衛問道：「可以嗎？」

「沈娘子覺得可以的人，我們是不會阻攔的。」

莫子騫的臉上立刻綻放出一朵大大的笑容，雪白的牙齒明晃晃的，看得蕭戈莫名覺得刺眼。

夷主已經可以起身了，只是仍舊靠坐著，見到是沈娘子，表情十分溫和無害，這讓素年多少瞭解了那些萊夷族人為什麼會這麼愛戴這個夷主。

莫子騫已經急吼吼地上去撈人家的胳膊開始診脈了，夷主也不介意，仍舊脾氣很好地笑著。

「沈娘子，讓您費心了。」

素年看著夷主的臉，有一陣子的恍惚，似乎又看到那一夜，夷主露出熟悉的表情，眼淚盈眶地看著自己一樣。

「夷主無須多禮，這是小女子分內的事情。小女子會在這裡叨擾一段時間，直到確定您的身子無礙之後再回去。」

「有勞了。」夷主微微點頭，他不記得發生過什麼事，卻對素年有莫名的親切感，這真是十分神奇。

「夷主大人，從您的脈象看來，只是有些虛弱，可否容在下給您開一副藥方？」莫子騫的話是問夷主，眼睛卻看向素年。

素年當然是願意的，調理身子，他們太醫明顯更有心得呀！

於是，莫子騫閃耀著雙眼，直勾勾地看向夷主，水汪汪的眼睛讓素年莫名聯想到可愛的汪星人，就差條尾巴了。

「那、那就麻煩了。」夷主的語氣有些磕磕絆絆的。

莫子騫聽完以後卻露出極大的笑容，滿足無比。他是太醫團中年紀最輕的，可那些太醫同樣也不能夠隨意接近夷主，莫子騫得到這個允許，覺得十分開心。

素年就在萊夷暫住了下來，每日，萊夷的族人都會給她送來新鮮的食物，素年換上萊夷族別緻的服飾，享受著他們熱情的款待。

素年很想再見一次萊夷的巫師，想問問她的母親如何了，可是卻被告知巫師下了令，不接見任何人，素年只得作罷。

「蕭大人……您又來了……」小翠在這個「又」字上加重了語氣，覺得自己都要麻木了，讓開身子讓蕭戈走進院子。

素年打算在萊夷待上一個月，一方面等確認了夷主確實不會再犯病，另一方面，她覺得萊夷這裡的風光特別的漂亮。

素年不走，蕭戈自然也是不走的，沒有理由，素年在，他就要在。

蕭戈每日……是每日！都會來素年這裡消磨時間。

素年其實是無所謂的，她留在這個世界了，就沒打算再將蕭戈給撇除出去，蕭戈自然更無所謂，只有小翠，她一整個心焦啊！

「小姐……蕭大人整日來這裡也沒個事，妳看，你們男未婚、女未嫁的，這樣……不大好吧？」小翠進屋通報後，脹紅著臉，期期艾艾地表達了自己的焦慮。

素年茫然地看著她。「妳不是希望小姐我趕緊嫁出去嗎？這麼一來，蕭大人就是不想娶我，也是不行的，不挺好的？」

「不好，一點都不好！」小翠將手裡正在收拾的茶盞放下，在素年面前坐了下來。「小姐，小翠是希望妳成親，找一個心疼妳的夫君和和美美地過日子，可是，妳這不是還沒嫁嘛！蕭大人整天在這裡出入，多不合適啊！」

「但我們什麼也沒做呀！」

小翠扶額。「這種事情，小翠知道，刺萍和阿蓮知道，小姐和蕭大人知道，可其他人就不知道了呀！」

「嗯……有道理！」素年用小拳頭捶在另一隻掌心裡，肯定她的話，然後很贊同地看著小翠。「那妳去跟蕭大人說說吧！」

小翠淚流滿面，她要是能跟蕭大人說，還在這裡跟小姐扯什麼呀……

第一百一十章　巧兒出事

給蕭戈送上茶水後，小翠直挺挺地站在不遠處，眼睛直勾勾地盯著蕭戈的舉動。既然無法阻止蕭戈前來，那作為小姐的貼身丫鬟，她一定不能讓小姐的閨譽受到丁點毀損！

「我聽說，妳這個丫頭要嫁到清王府？」

蕭戈手裡有一些卷軸，看了一會兒，眼睛忽然瞄到了小翠的身影。

素年將手裡的一顆果子放進嘴裡，含糊不清地點了點頭。

「……原來清王喜歡這種樣子的啊……」蕭戈恍然大悟一樣，甚至狀似遺憾地搖頭。

「咳……咳咳……」素年嗆住了，忙不迭地伸手去拿水杯。

蕭戈很體貼地將手裡的杯子送到素年嘴邊，卻被小翠一個箭步奪下，換成了素年自己的杯子。

喝了水後，素年好不容易才緩過來，看著滿臉愁容的小翠，真是一句話也說不出。小翠這樣是誰逼的啊？要是蕭戈不在這兒杵著，小丫頭能比誰都水靈！

奈何素年其實覺得蕭戈在這裡也不礙事，況且有個賞心悅目的人作陪，甚是逍遙，而且，她想像中的戀愛不就是兩個人沒事就膩在一塊兒嘛！儘管現在在古代，該走的流程，還是要走一走的。

夷主那裡，莫子騫每日都會去給他把個脈，然後即時地調整藥方，那些太醫們也想進去，日後回京也好在皇上面前有點說頭，可無奈夷主的守衛們一點都不通融，只放那莫子騫進去，其餘的人，全都委婉地堅決阻止，莫子騫只得「十分遺憾」地孤身一人進入院子。

時間過得也快，轉眼一個月已經過去了，夷主的身子已經恢復得差不多，並沒有再出現邪症的症狀，說明素年果然醫治好了夷主。

之前還有些將信將疑的人，這下可是心悅誠服了。素年的待遇越來越好，在她提出打算離開的提議時，萊夷族人都有些捨不得了。

但是，這個提議讓許多人等了太久了，最久的，應該是小翠了吧。

短短一個月，小翠這姑娘竟然上火了，臉上還冒出了兩粒小痘痘，就連素年給她開的清火敗毒的藥喝下去都不能緩解，可見小丫頭已經焦慮成了什麼樣。

除了小翠以外，還有那些太醫們。在萊夷的這段日子真是坐如針氈，基本上沒他們什麼事，這也就算了，整日見到沈素年被奉為上賓，萊夷族人卻對他們不聞不問，那滋味，可真是難受啊！當初在夷主院子裡，沈素年的話可是不少人聽見的。於是太醫們愁啊，莫子騫還因為要給夷主把脈被另眼相待，其餘的人就恨不得整日將院子給待穿了，反正也沒有別的事情可以做。這下終於要走了，不少人立即活絡起來，動作迅速地收拾東西。

「沈娘子，真的不再多待些日子？也好讓我們萊夷族人多招待你們一些時候。」夷主挽留著。

素年輕輕微笑。「確定了夷主大人無礙，素年也算是完成了皇上的託付，是時候該回去了。」

夷主本想跟著素年他們回去，去向麗朝的皇上請罪，他已經得知自己的族人在請蕭戈來這裡的時候手段激烈了些，所以心生愧疚。

結果蕭戈十分大方地搖手說不用。「多虧了你們萊夷的族人，蕭戈才能得償夙願，日後定然會奉上大禮相贈！」

小翠黑了半張臉，不是說走的嗎？怎麼還不走啊……

素年等人告別了萊夷，終於踏上了回京的路。離開京城這麼久，素年靠在窗戶邊，想著不知道巧兒如何了？

那次見到巧兒，素年習慣性地給她診了脈，卻發現這孩子已經有了身孕，只是月分太小，估計她自己都沒察覺。後來她告訴了皇上，就是希望皇上能多關注一點，後宮裡那都是一不小心分分鐘就會死翹翹的，什麼一丈紅、滿庭紅、各種紅，想要在後宮裡活下來，需要的不僅僅是皇上的寵愛，還要有步步為營的謹慎。

這都已經過去好幾個月了，想必巧兒應該顯懷了吧？回頭得給她列一張單子，什麼能碰、什麼不能碰，都要寫清楚了。

小翠這會兒終於恢復了淡定，這個車廂就這麼點大，蕭大人高頭大馬的，總進不來了吧？

忽然，素年旁的窗戶被人輕輕敲了兩下，素年將窗戶推開，就看到蕭戈騎著馬，悠悠哉哉地走在一邊。

小翠猛吸了一口氣。「小姐……妳的身子太嬌弱了，不適宜吹風！」

素年滿臉黑線地將窗戶關上，行吧，小翠也夠可憐了，都要神經衰弱了，自己還是乖一點，別太刺激她了。

「沈娘子？沈娘子妳在嗎？」莫子騫的聲音在外面響起。

小翠才將車簾掀開，莫子騫特別開朗的笑容就出現在她們眼前。

莫子騫習慣性地就往車裡面鑽，一邊鑽還一邊說：「沈娘子，上次妳說的那個肝膽濕熱，我想到了一味——唉，唉唉……」莫子騫保持著半趴的姿勢往外滑去，他特別驚奇，等滑到了外面才發現，蕭戈正居高臨下、面無表情地看著他。

喔，對了！莫子騫一拍腦袋。蕭戈跟素年求娶的時候，自己也聽見的，也是，怎麼能還這麼隨意地往人家姑娘的車廂裡鑽呢？主要是來的時候沈娘子太不拘小節了，再加上還有她的丫鬟作陪，他都習慣了。

「蕭大人……那個，在下是想跟沈娘子交流一下醫術，這個，在下沒有別的意思……」莫子騫不好意思地摸著腦袋笑了笑。蕭戈繼續面無表情，看得莫子騫自覺地往後退，下了馬車。「其實……其實也沒什麼可交流的，呵呵呵……我自己回去想想、回去想想……」

小翠從門簾縫裡看到莫子騫一溜煙地回去了他的馬車，心裡不禁有些欣慰，蕭大人還是挺可靠的。她早就想說這樣不合禮數了，但一接觸到醫術的小姐完全不在意，幸好有蕭大人在！不過……蕭大人要是再有點自覺，那就更好了……

再見京城，素年已經沒有力氣感動了，每一次長途跋涉對她來說都是考驗，但她是皇上派出去的，自然要先見了皇上、呈報情況，才能休息。

「先回去歇著吧，皇上那裡，我會去說的。」蕭戈將素年的馬車攔住，讓她直接回去躺著。這一副軟趴趴的樣子，他看著就揪心，到了皇上那兒，指不定會被怎麼嘲笑呢！

素年一想，對呀，她現在是有關係的人了，還是非常堅實的關係，既然如此，那她就不客氣了。

豪邁地招呼小翠回去，她現在心裡只能浮現出一個巨大的字——「床」！

皇上那裡，太醫們自然是不會放過的，特別是見到沈素年直接回去了，太醫們心中大喜！萊夷夷主的病症是沈素年治好的，他們也不會顛倒事實，那是找死，但趁著沈素年不在，給自己的臉上貼點金，這總是可以的吧？

太醫們迫不及待地請人通傳，然後開始在心裡打腹稿，想著一會兒如何能不著痕跡、水到渠成地讓皇上覺得他們盡力了，他們是十分有用的，這話一定要說得很有技巧才行啊！

誰知道，這次通傳竟然特別的慢，他們一把老骨頭硬撐著，等啊等啊，好不容易才等到太監總管出來。

「幾位大人，跟咱家來吧。」

太醫們渾身一震，抖擻起精神，邁開大步往裡走，結果一走到偏殿裡，頓時氣勢全無，蕭戈正坐那兒喝茶呢！

能在皇上面前旁若無人地坐著喝茶，這種殊榮也許就蕭大人獨一份兒了。太醫們剛剛心裡想的是怎麼說來著？這會兒統統不記得了。

也不知道自己都說了什麼，太醫們從偏殿裡退出來後，你看看我、我看看你地對望良久，然後一聲嘆息。人家沈素年就是有靠山了，他們能怎麼著？還是，就認了吧……

「這麼說，你得償所願了？」皇上靠在椅子上，看著沈穩如常的蕭戈。

蕭戈輕輕將茶盞放下，渾身都散發著舒坦。「之後的事，微臣就要拜託皇上了。」

「嘖，嘚瑟！」皇上仰頭，看著偏殿金碧輝煌的殿頂，沈默良久才再次開口。「讓沈素年休息好了就進宮吧，慧嬪那裡……希望她能好好地安慰安慰。」

巧兒的孩子沒了。素年醒來以後，就聽到了這個噩耗，她忙不迭地收拾收拾，帶著小翠就進宮了。有蕭戈為她引路，素年很快就見到了消瘦得不成人形的巧兒。

那個明眸皓齒的女子哪兒去了？那個讓自己養得白白淨淨的愛笑女子哪兒去了？素年看著巧兒形容枯槁的模樣，胸口裡升騰出熊熊的怒火！

素年一言不發地拉住巧兒的手腕，細數而無力，餘毒未消，但如今也不至於要了她的命。將胳膊鬆開，她問：「誰做的？」

巧兒抬頭，無神的眼睛看著素年，裡面一點神采都沒有，半晌才溢出水光，順著她消瘦到凹陷的臉頰滑落下來。

「嗚嗚嗚……」巧兒壓抑的哭聲充斥著整間屋子。她一直告訴自己不能哭，是她太大意了，中了別人下的毒，是她沒有保護好孩子，她沒有資格哭。

孩子沒了之後，巧兒不哭不笑、不喜不怒，形同行屍走肉一般，讓皇上想安慰她都無從下手，這會兒聽見裡面傳來哀慟的悲鳴，皇上這心裡十分不是滋味。

那是他的孩子，才剛剛成形的孩子啊，就這麼沒了……

皇上轉過身，吸了一口氣，走出了延慧宮。

素年就那麼看著巧兒哭，看著她虛弱到無力地匍匐在床上，悲慘地哀鳴著。

小翠幾次想上前安慰，都被素年給攔住了，只能在一旁偷偷地跟著擦眼淚。小姐這是怎麼了？

等哭聲漸止，素年才將巧兒拉起來。「妳沒有盡到一個做娘親的職責，但那不是妳的錯，孩子是不會怪妳的，可妳就這麼消沈著，等著再次投胎到妳這裡的孩子，妳還打算讓他等多久？」

巧兒渾身一震，眼睛裡迸發出驚人的光芒，她乾枯的手緊緊地攥著素年的手腕，力氣大得她都毫無察覺。「小姐，是真的嗎？我的孩子，他還在等著來我這裡？」她還有機會補償嗎？那是從她身體裡掉出去的孩子，她拚命拚命地挽留也沒能留住的孩子！

巧兒的嗓子是啞著的，素年曾經很喜歡聽巧兒哼唱歌曲，軟糯清涼的聲音會讓她全身舒暢，而現在，巧兒用這個沙啞的聲音追問著，是真的嗎？

素年十分肯定地點頭。「他想來。還沒能跟妳全了母子情分，他還等著再回到妳的肚子裡，可是妳呢？消沈如斯，將身子折磨成這樣，妳想幹麼？想將這個錯誤推到誰的身上？」

聽著素年略顯刻薄的話，巧兒卻神奇地恢復了些神采，她用力地點頭，眼中的淚隨著她的動作滴落在錦被上，然後暈開。巧兒用手背將臉上的淚水擦去，抖著聲音說餓了，她想要吃東西。

她要將身子養好，養得壯壯的，她的孩子，一定會再次回到她的身邊的！小姐現在能在自己身邊，真是太好了……

看著巧兒將一小碗稀粥塞進肚子裡後，素年伸手阻止她繼續進食的舉動。「妳現在不能一下子吃那麼多，要慢慢來。」

說著，素年摸了摸巧兒的頭。從前黑亮水潤的頭髮，都已經因為營養的流失而變得有些毛燥，頭上沒有任何飾品，素淨得令人心疼。

巧兒隨著素年的動作再次濕了眼眶，小姐陪在她身邊的時候，她才好像有了主心骨一樣。還以為自己能夠面對一切了，卻在巨大的打擊面前失了心神，這樣怎麼可以？她是想要能夠幫得上小姐的呀，卻沒想到成為了妃嬪後，依然還是自己在依賴著小姐。

「說吧，到底是怎麼回事？」

巧兒不願意回想，但她也不想逃避。自己懷了身子的消息，還是皇上告訴她的，這真是天大的喜訊，沒想到自己這麼快就要做娘親了。

巧兒興奮得不知道如何是好，但她也記得小姐曾經跟她說過的，別人給的東西不能隨便吃，送的東西不能隨便拿，宮裡步步驚心，任何一個大意都可能釀成大禍。

謹慎地度過了前三個月後，巧兒的心才算放了下來，但她也沒有鬆懈，盡量小心翼翼地保護著自己，可沒想到，突然有一日，巧兒的肚子劇烈疼痛，然後孩子就沒了。

怎麼能沒了呢？皇上震怒，派了人去查，查不到就重重地罰！巧兒有了身子以後那麼小心，怎麼也不可能這麼莫名其妙地落了胎。

最後，太醫才驗出來，巧兒雖然不喝茶、不亂吃東西，可她屋子裡喝水的杯具，裡面被人抹了東西……

那都是她貼身的宮女才能接觸到的，怎麼會這樣？

皇上將巧兒身邊的人都換了，可巧兒如何還能相信其他人？整天跟在她身邊的宮女都不可靠，還有什麼是能夠信任的？

「皇上，妳目前能相信的，也就只有皇上了。」素年嘆氣。巧兒沒有學過如何收服震懾手下的人，她到宮裡才多久，怎麼可能立刻就能有自己的人脈？偏偏小丫頭又容易相信人。自己還特意提醒過皇上，卻還是沒能避免悲劇的發生。

「總之，妳先養著，對服侍的人要恩威並施，就算不能讓她們全部服從於妳，也要讓她們不敢對妳動手。」素年叮囑了巧兒一番，眼見巧兒又燃起了積極向上的意志，這才離開了延慧宮。

偏殿裡，皇上和蕭戈都坐著，蕭戈不知道說了什麼，皇上連連擺手。「這不行，你這不行！朕的那方暖玉可是太后賞下來的，她老人家要是發現沒了，朕就不好交代了！」

蕭戈彎著眼睛，笑咪咪地看著皇上。「可臣就看上那個了。不是皇上要跟微臣賭的嗎？難不成，皇上還沒賭，就已經覺得會輸了？」

皇上一噎，衝著他翻了個白眼。「朕好東西不少，你就非看上那個？」

「素年的身子有些寒涼……」

「滾滾滾滾！」皇上嫌棄地嘖了嘖嘴。「那個沈素年就那麼合你心意？」

蕭戈但笑不語，看得皇上心裡窩火，可這種感覺，他也能夠理解一些。做了皇上，君臨天下，皇上的後宮裡百花爭豔，可他居然單單就對慧嬪特別上心。

慧嬪並不是權貴家中嬌養出來的大家閨秀，她的身上充滿了隨興和不經意的柔美，性子也十分溫順柔和，沒有絲毫驕縱，讓皇上很喜歡和她待在一塊兒。然而，自己卻沒能保護好她和他們的孩子。

這對皇上的打擊是巨大的，他貴為九五之尊，竟然連自己的孩子都保護不了？

皇上嚴懲了一批後宮中的人，那些勾心鬥角的、藏污納垢的人心，他一點都不想看到。這些，他都沒讓慧嬪知道，一直到太后看不下去了，皇上才收手。

「你認為沈素年真敢為了慧嬪對朕不敬？她真能有這麼大的膽子？」皇上皺了眉頭。剛剛他開玩笑地跟蕭戈提議要不要打賭，沒想到，蕭戈還真敢接下來。

蕭戈維持著高深莫測的笑意。柳老曾跟他說過素年的體質偏寒，他早就對皇上那塊暖玉惦記已久，這次，總該能弄到手了吧？

這時，殿外的小太監一路小跑進來。「皇上、蕭大人，沈娘子帶到！」

皇上立刻坐直了身子，王霸之氣頓時外露。「傳！」他就不信了，面對自己這個一國之君，她沈素年一個弱女子還真敢吃了熊心豹子膽不成？

偏殿外，素年的神情淡然，她讓小翠就在外面等著，深吸了一口氣後，緩緩地隨著小太監走了進去。

「素年參見皇上，皇上萬歲萬歲萬萬歲。」

皇上的架子拿捏得特別足，緩了一會兒才冷著聲音開口。「平身。」

素年站起來，平靜地抬起眼，裡面沒有任何皇上意料中的憤怒和抱怨，平靜無波得讓他莫名地覺得心寒。

「皇上，素年剛剛從慧嬪那裡過來，慧嬪身子十分虛弱，素年給她診了脈，很遺憾，慧嬪娘娘以後，不會再有孩子了。」

「這不可能！」皇上下意識地大聲叫出來，之前刻意端著的架子也一下子蕩然無存。「太醫給慧嬪瞧過，說只要將養著，等她身子好了，她就可以再次懷上孩子的！」

素年一動也不動地站在下面，臉上平靜的表情中竟然帶著嘲諷。「皇上，素年能夠將萊夷夷主的病治好，但太醫不能。太醫說慧嬪娘娘能夠有妊，素年說不能，皇上信誰的？」

皇上的臉色一片灰敗，這怎麼可能？絕對不會的！慧嬪那麼傷心，那麼想要孩子，她怎麼可能再也生不了？一定是沈素年在騙他，一定是的！

皇上抬眼去看沈素年的臉，想從她臉上看出她是不是在說笑，結果，沈素年還真的笑了，只是那種笑法，讓人心生寒涼。

「太醫說的那些，也只是安慰慧嬪娘娘而已，皇上不是應該很清楚嗎？慧嬪娘娘那種卑微的身分，若是不能夠誕下龍子龍女，應該合了很多人的心意吧？皇上也是這麼覺得的，不是嗎？」

皇上剛想開口，又聽到素年接著說。

「不會生育的妃嬪，在宮中會有什麼樣的地位，素年想都能想得出來，這就是皇上要的嗎？既能夠滿足自己的慾望，又不會對皇家血脈有任何的損傷？可真是好伎倆啊，素年自嘆不如！」

「不是的……」

「素年明明大著膽子請皇上多多看顧慧嬪娘娘的，沒有任何根基的慧嬪娘娘在宮中能夠仰仗的，只有皇上微薄的寵愛，可誰承想，仍然有人能在皇上的眼皮子底下做出這種事情，若是沒有皇上的默許……呵呵，素年真想不出還有誰能這麼隻手遮天呢？既然皇上覺得慧嬪娘娘身分低微，那不如就讓素年帶回去吧，左右只要素年有一口吃的，定然不會虧待了娘娘，至少，不會讓她獨自一人孤零零的，生不如死……」

「妳閉嘴！」

皇上從沒有如此龍顏大怒過，守在偏殿外的太監心裡陡然一跳，渾身哆嗦開了。怎麼了這是？自己伺候皇上這麼些年了，從太子時期開始，也沒有見到皇上的情緒這麼激動過，皇上對情緒的控制從來都是異於常人的，不然也不會成為當朝天子，究竟裡面發生了什麼事情？

素年真的停了下來，她看著皇上目眥欲裂的模樣，臉上已經沒有了一貫的平靜，他此刻一點都不像一個皇帝，一個君臨天下、掌握著所有人生殺大權的君王，那只是個憤怒的男子，因為自己的話而憤怒到快要爆發的男子。

「不要以為有蕭戈護著妳，朕就不敢殺了妳！」皇上一字一句地從牙縫裡迸出話來。

素年毫不懷疑，若是蕭戈不在這裡，她肯定已經被拖下去斬首了。

可素年沒有後退，她在開口說話之前就沒想著害怕。有什麼可怕的？難道自己說的不是事實？她明亮的眼睛一眨也不眨地盯著皇上，一絲一毫都沒有挪開。

面對素年的雙眼，皇上臉頰的肉都在微微顫抖。「那是朕的孩子！朕沒有嫌棄過慧嬪的身分，朕很開心慧嬪有了身孕，朕怎麼會……怎麼會有那種想法！是，朕是沒有保護好慧嬪還有我們的孩子，但朕怎麼會不難過？朕恨不得將那些人都殺了，讓他們償命！可朕不能，朕，是一國之君，後宮的任何一點波瀾，都會牽扯到朝政，那些人得活著，朕甚至不能有太過偏心的舉動……」

素年看到皇上咬緊的牙關，儘管他壓抑著情緒，但眼眶卻不能控制地泛紅，這樣的一個男子，擁有了整個天下，還能為一個女子傷心成這樣，巧兒應該是幸運的吧……

就到這裡吧，對方是皇上，也不能逼得太死、做得太過了。素年嘆了口氣，咄咄逼人的氣勢終是弱了下來。「皇上若是真心喜愛巧兒，素年斗膽，請皇上多費心了。巧兒在我身邊沒有學過勾心鬥角，沒有你死我活的經驗，心思也不夠縝密，這個孩子沒保住，以後能不能保得住，也不好說。」

皇上一愣，不可思議地睜大了眼睛。「妳是說……慧嬪以後還能有孩子？」

素年抬頭望著偏殿的殿頂。「本來是不能的，不過素年是皇上親口御封的醫聖，妙手回春，想將慧嬪娘娘調理好也是不難的，主要就是多吃點好的、多休息好……嗯，這個很重要。」

皇上全身都開始顫動了，臉頰的肉抖得尤其厲害，惡狠狠地盯著抬頭亂看、就是不看自己的沈素年，牙齒「咯吱咯吱」地響，抖著嘴卻說不出話來。

蕭戈抿了抿嘴，頭微微側偏。「咳！沈娘子，謝恩吧，皇上有東西要賞賜給妳。」

皇上的頭「嗖」地一下轉過去。賞什麼賞？誰有東西要賞賜了？

「素年謝主隆恩！」素年乾脆俐落地跪下謝恩，眼睛炯炯有神地看向皇上。

這兩個人……皇上在心裡用他所知道的所有髒話輪換著罵，一個、兩個的都不是好東西！他是皇上啊，皇上！這兩人能不能有點自覺？

蕭戈臉上帶著淺淺的微笑，皇上看在眼裡卻覺得無比的礙眼，下面沈素年還跪著呢！

「來人，去將朕的那方暖玉……拿來！」他的聲音都要嘔出血了。

皇上沒想到沈素年竟真的這麼大膽，她就篤定了自己不會拿她怎麼樣？

素年謝恩起身。她是不怕的，如果皇上對巧兒有情，自然不會對她怎麼樣，若是沒有，自己能拚死為巧兒抱不平，也算是不虧了。

第一百一十一章　敲定婚事

從宮裡出來後，蕭戈親自陪著素年走。他一早便知道素年說的不是真的，以他對素年的認識，如果巧兒真的因此而喪失了做娘親的資格，素年才不會這麼客氣、這麼冷靜。這個小丫頭最是護短，巧兒和小翠那就是她的心頭肉，她們倆的事，素年必然會拚著性命也要討個公道的。

「這塊暖玉妳貼身放著。」

「這是治好了萊夷主的賞賜嗎？」素年將暖玉握在手裡，溫潤如脂，細膩油潤，玉色晶瑩，觸手生溫，她倒是十分喜歡。

蕭戈搖了搖頭。「這只是皇上心情好賞下來的，萊夷的事情，另有封賞。」

皇上心情好？素年望天，自己怎麼沒看出來啊？這會兒離宮了她才覺得有些後怕，自己真的惹了皇上大發雷霆嗎？她什麼時候這麼沒有分寸了？要想幫巧兒出氣，也不止這一種極端的方式啊！

素年瞄了一眼走在她身旁的蕭戈，英挺的臉上滿是令人放心的沈穩。是因為蕭戈也在吧……所以自己才放肆了，有悖於她一直以來的小心與謹慎，沒有將活下去放在第一位，而是依據自己的心，放縱了一回。

果然有了靠山後是完全不一樣的，素年有些擔心，若是自己以後都習慣了依靠這個人，有一天依靠不上了，她會變成什麼樣子？

蕭戈將素年送到了她的院子，臨走前往外走了幾步，想了想又走了回來。「這兩天就別出門了。」

素年疑惑地看著他。

蕭戈的眼神堅定。「也是時候將我們的親事定下來了，我會託人上門提親，若是妳不在府裡，便不好了。」

素年想了想，認真地點了點頭。她也想嬌羞地躲起來，奈何自己的前面沒有其他人。以後成親了的話，自己是不是就可以躲在蕭戈的身後了？

有了蕭戈事先的招呼，素年在見到有人上門，滿臉笑容地要給她說親的時候，一點驚訝都沒有。

小翠帶著刺萍和阿蓮忙前忙後地招呼著，來人居然是素年認識的——安定侯府夫人。

素年曾經去給她瞧過身子，那個因為夫君寵愛一個小妾而精神衰弱到夜夜失眠，消瘦得只剩一把骨頭的女子。

這會兒，拉住自己手的侯府夫人，已然跟原先不一樣了，珠圓玉潤，臉上都透著光澤，看樣子，那個小妾的事情解決了？

「沈丫頭，大喜呀！」侯府夫人親熱地拍了拍素年的手背。「那個時候我就看出了，沈娘子是個有大福氣的，果然給我說中了！」

素年「靦覥」地笑，硬是擠出含羞帶怯的高難度表情。

小姐的臉扭曲得小翠都不忍直視了，趕緊熱情地送上茶水和點心，希望侯府夫人能不要注意到。

侯府夫人這會兒哪還在意這些？蕭將軍找上安定侯，希望自己能來沈素年這裡提親的時候，她差點沒從榻上跳起來。

沈素年，這孩子侯府夫人自然是記得的，十分靈透的姑娘，心性也好，樣貌也好，她都曾經動了心想給兒子娶回來。

但因為沈素年的身分，侯府夫人最終作罷了。而如今，蕭大人竟然要娶她，那個如日中天的蕭戈啊！率著麗朝大軍，將馬騰這個威脅一舉殲滅的蕭將軍，他竟然要娶一個小醫娘？就算她現在有個明素郡主的頭銜，但實際上怎麼樣，大家心裡都有數。

想要跟蕭家攀親家的，京城中那真是數都數不過來，曾經去蕭府裡打聽的人也數不勝數。

蕭老夫人的臉都要笑開花了，蕭戈的親事，她這個名義上的母親還是能作得了主的，這次，定然要將蕭戈牢牢地拿捏在手裡！

結果，皇上一道聖旨，蕭大人為了麗朝兢兢業業，他的婚事，要由皇上來決定。

蕭老夫人差點沒氣瘋，這才消停下來。

誰都知道，蕭大人和皇上的關係有多親近，這下既然蕭大人託了自己來說親，這門親事呀，可就錯不了了！

侯府夫人笑咪咪地跟素年聊著家常，她心裡也躊躇著，說親她會呀，可跟一個要成親的小娘子說親，這還是頭一遭，要怎麼開口呢？蕭戈蕭大人英明神武、才貌雙全，是個青年才俊，妳就嫁了吧？這話……自己還真說不出口。

「沈家丫頭，嬸娘今日的來意，想必妳也清楚的對吧？」侯府夫人的稱呼越來越親近。

素年點頭，她十分清楚。

「那嬸娘就不多說了，嬸娘只問妳一句，妳願意嗎？」

願意嗎？素年漂亮的眼睛亮晶晶的。願意嗎？從此在這個世界扎根、嫁人、生子，將自己的血脈融入其他人的，將自己徹徹底底地變成麗朝的居民。

如果是蕭戈，她可以試試。

素年不願意欺騙自己，她對蕭戈沒有到山盟海誓那般的愛戀，她會留在這裡，是不想用蕭戈的命來換自己的離開，她做不到，但要說到生死相依吧，又還沒到那個程度。

「願意。」

素年聲音格外的輕，但侯府夫人還是聽見了。聲音輕嘛，這是正常的，哪家姑娘聽到這事不會害羞？侯府夫人笑得更開了。這樣也好，自己一直都挺喜歡這個小姑娘的，她比別人看得都透澈，水晶一般的心肝兒。若是自己沒有遇見沈素年，也許，自己已經離開這個人世，讓那個女人得逞，徒留下兒子一人了。

侯府夫人對自己能成為蕭大人和沈素年的媒人十分高興，拉著素年說了好一會兒的話，才戀戀不捨地離開。

素年得意地看著小翠。「這下妳滿意了吧？小姐我這就要嫁人了，妳呢？什麼時候回北漠？」

小翠深吸一口氣，收拾完東西就走人了。她滿意什麼了滿意？蕭大人她瞧著也不怎麼樣，蠻橫的樣子讓她十分擔心，若是以後小姐吃虧了該怎麼辦？

小翠深深地覺得，雖然她盼著小姐成親，但在她心裡，小姐是天底下最好的，沒有人能夠配得上！

這種不講道理的想法，素年沒法兒領會到，她就要嫁人了，這個……古代嫁人都需要些什麼東西啊？

素年心裡茫然一片，她不知道啊！這些是她從沒有接觸過的。是不是要生辰八字？這個問小翠就可以。那然後呢？她的嫁妝，這個應該很重要吧？

素年回屋，將她的所有身家拿出來看了兩遍，這要放在一般的人家裡，那也該算是個土豪了吧？可是蕭戈……素年搖了搖頭，人家也許壓根兒就看不上。雖然她是挺不在意的，但不是聽說嫁妝也會影響到男方的臉面嘛，這個……

所以說，門當戶對是多麼的重要啊，要是招婿，這些金子、銀子想招幾個咱都養得起啊！素年發了愁，托著腮幫子撐在桌上，眼神繼續茫然。

她記得古代女子的嫁衣都是自己繡的，她也拿針呀，但都往人身上扎了，嫁衣就只能買了。除了這些，素年一無所知，就愣愣地坐在那裡，這個……是不是只要住進了蕭家就算完了？

素年的煩惱，在幾天以後就發現是完全不必要的。

小翠咋咋呼呼地一路跑了進來。「小姐！蕭大人來下聘禮了！」

嗯？這個得看看去！素年將手裡的銀針和模型放下，提著裙襬走出了後院，只看到一抬抬蒙著紅色布綢的聘禮被魚貫地抬了進來，整齊地放在了院子裡。

蕭戈身邊的月松笑嘻嘻地將聘禮的禮單送到小翠的手裡，然後回身繼續吆喝著人往裡面抬。

素年一開始先是看著，沒想到東西越來越多，她不得不慢慢地後退，讓出足夠大的空間，過了一會兒，又繼續往後退。

「小翠呀，我不是太明白，這種數量的聘禮，合乎規矩嗎？」

素年的腦仁有些疼，雖然她一竅不通，但是她看過小說啊！人家古代成親的時候，聘禮也是有數量限制的，這人到底有沒有數啊？

小翠也懵著呢，眼看著偌大的前院就要放不下了，她才反應過來，連忙將手裡的禮單展開來看，上面密密麻麻的字就讓她受了不小的衝擊，小翠抖著手遞給了素年。「小姐……還是妳自己看看吧……」

素年將禮單拿過來，光從字面上就能看出滿滿的金碧輝煌、金光燦燦。

先是首飾，朱紅金漆龍鳳呈祥鈿盒、攢珠攢珊瑚累絲蜜蠟松石褂扭十副等等……

珊瑚、蜜蠟、沈香的朝珠、白玉嵌珠翠碧璽、福壽紋、金鏤空鑲珠、金鏨花鑲碧璽翠珠、金鏨蝴蝶雙喜簪釵，都是成對的……

貂皮、元狐皮、銀鼠皮、灰鼠皮等各種毛料，絲綢、香雲紗、織錦緞、雲錦、蜀錦、絹紗……

後面還有大件，黃花梨攢海棠花圍拔步床、酸枝木的美人榻、屏風、羅漢床等等……

沈香木鑲玉如意、鑲金嵌八寶玉如意、鑲金小座鐘、寶石盆景……

素年看不下去了，看得眼睛都疼。這是聘禮嗎？為什麼不是如她想像中送一些禮金、糖果、茶葉之類的？這也太繁複了吧！

「小姐……還有這個。」小翠又將月松後來送過來的一疊文契遞過去。

素年倒抽一口冷氣，這是田地、房產的契書，京城裡的八間鋪子、六套宅子、六個田莊、兩個溫泉莊子，在別處還有大大小小十來個莊子，這些的契書，都在自己的手裡。

這不是土豪，這是神豪啊……

素年顫抖了，前兩日她還覺得自己的那筆財產已經十分豐厚了，現在她都不好意思拿出來看了，那都算什麼呀！要不，她再重新考慮考慮？

等這些人都抬完後，素年盯著這些金金玉玉們瞠目結舌，這些……都是自己的？

月松滿頭大汗地走過來，給素年見了禮。「沈娘子，大人說了，還有的抬不過來，讓您委屈了！」

這他媽是罵人吧？素年特別想知道月松是不是認真的？就這還委屈？那她寧願天天委屈了……

蕭戈的這趟聘禮，讓全京城都知道了他會迎娶這位沈家娘子，無數少女的芳心碎成了渣渣。為什麼會是沈素年？一個空有郡主名頭的卑微醫娘？

這些素年都管不了了，她正帶著三個小丫頭清點這些東西呢！蕭戈貼心地派了一隊守衛護著素年的小院子。

然後，聖旨到了。

自己的婚事竟然還是皇上賜婚，素年將聖旨接過來，有一種強烈的不真實感。

不僅如此，皇上也賞賜了一大批財物、田莊，素年搖身一變，成為了一個坐擁無數財富的小富婆。

今生無憾了……素年在心裡嘆息，她想要達到的人生目標也不過如此，擁有很多的錢，逍遙自在地過自己的日子。

不過，蕭老夫人——自己曾經的病人，那個時候已經是中風過，行動不便了，這會兒居然讓人抬著，來到了自己的院子裡。

看到那一地的聘禮，老夫人的眼睛裡都要冒出綠光了，看得素年都覺得心驚，打著手勢讓小翠去準備針灸包，興許一會兒需要急救呢……

老夫人這麼多年下來，忍耐力已經被鍛鍊出來了，這會兒硬是平靜了下來，素年都十分佩服。

「我就說那會兒妳怎麼可能一直出現在他的身邊，原來是這麼回事啊！」老夫人開口語氣就不好，一副捉姦的口吻。
素年乖順地在一旁裝死人。
素年是一早就知道老夫人不好相處的，但她完全沒放在心上，既然接受了蕭戈的情意，那麼他這個不好搞的娘，自然也要一併接收的，跟原來一樣不驚不怒應該就可以了吧？
素年「溫順」的態度讓老夫人心裡好受了些，她熬了這麼多年，為的就是要看蕭戈失意，自己怎麼說也是他的母親，可蕭戈心底卻從來沒有尊敬過她！是，她是做了對不起他娘的事情，但那又如何？蕭老夫人絲毫不覺得自己有錯。
原本她還害怕蕭戈會娶一個權貴人家的姑娘，那樣一來，他豈不是更加得意了？這會兒得知蕭戈要娶的是一個小醫娘，沒權沒勢的，蕭老夫人心裡不免得意了不少。
素年能夠從蕭老夫人的表情上看得出來她的想法，素年也不說破。這個老婦人已經生活在自己編織的世界裡不可自拔了，就她這樣的，還想扳倒蕭戈？先不說蕭戈現在的身分地位，哪怕是在以前，太子還沒有登基，蕭戈還沒有得勢的時候，她也是輸得妥妥的啊！
「也罷，妳就要嫁入我們蕭家了，不過，可別指望蕭戈會對妳多好，妳以為他拿來這些東西，就是喜歡妳了？呵呵，別作夢了！那個人是個冷血的惡魔，他對任何人，就算是對我這個母親，都不會有一絲的憐憫！」老夫人喘著大氣，開始給素年洗腦。
素年小媳婦一般地在一旁陪著，一句話也不多說，好似一個悶葫蘆。
蕭老夫人也不是第一天見到素年了，之前素年在她面前也是這麼一副樣子，所以她也沒有生疑，絮絮叨叨地繼續說著蕭戈的不是。

「妳以為自己攀上高枝了？呵呵，笑死人了！蕭戈不過是覺得新鮮，等他的新鮮勁過了，妳就等著吧！不過是用銀子將人買過去罷了，這些財物就讓妳動心了……」

老夫人說得正過癮，素年不搭理她，反正她說她的，自己做自己的。書自然是看不進去的，素年便描起了花樣子，還讓小翠即時地給蕭老夫人添茶加水，可別讓人家覺得自己怠慢了。

蕭老夫人說得口乾舌燥，一扭頭，看到素年竟趴在那兒描花樣，似乎一點兒都沒將她的話放在心上，不由得怒上心頭。

「我說的這些，妳聽進去了沒有?!」

素年抬頭，滿臉的真誠。「多謝老夫人提點。」說完，繼續低頭描出一個圓滾滾的弧線。

這不成！蕭老夫人心裡難受得不行。她一邊開心蕭戈最終只娶了這麼個破落戶，一點娘家的助力都沒有；另一邊，她又覺得這個沈素年呆板得油鹽不進。自己說了這麼多蕭戈的壞話，她怎麼一點反應都沒有呢？

老夫人的語氣軟和了下來。

「不過，妳也不用怕，只要有我在，哪怕他蕭戈以後想對妳棄之如敝屣，我也不會答應的！」

素年的手下一頓，原來是這麼個意思啊！

她本還在想，老夫人今兒來這一趟是什麼意思？下聘這事好像不需要她出面啊！這會兒才明白，人家是想著收買人心來了！

先將蕭戈說得野蠻冷血、狂妄無恥，讓自己對他心生懼意，最好是恨不得抗旨不嫁了才好，然後再放出話，說她可以護著自己，讓自己的心跟老夫人貼得更近一些，到時候嫁了過去，最好日日給蕭戈添不痛快才好。

素年嘆氣，她到底是給蕭老夫人留下了一個什麼樣的印象，才讓老人家以為她會傻到被這種都算不上是陰謀的陰謀給陰到啊？

不過，素年也沒打算拆穿，只「害羞靦覥」地點了點頭。「有老夫人撐腰，素年就安心了。」

儘管覺得有些不是那麼對勁，但看到素年的表現，老夫人心裡還是滿意的。蕭戈這些年在官場中的名聲並不是太和善，他的處事作風跟他老子一樣，喜歡果斷乾脆、雷厲風行，因此得罪了不少人。

但就算如此，也沒人敢說什麼，因為蕭戈和當今聖上的關係極好。

在官場上，蕭老夫人沒法子讓蕭戈怎麼樣，那就讓他在家宅中不得安寧吧！

送走了蕭老夫人後，素年看著滿院子的聘禮，轉過頭去問小翠。「我也沒有娘家了，這些聘禮就都當成嫁妝帶過去，如何？」

小翠愣愣地點頭。別人家娶妻成親小翠也見過，送聘的時候她和巧兒還去瞧過熱鬧，那些送的聘禮裡面，哪有這麼多金銀珠翠？更別提家什、田莊、鋪子……這簡直就是嫁妝裡面才會出現的東西。

小翠知道，蕭大人這是在給小姐送嫁妝來呢！沒想到蕭大人那麼忙的一個人，竟然會細心到給小姐準備，小姐該高興壞了吧？她一開始可是打算著直接住過去就完了的。

有人操心這些事情，素年頓時輕鬆下來，只是，她心裡也開始有了些念頭，嫁了人以後，這些繁瑣的事情，她就再不能這麼做甩手掌櫃了。

第一百一十二章　清王聘禮

蕭戈的親事是如今京城裡傳得沸沸揚揚的、最熱門的話題。很快地，蕭大人的封賞也下來了，成功剿滅馬騰，這是個莫大的軍功，蕭大人被賜了宅子、田地、金銀、田莊等等一些財物，他本人，則被封為天策上將，這已經是封無可封了。

有不少人對蕭戈並不看好，「功高震主」這個詞可不是空穴來風的，蕭戈雖然對麗朝功不可沒，但也壞在他的功勞太大，手裡還握著兵權，皇上的心裡能安嗎？

更有人往深了想，蕭大人就要迎娶的人是沈素年吶，有不少重臣都知曉，這沈素年跟清王的關係可是甚為親密，如此一來……皇上就是不想防著蕭戈，也是不成的。

清王跟皇上之間微妙的衝突，有心人一直看在眼裡，皇上之前並無防範，不過是因為清王沒有什麼根基罷了，而現在，蕭戈則成為了一個巨大的隱患，皇上應該不會放任這個隱患越來越嚴重的吧？

蕭家的熱鬧有許多人圍觀，而熱情的人卻漸漸少了。

蕭戈還能再風光多久，這是所有人心中的疑問，所以，如果可以，還是盡量跟蕭家保持距離的好啊……

這些，素年原本都是不知道的，直到有一天，劉府給她下了帖子，素年見到了劉炎梓以後，她才知曉原來蕭戈目前的境況可謂岌岌可危。

明明是有大功勞的臣子，在其他人眼中卻已經成為了隨時可能會喪命的危險人物，素年十分不能理解。

「自古君臣之間就充滿了猜忌，只要有一點可能會出現的威脅，對君王來說，都是不能夠容忍的。」

劉炎梓的這些話若是說出去，那就是大不敬，是要被抓起來殺頭的，可他卻在自己面前毫無顧忌地說出來，只為了勸自己不要蹚入這趟渾水中。

「可沒辦法啊，我聘禮都收了。」素年攤了攤手，滿臉的無奈。

劉炎梓看著她，半晌，才慢慢垂下眼睛。素年的眼中滿是堅定，她一定知道很麻煩的，她的性子也不喜歡麻煩，可沒想到，她竟然這麼堅持。

沈娘子，是喜歡蕭大人的吧……劉炎梓心裡想著。也對，那樣的人，有誰會不喜歡呢？可是，這真的是福禍相伴，而且這個禍，會是大禍！

「妳真的想好了？蕭家雖然現在好似烈火烹油一般炙手可熱，但若一旦倒塌，也只是頃刻而已。」

素年忽然笑開了，看著面前真心誠意擔憂著自己的劉炎梓。她知道劉炎梓是為了她好，素年打心眼裡感激，能在這個世界擁有這樣一份真情意，不啻為人生一大幸事。

「多謝劉公子，素年感激不盡。不過，聖旨已下，事到如今，還有任何其他的變數嗎？」

「若是妳想……」

劉炎梓眼中的堅定讓素年心裡一驚，隨即想都沒想就搖了搖頭。「素年不想。劉公子，你有大好的前程，斷不可因為一些無關緊要的事情而冒一些不必要的險。」

「這對我來說，不是無關緊要的事情。」

素年深深地吸了一口氣，然後緩緩地吐了出去。素年並不會妄自菲薄，但也不會自我感覺良好，劉炎梓對她有些特別，這她能夠感覺得到，可是，他不是已經作出決定了？安寧和他的婚事，皇上也下了聖旨。

素年有些說不出話，劉炎梓的情感讓她招架不住，她心裡卻是明白，不能將劉炎梓拖下水。再說了，她也真沒有悔婚的意思……不是，從一開始，她就是自己點頭的呀！

「劉公子，素年希望你能夠祝福我。說實話，素年原本以為劉公子約我見面，是想送我賀禮的呢！」素年淡淡地笑了起來，澄清的眼睛裡映出劉炎梓的身影。

看了半晌，劉炎梓才露出釋然的表情，是時候，該放開了。

「賀禮自然是有的，過幾日會送到妳府上。今日，在下也只是想讓沈娘子知道，嫁入蕭家以後，最壞可能會出現何種狀況，沈娘子也好事先做些準備。」

這才是素年想見到的情況。沒有讓人窒息的氣氛，素年覺得呼吸都順暢了許多，帶著無賴的笑容追問究竟是何禮物這樣神神秘秘的。

「現在不能說，說了就沒意思了。好了，今日約妳出來已是不合規矩，小翠姑娘都要哭了。」

素年回頭去看，小翠的確黑著臉，滿是不樂意的表情。小丫頭在家裡就跟她鬧過了，說她是待嫁的姑娘，不好再輕易見陌生男子的，就算是相熟的劉公子也不行。

但素年擔心劉炎梓有什麼重要的事情要跟她說，事實證明，也確實挺重要的，至少讓素年心裡清楚了，她面前的路是什麼樣子。

沒想到繞來繞去，自己竟然選擇了這麼一條艱巨的道路，素年開始懷疑，她是不是有些自虐？

告別了劉炎梓後，素年往家裡走，遠遠地，瞧見了等在門口的蕭戈，這是……特意在等自己的？

「蕭大人，我們成親之前還能這樣見面嗎？」素年覺得，這似乎也不合規矩吧？回頭一看，果然是不對的，小翠的臉又黑了下來。

無奈，素年和蕭戈都沒有自覺。一個是位高權重、沒人敢說閒話；一個是隨心所欲，說了閒話她也當作聽不見。

小翠崩潰了。隨便你們吧！

前院是沒法兒待的，素年將人請到了內院，小翠鼓著臉端上茶點，鑽進屋子裡就不出來了，眼不見為淨。

這樣也好，蕭戈在心裡點點頭，他還真有些怕小翠又端著張晚娘臉站在一旁盯梢。

「蕭大人，你知道我剛剛見了誰嗎？」素年的手指在茶杯上摩挲，笑咪咪地看著蕭戈。

蕭戈心中一動，隨即點點頭。「劉炎梓，可對？」

「正是。」素年的笑容越來越大，她就猜到蕭戈不會裝傻。

自己院子周圍都是他的護衛，自己去哪兒、見了誰，她不會天真到以為能瞞得過蕭戈。不過，她很好奇，蕭戈這會兒出現是什麼意思？難不成是來捉自己痛腳，提醒她，她已經要是自己的人了，不可再這樣放浪形骸地跟男子見面？

蕭戈看著素年，猛地端起茶盞一飲而盡，然後將空杯子放下，好似下定了決心般，說：「沈素年，妳已經收了我的聘禮，不可以隨便反悔的！」

素年一愣，有些莫名其妙，卻發覺蕭戈向來穩重的身形有微妙的變化……他在緊張？

蕭戈頭疼地看著素年的臉上開始出現詭異無比的笑容，一點都沒有掩飾，越笑越開懷，嘴角都要撐裂了，一點端莊賢淑的樣子都沒有，然後迅速將頭扭向一邊，無聲地抖動著。

手裡的空杯子就要被蕭戈給捏碎了，他卻只能保持著這個姿勢，然後靜靜地等待素年笑完。

「咳咳……嗯……那個，剛剛被茶水嗆了一下，還請蕭大人別介意。」素年笑得雙頰嫣紅，眼中都出現了水光，還硬撐著要給蕭戈留面子。她真的沒想到蕭戈會說這樣的話，太可愛了！

蕭戈的臉有些鐵青，但他忍了，來之前就已經預料到會出現這樣的情況，他卻控制不住，不能不來。

不是擔心素年跟劉炎梓之間有什麼，而是，他怕素年後悔。自己現在的狀況，老實說，蕭戈也覺得有些麻煩。那些人仍然敬畏自己，但都是能躲著就躲著，他害怕素年聽了劉炎梓的話以後，後悔了……

素年是個怕麻煩的，蕭戈十分瞭解，他躊躇著、躊躇著，還是來到了素年院子的門口。笑就笑吧，既然都被笑了，好歹也要得到一個肯定的承諾。

蕭戈盯著素年看，等待她的回答。

用絲帕揌了揌眼角，素年將身子坐直。「蕭大人，你能給我說說成親我需要做些什麼嗎？第一次成親，沒什麼經驗，若是出了差錯，那可就不好了。」

哐噹！

素年偏過頭，就見小翠手裡一只瓷盤落到了地上，已摔成了數瓣，裡面洗淨的水果在地上滴溜溜地亂滾一氣。

小翠的身子直抖，恨不得撲過來讓小姐將剛剛的話都吃下去！什麼叫第一次成親？她打算成親幾次啊？自己才不在一會兒而已，小姐又開始不著調了！

素年面不改色地把話轉回來。「蕭大人，小女子沒有長輩在身邊，怕有些地方失了禮數，若是有需要注意的，還請大人事先說明。」

小翠蹲在地上收拾，心頭一抽一抽的。小姐明明知道要如何說，偏偏要那樣，往後若是自己不在……一想到這裡，小翠心裡便一陣難受，眼淚不自覺地滴落在地上，暈開來。

素年覺得氣氛似乎有些不對勁，回頭一看，小翠正蹲在那裡抹眼淚呢！

她趕忙站起身。「怎麼了這是？我、我不都改了嗎？」

素年在小翠身邊蹲下，歪著腦袋去看她。小丫頭眼睛哭得紅紅的，也是個讓人擔心的主，這要是一個人到遙遠的北漠去生活，自己能放心得下嗎？

狠狠地擦乾淨眼淚，小翠站了起來。「我去重新端過來。」說完，轉身就走，留著素年蹲在那兒，一頭霧水。

「我已經託了人，安定侯府的夫人，她到時會為妳主持，這些妳都不用操心。之後，我可能都不過來了。」蕭戈也起身。

他們兩人的親事定在兩個月後，他還有不少事情需要忙，如今確定了素年不會改變心意，這就足夠了。

接下來的日子裡，安定侯夫人時不時會上門，將一些瑣碎的事情教給素年，像是如何操持家務、如何管理一大家子、如何打理鋪子和田莊……這些東西都是素年從來沒有接觸過的。

名門閨秀們從懂事的時候起，就會跟在母親身邊潛移默化地學習這些事務，慢慢地自然而然就會了，但素年可是焦頭爛額，她完全不懂啊！越聽腦子裡面越亂，不過幾日，她就暈乎乎的了。

「也不急在一時，左右蕭府裡暫時只有蕭大人這一支，再加上個蕭老夫人，其他房都不在身邊，省心得很，已是十分簡單，妳又是新婦，慢慢學著來，沒有問題的。」

侯府夫人安慰著素年，小姑娘靈動的眼睛裡已經開始茫然了，還茫然了不止一天，顯然對這些繁瑣的事情十分頭痛。

素年這才緩下勁，捧著一杯甜茶，小口小口地喝著。

劉炎梓描述的岌岌可危的現狀沒有將她嚇退，這些事務卻讓她打起了退堂鼓，好麻煩啊……

素年長長地舒了口氣，讓一旁的侯府夫人看了都好笑。

素年的親事定了下來之後，就惦記著小翠，她給玄毅送了信，讓他派人來接小翠，這會兒，估摸著人也快到了。

小翠每次一提起這件事，就會悶悶不樂，她不想離開素年，原以為小姐成親後她就了卻了心事，可現在她才發現，成親只是一切的開始呀！要是成親以後有人欺負小姐，自己不在怎麼辦？要是小姐遇到了什麼棘手的事情怎麼辦？要是小姐有了身子沒人照顧怎麼辦？一想到這些，小翠就急得團團轉！

「小翠啊，妳應該這麼想，玄毅一個人在北漠，孤零零地等著將妳娶過去，卻一直等不到人，他該怎麼辦？」

素年都無語了，這八字都還沒一撇呢，怎麼就扯到了懷孕上？她可沒想這會兒就懷孕生子，至少……再等個兩年吧？

小翠稍微消停了一些，可也只是一會兒。越是接近素年成親的日子，她就越是焦躁不安，看得素年十分頭疼。不是說有婚前恐懼症嗎？怎麼自己沒什麼感覺，倒是小翠幫她恐懼上了？

就在素年正想著要如何緩解小翠恐懼憂鬱的情緒時，玄毅的人到了。

一支龐大的隊伍，運送著十分豐厚的物品，招搖過市地成為了京城裡的新話題。
「沈娘子，清王交代了，這裡有兩份禮單，一份，是清王為您準備的禮物，您也知道，清王是不能隨便離開封地的，所以沈娘子成親，清王只能在北漠為您慶賀了。」
來人十分會說話，素年估計這應該是他自己腦補出來的，玄毅大概就只告訴他，這些是給她的，理由什麼的，玄毅才不會費這個腦子去想呢。
「這裡還有另一份禮單，是小翠姑娘的聘禮，清王殿下說了，沈娘子在哪裡，小翠姑娘的娘家就在哪裡，故讓小的將聘禮抬過來。過幾日，花轎的隊伍也會抵京。」
素年看著聘禮禮單上羅列得長長的名目，心裡感嘆玄毅還是挺可靠的，她本來就想著要不要在信裡稍微提醒他一下，但後來還是作罷，怕玄毅覺得自己巴不得將小翠趕緊嫁過去，讓小翠掉了價，沒想到玄毅卻想到了。
這些聘禮素年都懶得清點了，直接就讓人找地方擱著，反正也是要讓小翠原封不動地帶回去的。不過，這下子前院裡是真的連一點插腳的地方都沒有了，就連內院也騰出了不少地方來安置禮品。
小翠在玄毅的人到了以後，有些沈默，之前嘰嘰喳喳的聲音幾乎都聽不到了，素年心裡「咯噔」一下，自己成親小翠都有婚前恐懼了，這會兒輪到她自己了，她不會恐懼過甚，撐不住了吧？
素年被自己的想法給驚呆了，立刻將小翠喊過來，要跟她說說話，順帶開導開導這孩子。

小翠乖順地在素年對面坐下，頭微微垂著，看得素年心驚膽戰，小翠平時可不是這個樣子的啊！

「小翠呀，來跟小姐說說，妳是怎麼想的？別怕啊，雖然是要成親了，但妳不是常說嘛，成親沒什麼可怕的，那是女子必須經歷的過程，對吧？」

小翠疑惑地抬起頭，小姐這是在說什麼呢？這些話是當初素年決定不成親時，自己有事沒事就會在她耳邊唸叨的，小姐這會兒說出來是什麼意思？

看到小翠茫然的眼神，素年心知自己可能猜錯了，人家小翠根本沒有不想嫁人的恐懼啊！那她幹麼還這般悶悶不樂的呢？

「玄毅這傢伙對妳可是一片真心，看看這些聘禮，京城裡有多少人家都眼紅著呢！往後啊，我瞧著你們一定能夠和和美美，玄毅這小子，肯定不會辜負妳的。」

素年再接再厲，沒想到說著說著，小翠的眼眶就紅了。

「唉呀、唉呀，這又怎麼了？莫非妳是對玄毅不滿意？不能啊……」

「小姐……小翠不想嫁那麼遠，小翠原本就想著，等小姐成親以後，找個府裡的管事嫁了，到時候就能一直陪在小姐身邊，小姐……小翠捨不得妳啊！」

素年的嘴抿著，看著忽然崩潰地哭出聲的小翠，一句話也說不出來。

「小翠不在妳身邊，妳想吃東西了怎麼辦？有人欺負妳了怎麼辦？小翠不想嫁了，小翠就陪在妳身邊好不好？」

小翠淚眼婆娑地看著素年，眼淚一顆一顆地滾落下來，彷彿能燙傷素年的心一樣。

傻丫頭……素年抿著嘴笑，嘴角卻幾次都忍不住癟起來。這個從一開始就陪在自己身邊的小丫頭，從一個懵懂的小女孩開始，便跟著自己一點一點地長大，從迷迷濛濛面對艱苦只知道將苦都吞下去，把僅有的東西拿給自己填肚子，到現在能將事務打理得井井有條。

小翠成長為一個出色的女子，她雖然沒有美豔的外貌，可她有堅強美麗的內心。若是沒有玄毅的求娶，素年會給她找一戶忠厚老實的人家，不需要大富大貴，反正只要有自己在，她必然會讓小翠一輩子豐衣足食、無憂無慮，只要她有，絕不會少了小翠一份。

小翠在素年對面，仍舊「嗚嗚」地哭著。她真不想嫁了，她不想見不到小姐，蕭大人家裡那個老夫人就不大好對付的樣子，刺萍和阿蓮雖說看著挺不錯的，可畢竟不是自己，小翠統統不放心啊！

「不嫁了？那妳讓玄毅怎麼辦？那孩子可是個倔脾氣的，妳要說不嫁了，他一定能抗旨追到京城來，妳信不信？」素年將也想哭的情緒壓下去，笑著跟小翠說笑。「妳放心，不是還有刺萍和阿蓮嗎？她們二人妳也說過，都是個好的。況且，我要嫁的是蕭大人，妳小姐這麼貌美如花、天資聰穎、善解人意，蕭大人必然歡喜得不行，成了親以後那也定然是專寵我一人，妳還有什麼好擔心的？」

素年為了讓小翠放心，厚著臉皮往自己臉上貼金，什麼話都敢說，只為了打消小翠不嫁了的念頭。結果，她話剛說完，扭過臉就看到了默默站在院子門口的蕭戈，他的身邊，阿蓮正手足無措地看著素年……

人真心不能做壞事啊！素年的臉「轟」地一下燒了起來。

定了定神，素年端莊溫婉地站起身，流暢柔雅地行了禮。「蕭大人，你怎麼來了？」

阿蓮立刻跑到素年的身邊請罪。「小姐，刺萍姊姊出去辦事了，所以……」

素年點點頭，刺萍是自己讓她出去置辦些東西的，怪只怪她這裡人手太少，魏西和墨宋都留在了軍隊裡，這裡只剩下她們幾個姑娘家，還好蕭戈派了護衛給她們守著，不然，素年估計要更傷腦筋。

「呵呵……大人今日前來，不知有何事？」素年絕口不提剛剛從自己嘴裡說出來的話，彷彿從來沒有發生過一樣。

小翠也十分配合地抹乾淨眼淚，去廚房給蕭戈泡茶。自己的承受能力已經強悍如斯了，真是可喜可賀……

蕭戈慢慢地走過來，慢慢地坐下，他臉上還帶著稍嫌詭異的表情，顯然是還沒有消化剛剛素年的自賣自誇。

素年只當看不見，有禮周到地招呼著，只是她臉上的熱度，一時半會兒還消不下去。真是……太丟人了！這種感覺，素年很久沒有體會過了。

看著素年還帶著微紅的臉頰，蕭戈的心情出乎意料的非常好，來這裡之前的那點擔心，早已蕩然無存。

剛剛站在院子門口，聽見素年說的那些話，雖然猜到是在安慰小翠，卻奇異地讓蕭戈的心裡升騰起異樣的情緒。那些話，麗朝的女子說出來本是十分不合禮數，什麼「專寵」之類的，說得嚴重點，那就是善妒。

可不知道為什麼，從素年的口中說出來，蕭戈一點都不覺得突兀，反而覺得十分合乎情理的樣子。

素年傻笑了半天，就是等不到蕭戈說話，她都已經問了兩次蕭戈幹麼來了，可他愣是不說話，只盯著自己看，這還怎麼溝通呀？不然……將他拉到一邊去說個明白，說她只是安慰小翠的，但那樣會不會感覺欲蓋彌彰啊？素年沒招了，蕭戈不說話，她乾脆便也不說，捧著一杯茶，認真地數著茶葉，看誰的耐心先用光！

第一百一十三章　侯府賞花

「沈娘子是否聽說了京城裡的一些傳言？」最後還是蕭戈先開了口，慢悠悠地說道。

「喔？又有新的傳言了？莫非……跟小女子有關？」

蕭戈點點頭，然後看了一眼小翠，又看了一眼已經堆到了內院裡的、玄毅送來的聘禮。

素年明白了，大概是這些聘禮惹出的傳言。蕭戈的聘禮已經在京城裡掀起了一陣議論，因為多，超乎尋常的多，可是這會兒，竟然又有另一批聘禮被送過來，也難怪會出現傳言了。

素年這段時間光顧著尋思小翠的事了，還真沒注意過這些傳言，不免有些好奇。「都是些什麼樣的？」

蕭戈挑了幾個具有代表性的說出來，最主流的，是說沈素年勾搭上了別的男子，這不，聘禮都抬過來了，是打算要讓蕭戈難堪，順便讓大家知道沈素年到底是個什麼樣的人。

當然還有別的說法，但這個占了主流。

主要是因為沈素年在大多數人的眼裡並不是十分合格的大家閨秀，她拋頭露面，不避諱跟未婚的陌生男子見面，甚至在施針的時候需要病人除去衣物，這些都是遮掩不住的事。這種傷風敗俗的做法，竟然還讓她得到了皇上的賜婚，且賜婚的對象竟然還是蕭戈，不黑她都對不起自己啊！這估計是這種主流傳言會出現的原因。憑什麼？她沈素年憑什麼能擁有這樣的運氣？

蕭戈跟素年好似聊家常一般地說著，並沒有任何隱瞞，素年聽得很是有趣。「所以，他們覺得玄毅的這些聘禮，是送來給我的？」

素年不可思議地挑了挑眉，甚至有些壞心眼地想，若是讓他們知道，這是清王殿下來求娶自己丫鬟所送的聘禮，他們又會是何種想法？

「不過，我今日來，還有一件事情。我有一個同僚，他……有些不適……」蕭戈欲言又止，話說到一半，便停下來看著素年。

坐在蕭戈對面的素年眼睛猛然一亮，裡面有太多的驚喜和詫異。她並沒有想著成親了以後就放棄行醫，畢竟這是她唯一能做也想做的事情，但她也沒覺得這有多容易，畢竟是蕭家啊，那麼多人看著呢！

所以素年原本打算循序漸進，一點一點地讓蕭戈接受。她只是想當個大夫，就算需要收斂些性情，她也是願意的。

可素年萬萬沒想到，竟然這麼順利！蕭戈主動跟她提起了行醫的事，沒有假裝忘記了，或是態度強硬地希望她放棄！

「蕭大人，你不會介意嗎？關於我是醫娘的身分。」

素年問出了口，眼睛亮閃閃地看著蕭戈。既然提到了，就乾脆問個清楚，她想知道蕭戈到底是怎麼看待的？

蕭戈想了想，才緩緩地說：「若是妳的意願，我不會阻攔，只是，我希望妳的醫術能夠再精湛些，嗯……最好能夠隔著衣物給人施針，嗯……就再好不過了。」

素年笑了起來，臉上的笑容如此的滿足真實，絲毫沒有任何的敷衍。這是蕭戈見過的，素年笑得最明媚璀璨的一次，彷彿心中所有的開心，都忽然展現在臉上了一樣，美到驚心動魄。

一旁的小翠忽然有些踏實了，剛剛小姐跟自己說的那些，小翠都覺得好假，可這會兒看見蕭大人眼裡的驚豔和臉上的溫柔，她忽然發覺，也許小姐說的那些並不只是逗她開心的，蕭大人對小姐的感情，遠遠超過了自己的預估，這樣的人，應該不會讓小姐傷心的吧？

正這麼想著呢，小翠忽然瞧見蕭大人的臉色又變了，有些無奈，又有些好氣。小翠只隱隱聽到小姐說「褲子、衣服」什麼的，具體聽不清，卻也知道，小姐又在說些有的沒的了。

蕭戈說起那位同僚的情況，他跟蕭戈的關係十分親近，兩人在性格上比較合得來，也是個武將，可近來，這位同僚總感覺頭昏腦脹、眼部發花、全身無力，連走路都好像是踩在棉花上一樣，飄飄忽忽的，嚴重起來時，心臟會跳動得十分快速，且胸口疼痛。

「葉兒請了大夫瞧過，還是太醫，也開了方子，益氣通絡湯、定眩方等等，但一直不見成效，若是如此下去，葉兒估計連差事都要丟了，這才求到了我這裡。」

蕭戈本不想多事，奈何葉少樺是他的摯友，如果素年能夠有法子將他治好，那是最好的。

至於關於素年行醫的問題，蕭戈從來沒覺得是個問題。

他跟素年認識的時間不短了，兩人結識也是歸因於她的一身醫術，蕭戈雖然表面看著強橫，其實並非蠻不講理，特別是對素年，看著素年行醫，她在施針或是診脈的時候，臉上都會有耀眼的光澤，那是素年非常漂亮的時候之一，從很久以前開始，蕭戈就喜歡在她行醫時待在一旁看著。

儘管素年那個時候心裡是無比嫌棄他的。

當然，正如他之前說的，能不脫衣服是最好，如果有需要必須得如此，蕭戈心裡多少會有些不舒服，但他能克制得住。他不想自私地限制住素年，否則，他就沒有資格求娶素年了。

蕭戈這邊想著，那邊素年也眉眼低垂著思考。

益氣通絡湯、定眩方，再結合蕭戈說的那些症狀，素年腦子裡已經有了一個大概的判斷，只是還需要診脈查看才能下定論。

「蕭大人的這位同僚，如今可方便讓素年診斷一下？」

蕭戈點點頭，遞過去一張帖子。「這是三日後，在安定侯府上花宴的帖子，到時會安排你們見面。」

「要這麼麻煩？」素年不解，直接帶過來看看不就完了？搞花宴這麼高級的東西？

「我並不在乎，但這關係到妳的名聲，儘管麻煩一些，我不希望那些傳言會傳到妳的耳朵裡。」

蕭戈的面容讓素年心跳加快，她低下頭，伸手將帖子拿過來，心裡想著，那他這會兒還光明正大、大大方方地到自己這裡來？

素年沒想到的是，蕭戈才不在乎他跟素年的傳言呢，那最好是滿天飛他才滿意，省得一些公子啊、狀元什麼的還不知道情況！他在意的，是素年和別人的傳言，那些都是不實的，是需要消滅和規避的！

送走了蕭戈後，素年看著手裡燙金的帖子。花宴，還是安定侯府辦的，她如今的身分不是最好應該待在家裡，哪兒也不去嗎？這樣到底合不合適？

「小姐，再合適不過了！妳就要嫁入蕭家，可妳還沒有在那樣子的場合露過面，那些夫人、小姐們也都沒見過妳，這才不合適呢！以後呀，妳可是要多在這種場合走動的。」刺萍對這些事情挺懂的，耐心地給素年解釋。

素年一聽，有道理，這就跟前世結婚前認識、不認識的朋友都重新認識一下一樣，這樣才好給人下請帖嘛！嗯嗯，不知道古代的禮金都是什麼級別的？這個花宴，還是有必要去一去的。

安定侯府的花宴，裝扮自然不能怠慢了，小翠和刺萍兩人左挑右選，給素年收拾出了一身華貴又不失雅緻的衣服和一套精緻素雅的頭面首飾，到了這一天，素年打扮得體，驅車前往了安定侯府。

安定侯府賓客盈門，各家的小姐、太太們的馬車絡繹不絕，素年從馬車上下來，門口立刻就有人迎了上來。

素年微笑著跟在後面，進了府中。

安定侯府素年之前來過，熟得很，這次花宴四處布置得十分雅緻，讓她覺得哪裡都是景色。

花宴是在侯府的花園中辦的，素年還沒進園子呢，鼻尖就嗅著了香氣，花香、脂粉香，裡面不時還有笑聲傳出來，看來已經到了不少人了。

走進去，只看到滿眼珠翠環繞，雲鬢鳳釵、珠光寶氣，都是些嬌滴滴的姑娘、夫人們，她們的動作在看到素年出現時，有一瞬間的定格，然後才十分不自然地繼續之前的動作。

素年毫不在意，施施然地走到一邊。

安定侯夫人原本在跟一名夫人說話，這會兒見到素年，便微笑著迎過來，熱情地拉著她的手招呼。

「可等著妳了呢！快來，我介紹些人給妳認識。」

侯府夫人大大方方地將素年拉到中間，挨個兒給她介紹著。

素年在認人方面十分不拿手，一圈官員夫人和小姐下來，她愣是一個都沒有記住，光是笑得臉頰發痠。反正她這次來也不是為了社交，所以素年並不在意。

女眷們瞧素年的眼神都有些奇怪，她們可聽說了，這位將要嫁入蕭家的女子，可是低賤的醫娘出身，雖都沒見過她，但都想著此人必然是以妖嬈狐媚之姿迷住了蕭大人，只是今日一見，沈素年渾身的氣度看起來又十分端莊優雅，長相雖然明媚，卻也無絲毫狐媚之相。

早知道沈素年是個醫術高手，更是有皇上御封的「醫聖」名號，有些夫人便尋思著還是跟她交好為上，畢竟誰能保證以後求不到她身上呢？

更別說蕭戈蕭大人了，雖然現在大家都持觀望態度，想等著看皇上究竟會有何舉動，但目前來說，蕭大人仍然是位高權重，他的一句話，在皇上那裡可是十分有用的。

「唉呀，早聽說素年妹妹仁心仁術、心慈貌美，今日一見果然不同尋常呢！」

「誰說不是呢？過些時候便是沈姑娘的大喜日子了，真真是人比花嬌啊！侯府夫人今日的花宴，可是來對了呢！」

後院中的女眷們個個都是人精，只有她們的丈夫好了，她們才能跟著好，只要有機會能夠跟蕭戈未來的媳婦搭上，她們可不願意錯過。

一時間，素年的身邊圍了不少人，一會兒讚她的衣服、一會兒讚她的首飾、一會兒又說她調教有方，身邊跟著的丫頭們都瞧著不俗的樣子。

素年心中暗暗叫苦，她的臉真的已經麻木了，她究竟還有沒有在笑啊？肌肉僵硬了，她感覺不出來呀！

就在這時，園子門口又有些騷動，一群人簇擁著一名妙齡少女，也走了進來。

素年眼神瞄到一旁的侯府夫人臉上有些許僵硬，但轉瞬即逝，揚起了笑容迎了上去。

「梅姑娘！今兒我這裡可是蓬蓽生輝啊，我的那幾株花兒，可是注定要黯然失色了呢！」

這位梅姑娘的出現，讓所有人的聲音都降低了，剛剛還圍在素年身邊妳一言、我一語的女眷們，不知道什麼時候起，離自己都有一些距離了。

素年敏感地發現，這個梅姑娘的眼睛落到自己身上以後，就沒有挪開來。

可素年完全不記得她見過此人，聽都沒聽過。素年臉上還是那副笑容，客套，卻又溫婉。

梅姑娘看著就不好相處的樣子，侯府夫人都那樣子熱情地招待了，她的臉上仍舊是冷冰冰的表情。素年本著人不犯我、我不犯人的原則，往旁邊退了一退。

但有些事情，可不是沈素年一廂情願就能夠完成的。她才剛剛退到旁邊，梅姑娘就目標明確地朝著她走了過來。

素年迅速扭頭找到小翠，對著她做了一個無可奈何的表情——這可不是我惹事的，若是一會兒……嗯，妳懂的，可不能怪到我的身上啊！

小翠表情僵硬，卻也暗暗往前挪了挪。小姐如今的身分可不是隨便誰都能欺負的，要是梅姑娘敢做什麼，她才不會顧忌那麼多呢，左右有蕭大人撐腰。她不希望小姐失了禮數，但更不希望小姐被莫名其妙的人欺負！

梅姑娘走到了素年的身前站定，下巴微微上揚，神情有些含蓄的不可一世，素年卻讀懂了，她的身分怕是真的挺貴重的。

「是沈娘子吧？初次見面，我姓陸，陸雪梅。」

「沈素年。」

陸雪梅發覺沈素年在聽了她的名字以後仍舊無動於衷，眼裡不禁有一絲驚訝，像是奇怪沈素年為何如此沈得住氣，還能裝作不認識自己裝得這麼像？

素年氣息平和，她確實不認識啊，不是什麼人她都得知道的，難道說……這梅姑娘患了什麼疑難雜症？嗯，這個她就有興趣了。

「雪梅聽聞了沈娘子和蕭大人的親事，還沒恭賀呢！」陸雪梅的眼睛微微瞇起，笑得十分假。

「那還請陸姑娘屆時來喝杯喜酒。」素年也是笑咪咪的，隨口說道。可是，她這話音剛落，就見陸雪梅的臉色遽變，連剛剛那一點點虛偽的笑容都已經沒有了。

這是怎麼了？難道不應該這樣回答嗎？人家恭喜了，所以請對方喝杯喜酒，難道這個說法在古代不盛行？

「唉呀，妳們怎麼自己聊上了？我的花到現在還沒人評賞呢！來，都到裡面坐去！」這時，安定侯夫人笑著走過來，站到兩人中間，她面帶微笑地看著陸雪梅，熱情地將人往裡面請。

陸雪梅的表情有微微的猙獰，被侯府夫人的話驚醒了一樣，這才瞪了沈素年一眼，趾高氣揚地走了進去。

這是演哪齣啊？素年完全看不明白。按常理來想，陸雪梅的表現只能讓素年想到一個可能，但這個可能本身就不大可能，蕭戈那般也是冷冰冰的人，竟然能吸引到同樣喜歡擺出冷冰冰面孔的女子？大自然是多麼的神奇啊……

正被自己的猜想雷得風中凌亂時，侯府夫人已經又折回來了，笑容滿面地招呼著其他女眷，卻輕輕牽住素年的手，將她帶到一旁。

「素年丫頭，妳認識梅姑娘嗎？」

素年十分誠實地搖了搖頭。

「我想也是。這陸雪梅可是太后面前的紅人，妳應該沒見過才是。」侯府夫人對素年的印象很好，也瞭解她不喜歡繞來繞去，便直截了當地跟素年說了陸雪梅之所以會針對她的原因。

原來，蕭戈的問題從來就是個問題！太子登基之前，如今的太后就已經想著要怎麼安置這一位重臣了，她想的法子也十分有效，想要透過聯姻讓蕭戈永遠都不會背叛朝廷。

這位陸雪梅，就是太后選出來的女子。

「梅姑娘是前朝一位臣子的遺孤，太后心善，瞧著可憐便養在跟前，久而久之，梅姑娘的身分就成為了太后的義女。她人也清高，傲然如梅，才有梅姑娘的稱號。梅姑娘將來是要被指給蕭大人的，這事啊，在之前，大家心裡都有數，梅姑娘估摸著也是清楚的，可是皇上卻違背了太后的意思，下了旨給妳和蕭大人指婚……梅姑娘的歲數也不小了，也許正因為這樣，今日得知妳會出現，才會不請自來。」

素年明白了，果然是跟蕭戈有關的。可她卻沒辦法討厭陸雪梅，至少現在沒辦法，因為她覺得，陸雪梅也著實挺慘的，一直在太后那裡熬著，就等著跟蕭戈成親，可忽然就讓自己給破壞了，沒準兒陸雪梅還對蕭戈一見鍾情、一往情深啊……

但問題是，她朝自己發洩算什麼意思？如果說，蕭戈是已經成了親、有了妻子的人了，還想求娶自己為妾或是平妻什麼的，他媽就是抗旨素年也是誓死不從的。

但蕭戈光禿禿的光棍一個，自己……似乎……並沒有不妥的地方吧？

怪只怪這個時代，女子的感情只能藏著掖著，父母之命、媒妁之言，想要找一個喜歡的人成親，除非是奇跡出現。

素年心裡有了數，朝著侯府夫人感激地笑了笑，這才跟在後頭，也慢慢地走到了裡面。

——未完，待續，請看文創風344《吸金妙神醫》5

吸金妙神醫 4

國家圖書館出版品預行編目資料

吸金妙神醫 / 微漫著. --
初版. -- 臺北市 : 狗屋, 2015.10
冊 ; 公分. --（文創風）
ISBN 978-986-328-512-0（第4冊：平裝）. --

857.7 104016085

著作者 微漫
編輯 黃淑珍
校對 黃亭蓁 蔡佾岑
發行所 狗屋出版社有限公司
地址 台北市104中山區龍江路71巷15號1樓
電話 02-2776-5889～0
發行字號 局版台業字845號
法律顧問 蕭雄淋律師
總經銷 知遠文化事業有限公司
電話 02-2664-8800
初版 2015年10月
國際書碼 ISBN-13 978-986-328-512-0
原著書名 《素手医娘》，由起點女生網（www.qdmm.com）授權出版

定價250元
狗屋劃撥帳號：19001626
網址：love.doghouse.com.tw E-mail：love@doghouse.com.tw